PAVILLON

UTTA DANELLA

Gestern oder Die Stunde nach Mitternacht

Roman

PAVILLON VERLAG
MÜNCHEN

Umwelthinweis:
Dieses Buch wurde auf
chlor- und säurefreiem Papier gedruckt.

Taschenbuchausgabe 10/2004

Printed in Germany 2004
Umschlagillustration: mauritius-images/AgE
Umschlaggestaltung: Nele Schütz Design, München
Druck und Bindung: GGP Media GmbH, Pößneck
http://www.heyne.de

ISBN: 3-453-77003-X

Unsere Herrin ist die Zeit,
sie ist die Fessel,
die uns bindet.
Ob heute oder Ewigkeit,
ihr gilt es gleich,
da sie uns stets
in ihrem Käfig findet.

DIE STUNDE NACH MITTERNACHT ... in der Stunde nach Mitternacht schlafen normale Menschen. Ich habe eigentlich nie oder fast nie um diese Zeit geschlafen. Heute, in dieser Mitternachtsstunde, bin ich allein. Allein mit mir und der ganzen Welt, allein mit meinem Leben und mit dem, was geschehen wird.

In dieser Nacht werde ich sterben. Hoffentlich reichen die Tabletten. Nichts ist peinlicher als ein mißglückter Selbstmord. Jeder würde dann glauben, es sollte nur ein Selbstmordversuch sein.

Soll es nicht sein. Ich will niemanden erpressen, nicht einmal das Schicksal. Das sich sowieso nicht erpressen läßt. Ich will wirklich sterben.

Diese eine verfluchte Freiheit muß man doch haben, zu gehen, wenn man nicht mehr bleiben will. Ich habe sie mir immer genommen, diese Freiheit – ich bin gegangen, wenn ich nicht bleiben wollte: von Partys, auf denen mir die Gesellschaft nicht paßte, aus einem Vertrag, der mich drückte, von einem Mann, den ich nicht mehr mochte. Und jetzt nehme ich mir die Freiheit, aus dem Leben zu verschwinden.

Ich will nicht mehr. Hörst du mich, Leben? Ich nehme mir die Freiheit und gehe.

Nur blamieren möchte ich mich nicht gern. So vieles ist in den letzten Jahren schiefgegangen, hoffentlich klappt das wenigstens.
In der Zeitung werden ein paar Zeilen stehen, dazu ein Archivbild; wenn sie fair sind, nehmen sie ein gutes. Einigen Leuten wird es leid tun um mich. Die meisten werden sagen: Es war sowieso aus mit ihr, sie war passé, restlos passé. Nicht mehr jung genug. Es ist eine Weile her, daß sie im Geschäft war, wer kennt sie noch? Und so toll war es mit ihren Erfolgen eigentlich auch nicht.
Das ist ungerecht. Aber sie sind immer ungerecht — später. Einmal gehörte ich zur ersten Garnitur. Nicht international, das gebe ich zu. Meine einzige Gastspielreise in den Vereinigten Staaten war nur ein mäßiger Erfolg. Aber hierzulande war ich lange in der Spitzengruppe.
Jetzt bin ich unten, ganz unten. Der Saal war heute abend nicht einmal halb voll. Die Zeiten haben sich geändert — sie ändern sich für alle und jeden. Andere Stars, andere Namen — und ein anderes Publikum.
Wenn Jack wenigstens gekommen wäre! Dann würde ich jetzt irgendwo mit ihm sitzen, wir würden trinken und reden, er würde mich trösten, vielleicht hätte ich geweint oder ein Glas an die Wand geschmissen, und er würde sagen: »Hör auf, verrückt zu spielen. Das gehört zu dem Geschäft, es geht 'rauf und 'runter. Manche sind zwei, drei Jahre top und dann verschwunden. Was willst du denn eigentlich? Du machst das seit fünfzehn Jahren und verkaufst dich immer noch. Du wirst dich wieder besser verkaufen.« Er würde ein paar Namen nennen von solchen, die oben waren, dann unten und abgeschrieben und plötzlich ein großes Comeback hat-

ten. So was hat's gegeben. Weiß ich selber. Aber ich würde ihm nicht glauben, er würde es nicht glauben, doch seine Ruhe und sein Optimismus hätten mir geholfen. Sie haben mir immer geholfen.
Natürlich wußte er genau, daß es eine Pleite sein würde, darum ist er gar nicht erst gekommen. Und auch weil er wußte, die Pleite würde so groß sein, daß selbst ihm keine Trostworte mehr einfallen würden. Ich bin passé. Er weiß es genausogut wie ich.
Nicht einmal angerufen hat er. Warum auch? Er hat ein paar neue gute Leute in seinem Stall, er kann es auch brauchen, mit mir hat er sowieso schon zuviel Zeit verplempert. Heute ist nur noch die Jugend gefragt. Und Jack hat jetzt junge Leute. Die sind unbelastet und haben im Moment die besseren Nerven.
Nicht so gute Nerven, wie ich sie hatte. Und sie werden nicht so lange durchhalten wie ich. Aber jedenfalls, solange sie zwanzig sind, haben sie nun mal bessere Nerven. Und Nerven braucht man in diesem Geschäft. There's no business like showbusiness. Bei Gott!
Es ist das härteste Geschäft der Welt. Es ist erbarmungslos. Wenn ich bedenke, daß ich es als Kind schon gehaßt habe und dennoch nicht davon loskam – absurd! Und daß es mir trotz aller Rückschläge immer wieder Spaß gemacht hat, daß ich einfach nicht glücklich sein konnte ohne meine Arbeit – nochmals absurd! Aber so bin ich, so war ich immer, voller Widersprüche; was ich nicht hatte, wollte ich haben – was ich besaß, mochte ich nicht mehr. Ohne meine Arbeit kann ich nicht leben, das weiß ich seit langem. Immer wieder bin ich in die Manege gegangen wie ein gutdressiertes Zirkuspferd, das den Kopf hebt, wenn es die Musik hört.

Nur heute abend, als ich den leeren Saal sah, da wäre ich am liebsten umgekehrt. Ich habe diesen Abend durchgestanden, aber es hat mir den Rest gegeben.

Nun nicht mehr. Nein, nie wieder.

Ich wollte es wissen. Diese gute neue Band, die Jack da unter Vertrag hat, ein paar erstklassige Nummern für mich, dazu meine alten Hits – die Leute, die da waren, haben geklatscht wie wild, denen hat's gefallen.

Aber ich sah nur die leeren Stühle. Und dachte an das, was morgen oder übermorgen in der Zeitung stehen wird. Nein! Man muß wissen, wenn es aus ist. Vorhang!

Jetzt sterbe ich an diesem Beruf, an diesem gehaßten und geliebten Beruf – das ist nicht absurd.

Das ist eigentlich ganz in Ordnung.

Gemein ist es nur von mir, daß ich mir gerade diesen Ort ausgesucht habe, um zu sterben. Immerhin ist es ein gepflegter Rahmen für meinen letzten Akt – alles teuer, geschmackvoll und wertvoll in diesem Haus: die Möbel, die Bilder, die Teppiche. Ich habe mich entsprechend zurechtgemacht, ganz dezentes Make-up, ein hochgeschlossenes, sehr teures Kleid aus flaschengrünem Seidensamt. Grün war immer meine Farbe.

Ihn wird es ärgern. Ob er weiß, daß ich den Schlüssel noch hatte? Sicher, so etwas weiß er. Natürlich war er zu vornehm, ihn zurückzuverlangen, dachte wohl, ich werfe ihn in den Papierkorb. Weil es ihm und mir gleichermaßen kindisch vorgekommen wäre, wenn ich gesagt hätte: »Hier sind übrigens die Schlüssel. Ja, also dann ...«

So sind wir beide nicht. Wir haben nicht viel Gemeinsames, aber wir sind weder kitschig noch sentimental;

wir haben uns so ganz beiläufig voneinander getrennt, es wurde gar nicht darüber gesprochen, kein Krach, keine Abschiedsszenen, kein melancholischer Blick und kein resigniertes Lächeln, nicht die abgedroschenen guten Wünsche auf den Lippen und das obligate Versprechen, gute Freunde zu bleiben.
An die Schlüssel habe ich gar nicht gedacht, ich habe sie sowieso selten benutzt.
Ich habe nie Freundschaft gehalten mit den Männern, die ich geliebt habe und die ich verließ oder die mich verließen. Entweder – oder.
Was Sandor betrifft, so kann ich nicht einmal sagen, daß ich ihn geliebt habe. Ich ihn so wenig, wie er mich. Eine Weile war es ganz amüsant mit ihm. Aber daß ich bei ihm blieb, war Berechnung. Das erste Mal in meinem Leben, daß ich so etwas tat. Es ist fast so schlimm wie der leere Saal heute abend. Und beides gehört natürlich zusammen. Nicht ihn, sein Geld habe ich gebraucht. Weil ich selbst keines mehr verdienen konnte. Nicht so viel, wie ich brauchte. So kam das zustande: ein Mann mit viel Geld und entsprechendem Society-Glanz, trotz seines fragwürdigen Lebens, und eine Frau, die ihren eigenen Ruhm überlebt hat, aber immerhin den bekannten Namen hat und dazu ein Auftreten, das vergessen läßt, daß sie und ihr Ruhm von gestern sind.
Mit Liebe hat das natürlich nichts zu tun.
Wenn ich darüber nachdenke, wann und wen ich denn wirklich geliebt habe – oh, no! Das ist das letzte, worüber ich jetzt nachdenken werde. Jetzt noch nicht. Vielleicht in den letzten Minuten.
Jetzt werde ich erst mal über das Sterben nachdenken. Dazu brauche ich etwas zu trinken.

Alles ist vorhanden in diesem Haus. Die edelsten Sorten aus internationalen Weinbergen und Barschränken. – Was eignet sich am besten, um die Tabletten hinunterzuspülen? Wein wäre dafür zu schade. Wein ist für die Lebenden, für die Liebenden. Nehmen wir Whisky. Der paßt zu diesem Anlaß am besten. Ich habe nie gern Whisky getrunken.

Ich kann natürlich auch Champagner nehmen. Champagner habe ich getrunken, als ich das erstemal in diesem Haus war, das ist fast vier Jahre her. Wäre doch ganz sinnig.

Auch wieder nicht, sonst bildet er sich noch ein, ich hätte kurz vor Ladenschluß an ihn gedacht.

Warum hasse ich ihn eigentlich? Stimmt nicht – ich hasse ihn nicht. Ich kann ihn so wenig hassen, wie ich ihn lieben konnte. Und ich brauche es mir jetzt nicht einzureden, nur um es dramatischer zu machen.

Wir haben nebeneinanderher gelebt, ich habe ihn betrogen, er hat mich betrogen, obwohl selbst diese dramatische Vokabel in unserem Fall zu bombastisch ist, und manchmal gingen wir uns auf die Nerven.

Als er vergangenes Jahr zu meinem Geburtstag mit dem Smaragdarmband ankam, das dritte Geburtstagsarmband in drei Jahren, konnte ich mich nicht einmal darüber ärgern. Just bored – that's all.

Er sah mir wohl an, was ich dachte, denn ich war nie eine Frau, die sich die Mühe machte, sich zu verstellen.

»Wäre dir ein neuer Nerz lieber gewesen? Ich dachte nur, weil du schon zwei hast ...« Es klang ironisch.

»Ein paar Armbänder habe ich auch schon. Und zwei davon bekam ich von dir zum Geburtstag, Schätzchen. Nerz ist Weihnachten dran. Es hat mich immer schon an dir bezaubert, daß du so unerhört phantasievoll bist.«

Blattschuß. Zu der Zeit, als wir noch miteinander schliefen, habe ich ihm einmal mitgeteilt, er sei der phantasieloseste Liebhaber, den ich je gehabt hätte.

So etwas vergißt kein Mann, das trifft ihn tief.

Vielleicht habe ich deswegen nie einen Mann behalten, weil ich ihnen so gern die Wahrheit sagte.

Merke, Mädchen, im Umgang mit Männern: Lasse sie immer glauben, sie seien in jeder Beziehung einmalig. Und wunderbare, vollkommene Liebhaber. Lüge das Blaue vom Himmel herunter, mit Worten und Blicken, mit Seufzern und Stöhnen, sie werden es vorbehaltlos glauben und werden dich lieben, lieben, lieben.

Diese Weisheit lernte ich von Marja, als ich sechzehn war und noch niemals, verlogen oder wahr, aus Liebe gestöhnt hatte.

Sie hatte recht. Sie hatte immer mit allem recht, was sie sagte. Ich begriff das ziemlich schnell, aber ich habe dennoch nie, oder fast nie, ihre Ratschläge befolgt.

Marja! An dich denke ich in dieser Nachtstunde, und die Welt ist nicht mehr so kalt und leer. Wenn du jetzt hier wärst, würdest du mich ohrfeigen.

Du hast mir oft eine geklebt – und jedesmal hatte ich es verdient. Viel lieber hast du mich gestreichelt und bemuttert, hast für mich gesorgt, hast für mich gekocht, oh, wie gut gekocht; nicht in den teuersten Restaurants habe ich so gut gegessen wie bei dir.

Mütterchen! Als ich ein Kind war, stecktest du mir Bonbons in den Mund, zum Trost, zur Belohnung, zur Ablenkung. Jetzt gibt mir keiner ein Bonbon, um mich zu trösten, jetzt werde ich Tabletten schlucken. Du

kennst mich, nicht wahr, du weißt, daß ich mich nicht mit dem Rest bescheiden kann, so wie du es getan hast. Ich kann nicht leben mit dem sicheren Wissen, daß es nur noch abwärts geht.
Du warst niemals so preisgegeben wie ich. Du hattest uns. Und du hattest mich.

OH, MEIN PAPA... Marja gehörte zu unserer Truppe. Sie trat nicht auf, dazu sei sie zu alt, fand Papa. Das war sie zu jener Zeit gewiß noch nicht. Was würdest du denn zu mir sagen, Papa, heute?

Wie jung und lebendig Marja noch war, bewies sie dadurch, daß sie in fast jeder Stadt, in der wir gastierten, einen Liebhaber auftat. Vielleicht war es manchmal kein richtiger Liebhaber, auf jeden Fall wimmelte immer ein Mann um sie herum, mit dem sie sich abgab. Soweit ihre Zeit reichte.

Unsere Männer zogen sie auf mit ihrem jeweiligen Freund, das gehörte dazu, sie tat dann jedesmal sehr geheimnisvoll, als sei ihr diesmal die große Liebe begegnet.

Einmal war es ein Feuerwehrmann, und auf diese Eroberung war sie besonders stolz. Sie stand neben ihm in der Kulisse, wenn wir Auftritt hatten, Mamas Kostüm zum Wechseln über dem Arm, in der Kitteltasche Puderquaste und ein paar Schminkstifte, und sie lehnte sich leicht an ihren uniformierten Helden, dem das ein wenig peinlich war. Aber stolz war er auch auf sie, schließlich war sie einmal eine große Künstlerin gewesen, das hatte sie ihn wissen lassen.

Bestimmt verstand sie viel von der Liebe. Jemand, der so fachmännisch darüber reden konnte, mußte wohl auch in der Praxis einiges aufzuweisen haben.
»Wenn doch bloß mal einer klebenbleiben und sie heiraten würde«, sagte Papa. »Sie hat so ein gutes Herz. Und kann so gut kochen.«
»O nein, José, nein, was täten wir ohne sie? Ich wäre restlos verloren, wenn sie nicht mehr da wäre.« Das sagte darauf Mama.
Marja war alles für sie: Zofe, Garderobiere, Vertraute, Helferin in allen Lebenslagen, sie schminkte Mama, zog sie an und aus, massierte ihr die Füße nach dem Tanzen und kümmerte sich schließlich und endlich um mich. Marja war unentbehrlich, das mußte Papa zugeben.
Wenn wir weiterzogen ins nächste Engagement, blieb der Liebhaber zurück, Marja weinte ein bißchen, aber in der nächsten Stadt mußte alles etabliert und arrangiert werden, und dann vergaß sie ihn und hielt Ausschau nach einem neuen Mann. – Den Feuerwehrmann – das weiß ich zufällig noch genau – behielt sie zwei Monate, denn wir waren verlängert worden. Er war ein großer, stattlicher Mann, und er gefiel auch mir ausnehmend gut. Ich war damals vielleicht zwölf oder so.
Marja war Russin und hatte eine richtige klassische Ballettausbildung gehabt. Die Anfangsgründe des Tanzens lernte ich von ihr, und später, als die Morawa mich unterrichtete, war Marja meist dabei und beobachtete kritisch, was mir beigebracht wurde. Das war in Berlin. Die Truppe war im Wintergarten aufgetreten, und ich blieb dann ein halbes Jahr in Berlin, als die anderen nach Amerika gingen. Ich müßte endlich einmal ordentlichen Unterricht haben, fand Papa, sonst würde nie

etwas aus mir. Die Morawa gab sich große Mühe, aber ich war zur Tänzerin nicht geboren.
Marja war die erste, die das entdeckte. »Das ist ganz nett, was du machst. Aber eine große Tänzerin aus dir wird nie. Du bist zu eigenwillig. Zum Tanzen gehört Disziplin und wieder Disziplin. Man muß sich ganz klein machen können. Man muß sich zerbrechen lassen. Und dann neu zusammensetzen.«
»Zusammengesetzt werden.«
»Sage ich ja.«
Ich war nicht so leicht zu zerbrechen, nicht einmal von der Morawa. Auch nicht von Père Fortune, der mich später in Paris unterrichtete.
»Mizzi, das wäre eine Tänzerin geworden. Sie hätte es gebracht zur Primaballerina. Du mußt ansehen ihre Hände. An den Händen man sieht sofort, ob eine sich hingeben kann für Tanz. Es ist so schade um Mizzi, daß sie muß machen das Gehopse.«
Mizzi war Mama. Ausgebildet im Wiener Opernballett und vielleicht wirklich zur Primaballerina geboren, hätte sie sich nicht mit achtzehn in Papa verliebt und sich ihm statt dem Tanz hingegeben. – Was heißt verliebt? Das traf es wohl nicht. Was ich erfuhr von der Begegnung dieser beiden Menschen, die meine Eltern wurden, so muß es sich wohl eher um einen Vulkanausbruch, um einen mittleren Weltuntergang gehandelt haben. Natürlich nicht, soweit es die kleine Mizzi betraf. Aber Papa!
Oh, mein Papa ... Ich habe das Lied auch gesungen, und wer hätte es mit mehr Berechtigung singen können als ich. Er war der schönste Mann, den man sich vorstellen kann. Ein Traum von einem Mann, schwarzhaarig,

schwarzäugig, groß, geschmeidig, voll Musik bis in die Fingerspitzen, und von einem Temperament, das alles überfuhr, was sich ihm in den Weg stellte.
Und da hätte dieses kleine Wiener Mädel widerstehen sollen, diese sanfte Unschuld aus kleinbürgerlichem Haus, gut und brav erzogen — küß die Hand, ergebensten Dank, Frau Baronin, ich bitt' recht schön — so habe sie geredet, erzählte mir Papa, als er sie kennenlernte. Dieses kleine Mädel, zart und feingliedrig, scheu und keineswegs verdorben von der Arbeit im Ballett, o nein, dazu war die Schule zu streng, das Training zu hart, das Pensum zu gewaltig, Disziplin und nochmals Disziplin, sich zerbrechen und wieder zusammensetzen lassen, das mußte ja sein, wenn man eine große Tänzerin werden wollte; und so eine Kleine sollte diesem Märchenprinz von Mann widerstehen können, der mit seiner südländischen Glut, seinem Elan, seinem Charme um sie warb?
Denn das hatte er getan, der Papa. War nicht so einfach gekommen und hatte sie verführt, das tat er nur in nebensächlichen Fällen. Aber die Mizzi wollte er ganz, für immer. Und er bekam sie auch.
Er war Argentinier, mein Papa, und hatte Geige gespielt, solange er denken konnte. Erst in einem Kaffeehaus, dann in einem Tanzorchester, und dann hatte er die Idee, er müsse noch etwas dazulernen und war in Wien zu einem großen Maestro gegangen. Vielleicht spukte ein wenig Virtuosenehrgeiz in seinem Kopf herum, zu jener Zeit in Wien. Aber die zwanziger Jahre waren hart für einen Künstler, und die Stunden bei einem Maestro teuer, und er mußte wieder in einem Kaffeehaus spielen. Doch dafür war er viel zu schade, er spielte

so gut, er war ein Zauberer auf seinem Instrument, das sagte jeder. Und später konnte man es in der Zeitung lesen, als er der berühmte José de Santander geworden war.

Damals, als er Mama kennenlernte, war er gerade dabei, das Orchester zu gründen. Erst waren sie neun Mann, und es war nicht leicht, Engagements zu bekommen. Aber sie konnten viel und wurden täglich besser. Papa war immer probenbesessen, das war er noch zu meiner Zeit, als sein Orchester fünfzig Mann stark war, das weltberühmte Tangoorchester von José de Santander, ausgebucht für Jahre von den großen Varietés und Showtheatern. Jeder ein Könner, und jeder ein Künstler in diesem Orchester. Wenn ihre Geigen einsetzten zu den berühmten argentinischen Tangos, dann riß es die Leute förmlich von den Sitzen, und nicht auf die Art, wie es die Teenager heute produzieren, wenn einer ins Mikrofon winselt – nein, da war noch Leidenschaft darin, wenn die spielten, es war richtige Musik, wild und stark und voll – eine sehr erotische Musik war das.

Und zu alldem noch Papa. Wie er vor dem Orchester stand, hell angestrahlt in seinem weißen Frack, manchmal bei einem Solo in Rot getaucht – und wie er spielte!

Er und seine Geige waren eins, und dazu sein schönes dunkles Gesicht mit den brennenden Augen und das schwarze Haar, das ihm in die Stirn fiel. Ich sehe es noch und höre es noch, heute und hier, ich habe den Klang noch im Ohr, denn so etwas hat es nie wieder gegeben. Es war Kitsch in Vollendung. Aber es war auch Kunst. Und es wirkte immer. Die Frauen waren verrückt nach ihm. Sie schrieben ihm Briefe, sie schickten ihm Blumen und ihre Telefonnummern und ihren Chauffeur, und manchmal ..., mag sein – aber er war sehr diskret, ich glaube, so oft hat er Mama gar nicht betrogen, denn er liebte sie ja, liebte sie abgöttisch, die süße kleine Mizzi aus dem Opernballett mit den Rehaugen unter den langen Wimpern; und darum war auch keine Primaballerina aus ihr geworden, sondern seine Frau, die mit ihm durch die Welt reiste und nicht den Kaiserwalzer tanzte, sondern Tango und Rumba und einen hinreißenden Flamenco gelernt hatte. Zwei Nummern hatte Mama meist während des Auftritts des Orchesters, manchmal sogar drei, sie beherrschte die spanischen und südamerikanischen Tänze perfekt. Maria Cadero hieß sie jetzt, ihr Haar, lang und dunkelbraun, flog um ihre Schultern, sie ließ die Kastagnetten klappern, doch das beste war ihr großer Tangoauftritt in einem langen roten Kleid mit schwarzen Rüschen, geschlitzt bis zu den Oberschenkeln, dann bog sich ihr Körper, bis ihr Haar den Boden berührte, sie war zerbrochen worden und wieder zusammengesetzt, und ganz etwas anderes war aus ihr geworden, als sie gedacht hatte. José de Santanders Frau. Maria Cadero, der Star der Santander-Truppe. Mizzi? – Wer war das gewesen?

Das hochgeschlitzte rote Kleid mit den schwarzen Rüschen ist mir gut in Erinnerung geblieben. Es war das letzte, in dem ich sie tanzen sah. Das war in Berlin, in der Scala, während des Krieges, ein Zweimonatsengagement in einer großen Ausstattungsrevue. Kurz danach wurde die Scala zerstört.

Ich durfte auch schon auftreten mit einer Rumba und einem kleinen spanischen Lied. Gegen Mamas Tanz war meine Hopserei vermutlich sehr bescheiden. Aber mit

dem Lied kam ich gut an; was mir an Technik fehlte, verdeckte das Mikrophon, ein paar Triller, ein wenig Tremolo, ein wenig Koketterie – es gefiel den Leuten. Ich war fünfzehn, als ich das erstemal auftreten durfte.
Marja sagte: »Bei dir es dauert länger. Du bist keine Südländerin. Ist noch nichts dran an dir.«
»Ich bin zur Hälfte Südländerin. Papa ist Argentinier.«
»Täubchen, du nicht denken, Marja ist dumm – sie ist nicht von Zeitung. Kein Reporter, dem man erzählt Märchen. Der Papa von deinem Papa war Argentinier. Vielleicht. Seine Mama stammt aus Neukölln. Und der Papa davon kam aus Polen. Das ist Ahnenforschung, Täubchen, das ist Mode heute. – Und deine Mama ist aus Wien. Und von der Mama die Mama aus Slowenien, und was glaubst du, der Papa von der Mama seinem Papa vermutlich aus dem Zigeunerwagen.«
Ich mußte lachen und ärgerte mich dabei. »Hör auf. Du redest Unsinn. Der Papa von dem Papa und die Mama von der Mama – kein Mensch findet sich da durch. Das geht wie Kraut und Rüben durcheinander.«
»Das ist es, was ich sagen will. Rüben und Kraut. Und du bist davon die Produkt. Eine fürchterliche Mischung. Kann man sich nicht vorstellen, was das wird.«
»Papa ist Argentinier und damit basta. Und was meinst du, wenn du sagst, es dauert bei mir länger?«
»Ist das zu verstehen schwer? Bist du keine Frau. Bist du noch nicht einmal junges Mädchen. Bist du Rotznase, sehr dumm und ein bißchen frech. Kann man nicht wissen, was soll werden aus dir.«
»Findest du nicht, daß ich schön bin?«
Sie schüttelte sehr energisch den Kopf. »Gar nicht. Bist du viel zu mager. Hast keinen Busen und keinen Popo.

Und kein Gesicht. Kannst du schön werden. Ist möglich.«
»Wann? Wann, Marja?«
»Kann man wissen? Nächstes Jahr vielleicht. Oder übernächstes. Vielleicht auch in fünf Jahren erst. Vielleicht morgen schon. Vielleicht wenn du erstemal geliebt hast.«
»Ich habe schon oft geliebt.«
»Ich meine, richtig geliebt. Nicht dummes Tenor angehimmelt, wo nicht zählen kann bis drei.«
Damals liebte ich Tino, den Italiener, der zwei Schmachtfetzen im Programm sang und der fast so schön war wie Papa. Auch ihm liefen die Frauen nach, und mich sah er überhaupt nicht an.
»Tenor?« fragte ich kühl. »Von welchem Tenor redest du?«
»Sage ich nur so allgemein. Bloß um zu sagen etwas. Kann ich auch sagen Jongleur.«
Ich schwieg erbittert. Marja wußte immer alles. Im vergangenen Engagement hatte ich einen Jongleur geliebt, ein hübscher, schlanker, behender Junge, der sein Lächeln und seine Blicke nicht weniger tanzen ließ als Tassen, Ringe und Bälle. Er hatte den Auftritt vor uns, und ich stand in der Kulisse und sah ihm zu, im Gegensatz zu dem Tenor nahm er Notiz von mir, streichelte mir die Wange, wenn er atemlos von der Bühne kam, oder warf mir irgend etwas zu, wenn wir uns im Garderobengang begegneten, ein Bällchen, einen Ring und einmal sogar ein Kätzchen, das er mitgebracht hatte; und zweimal küßte er mich im Vorübergehen, leichte, rasche Küsse, ohne Bedeutung, jedenfalls für ihn – aber nicht für mich. Für mich bedeuteten sie viel, und als

das Engagement zu Ende war und unsere Wege sich trennten – er ging nach Stockholm, und wir gingen, ach, genau weiß ich nicht mehr, wohin –, da weinte ich, genau wie Marja manchmal weinte, und ich träumte noch tagelang von seinem Lächeln, seinen Bällen und den zwei kleinen Küssen, die durch die Luft geflogen waren.

»Und wird man schön, wenn man richtig liebt?«

»Ja, Täubchen, jede Frau wird schön, wenn sie richtig liebt.«

»Das ist Unsinn, Marja. Dann müßte jede Frau schön sein. Denn jede Frau hat einmal richtig geliebt.«

»Wer hier Unsinn redet, Täubchen, bist du. Nicht jede Frau hat einmal richtig geliebt. Es ist nicht Liebe, wenn man sich mal auf den Rücken legt und ...«, sie bekam einen Hustenanfall, schob sich und mir einen Hustenbonbon in den Mund, sie trug sie immer in der Schürzentasche, »ja, so ist es nicht. Was wollte ich sagen?«

»Wenn sie sich auf den Rücken legt«, erinnerte ich sie, begierig auf die Fortsetzung der Belehrung.

»Ist wieder Unsinn. Wollte ich gar nicht sagen. Ich wollte sagen, wenn sie, und sie hat mit einem Mann, verstehst du, das muß nicht sein richtige Liebe. Das bedeutet gar nichts.«

»Aber wenn einer sie küßt, das ist doch Liebe.«

Wenn man bedenkt, in welcher Umgebung ich aufgewachsen war, so war es erstaunlich, wie naiv und ahnungslos ich in diesen Dingen war. Doch dafür hatte Papa gesorgt. Und Mama und Marja auch. Ich wurde sehr sorgsam behütet. Keiner der Männer aus unserem Orchester war mir je zu nahe getreten. Sie waren alle so eine Art Onkel für mich, es kam vielleicht daher, daß ich die meisten seit meiner Kindheit kannte. Denn als Papas Orchester erst einmal stand und berühmt war, hielt er seine Leute gut zusammen. Sie hatten es gut bei ihm, und sie mochten ihn. Er war der Chef. Er war die anerkannte Autorität, der Beste von allen, das wußten sie. Aber er war auch ihr Freund, der alle Sorgen mit ihnen teilte. Er ließ keinen im Stich, der krank wurde oder sonstwie in Schwierigkeiten geriet, was immer wieder einmal vorkam: Frauengeschichten, Ehequerelen, Geldkalamitäten. Papa war immer für sie da. Und sie blieben bei ihm. Und darum kannte ich sie alle. Ich war für sie ein Kind, ein kleines Mädchen. Die Tochter vom Chef.

Was kannte ich sonst für Männer? Die Artisten, das immer wechselnde Bühnenpersonal; alle vier Wochen, und alle acht Wochen bei einem verlängerten Engagement, andere Menschen, andere Gesichter. Gewiß, man traf sich auch immer wieder. Und sie waren alle viel bürgerlicher, als der normale Bürger sich das vorstellt. Sie waren verheiratet, sie hatten eine feste Partnerin, und so ein kleines Ding, das zwischen ihnen aufwuchs, war tabu.

Sonst kannte ich keine Menschen. Ich hatte keine Freunde oder Freundinnen. Keine Schulfreunde, keine Nachbarskinder, keine Tanzstundenverehrer.

Ich dachte über die Küsse des Jongleurs nach und kam zu der Erkenntnis, daß sie wohl nicht von der Art gewesen waren, die nötig war, um mich schön zu machen.

»Aber wenn man richtig geküßt wird und richtig geliebt wird, dann ist man schön?«

»Dann ja, Täubchen.« Marja seufzte. »Aber auch nur so lange, wie es da ist.«

»Es bleibt nicht?«
Marja schüttelte bekümmert den Kopf. »Es bleibt nicht.«
»Ich will aber, daß ich immer schön bleibe.«
Ich konnte mich endlos im Spiegel betrachten. Und Spiegel gab es überall. Ich konnte auch bereits mit Stiften und Farbe umgehen. Marja hatte mir gezeigt, wie man sich schminkt.
Oftmals fand ich mich schön, wenn ich mich dick und bunt angestrichen hatte. Mein Haar war dunkel wie Mamas, ich trug es lang und offen. Es lockte sich ein wenig an den Spitzen, es fühlte sich weich und seidig an. Meine Augen waren dunkel, dunkler als Mamas, fast so schwarz wie die von Papa. Aber meine Arme waren noch dünn und mein Busen klein. – Eines Tages würde ich richtig lieben, um endlich schön zu werden. Und damit es blieb – das Schönsein –, mußte ich immer wieder lieben. Dann würde ich auch immer schön sein.
An die Liebe dachte ich viel. Und natürlich an mich und mein Leben, wie es werden würde. Nicht sosehr an eine Karriere auf der Bühne. Das interessierte mich nicht. Ich hatte in der Beziehung keinen Ehrgeiz. Denn eigentlich – und das war es, was meine Kindheit nicht so glücklich machte –, eigentlich liebte ich das Leben nicht, das wir führten. Ich beneidete immer die anderen Kinder. Ich wünschte mir, irgendwo bleiben zu können, an einem Ort, in einer Stadt. An einem festen Platz, wo ich zu Hause sein könnte. Wo es eine Wohnung für uns geben würde und nicht die ewig wechselnden Hotel- und Pensionszimmer.
Und ich wollte gern in eine Schule gehen. Ein Kind sein wie die anderen Kinder.

YESTERDAY ... da sitze ich mitten in der Nacht allein, trinke Whisky und rauche. Vor mir auf dem Tisch habe ich die Tabletten ausgebreitet. Fünfunddreißig Stück.

Es eilt nicht, die Nacht ist lang genug. Und dann ist morgen ein Tag und dann noch eine Nacht, und dann erst kommt Frau Winter zurück und wird mich finden. Arme Frau Winter! Tut mir leid für sie. Unangenehme Geschichte. So leid auch wieder nicht, denn sie mochte mich nie, und manchmal war sie biestig.

Sie wird also meine Leiche finden, und bis dahin werde ich wohl noch einigermaßen ansehnlich sein. Hoffe ich jedenfalls. Es wäre mir schrecklich, einen widerlichen Anblick zu bieten.

Im Hotel bin ich nicht geblieben, weil man mich dort vielleicht zu früh gefunden hätte. Irgendwann im Laufe des morgigen Tages wäre das Zimmermädchen gekommen. Oder sie hätten sich gewundert, daß ich keinen Anruf beantworte.

Falls jemand anruft. Könnte ja sein, Jack ruft doch noch an, um zu hören, wie es war.

Finden sie mich zu früh, bin ich noch zu retten. Sie pumpen mir den Magen aus, und was weiß ich, was sie

sonst noch alles mit einem machen. Was für eine Blamage! Ich wache auf, häßlich und aufgelöst, und muß in ein spöttisches Arztgesicht blicken. Nein.
Ich habe mir das schnell, aber gut überlegt. In letzter Zeit habe ich oft mit dem Gedanken gespielt, es zu tun. Doch heute abend vor den leeren Stühlen, ein einziges knappes Interview und dann noch Heide – da wußte ich plötzlich, daß ich es heute tun würde.
Als ich mit dem Taxi ins Hotel fuhr, überlegte ich mir, daß es nie wieder eine bessere Gelegenheit geben würde. Vorgestern traf ich Sandor zufällig in der Hotelhalle, er saß da mit zwei Herren. Er kam zu mir und begrüßte mich, charmant wie immer – nett, dich zu sehen, wie geht's denn immer so? Blendend schaust du aus.
Das übliche Geschwätz.
»Ich fliege heute abend noch nach New York, sonst hätten wir zusammen diniert. Aber wenn ich zurück bin, treffen wir uns mal. Bleibst du länger in München?«
»Einige Zeit. Ich weiß noch nicht. Wir verhandeln wegen einer neuen LP.«
Das war gelogen, und er wußte es sicher.
»Schade, daß ich nicht da bin zu deinem Konzert. Ach – übrigens, du solltest deine Pelze abholen, es ist November. Du wirst sie bald brauchen.«
»Ach ja, gelegentlich.«
»Frau Winter ist zur Zeit nicht da, sie ist gestern nach Karlsruhe gefahren, ihre Schwester ist krank. Aber Montag, spätestens Dienstag ist sie zurück. Falls du dann noch hier bist ...«
»Sicher. Ich rufe sie an und hole mir die Pelze. Nett, daß du daran denkst.«
»Du sollst doch nicht frieren, Baby.«

Sein charmantes Lächeln, Handkuß. »Also, toi, toi, toi für dein Konzert. Und auf bald.«
Daran dachte ich vorhin, als ich ins Hotel fuhr. Eine vorzügliche Konstellation.
Eine Weile suchte ich die Schlüssel, sie waren ganz unten in einem Koffer.
Die Tabletten brauchte ich nicht zu suchen. Die hatte ich sorgfältig aufbewahrt.
Abschminken, neues Make-up, das elegante Kleid, hinunter, der Portier schiebt mir Post zu, ich stecke sie unbesehen ein, Taxi ...
»Zum Herzogpark bitte!«
Ich saß ganz still, ohne mich zu rühren. Ich war ganz ruhig, richtig erleichtert. – Heute also.
Das war der passende Abschluß für diesen Abend.
Der Saal halb voll. Halb leer. Das sieht fürchterlich aus.
Und kein Mensch verhandelt mit mir wegen einer neuen Platte.
Und dann auch noch Heide. Sie kam nach dem Konzert und brachte mir Blumen.
Es war wie ein Hohn. Ich empfand es so. Sie nicht, boshaft war sie nie.
Aber da war das Gestern auf einmal da und erschlug mich geradezu.
›... love was such an easy game to play, now I need a place to hide away – oh, I believe in yesterday ...‹
Ich verstecke mich in dieser Nacht hier in diesem Haus im Herzogpark, ich verstecke mich vor der ganzen Welt, und nie – nie! – werdet ihr mich wiederfinden.
Es ist zu Ende, ich weiß es. Man muß wissen, wenn es soweit ist, daß man die Hand aufmacht und sich fallen läßt.

Der Herzogpark ist eines der vornehmsten Wohnviertel von München. Und Sandors Haus ist eines der vornehmsten der vornehmen Häuser, die hier stehen. Kein Neubau, ein altes verspieltes Jahrhundertwendehaus, eine Villa. Mit einer Auffahrt, mit Säulen neben der Eingangstür und riesigen hohen Zimmern, mit einem kleinen romantisch verwilderten Garten. Gepflegt verwildert gewissermaßen, ein Gärtner macht das.
Sandor legt Wert darauf, in dieser Gegend unter lauter feinen Leuten zu wohnen. Genau wie er Wert darauf legt, zur feinen Gesellschaft zu gehören. Was man eben heute so darunter versteht.
Mit Geld läßt sich so ziemlich alles kaufen. Die Gesellschaft fragt nicht danach, woher einer kommt, wenn er nur Geld hat und sie amüsiert. Zu Sandors Partys kommen die Leute gern, die sogenannte High-Society dieser Stadt: die echten und die falschen Konsuln, die Bosse aus der Wirtschaft und der Industrie, die Playboys, die Film- und Partymädchen, auch eine Menge Adel, davon gibt es hier viel, und sie sind nicht wählerisch in ihrem Umgang.
Sandor ist nicht nur ein großzügiger Gastgeber, er ist auch ein großzügiger Freund. Wenn einer mal in Verlegenheit ist, pumpt er ihm gern was, oder er löst einen Wechsel ein. Er tut das ganz nonchalant und mit größter Selbstverständlichkeit. Es sei sein unverwechselbarer ungarischer Charme, sagen die Leute, diese wunderbare Art von savoir vivre, die leider immer mehr ausstirbt.
Er leiht ihnen Geld, er vermittelt Geschäfte, er küßt ihre Frauen und schläft auch mal mit der einen oder anderen, wenn es seine Eitelkeit gerade kitzelt, er finanziert mal ein Filmchen, er bringt die Leute mit Leuten

zusammen. Er kennt so viele in dieser Stadt. In anderen Städten auch.
Anfangs habe ich mich darüber gewundert, wie er das eigentlich macht, mit seiner nebulosen Import- und Exportfirma so viel Geld zu verdienen. Ich kenne das Büro in der Stadt, seine Sekretärin, die drei oder vier Mitarbeiter, die da herumsitzen. Es war mir ziemlich bald klar, daß er dort und mit denen das Geld nicht macht. Aber ich bin nicht so dumm, wie er vielleicht denkt, ich habe manches gesehen und gehört im Laufe der Jahre, ich glaube, ich weiß, woher das Geld kommt, mit dem er so großzügig umgeht und an dem kein Finanzamt partizipiert: Er ist im Waffenhandel drin. Das ist immer noch ein lukratives Geschäft, heute mehr denn je. Überall auf der Welt bringen sie sich ja so gern um.
Er weiß, daß ich mich nicht seinetwegen umbringe, auch wenn es in diesem Hause geschieht. So dumm ist er nun wieder nicht. Aber ein bißchen bringe ich mich doch seinetwegen um. Vielleicht, weil ich mich schäme.
Ich schäme mich, so lange von ihm, von seinem Geld gelebt zu haben. Obwohl ich ihn nicht liebte und obwohl ich weiß, was für einer er ist. Erst versuchte ich mir einzureden, es sei ein Übergang. Ich würde wieder ins Geschäft kommen, würde wieder eigenes Geld verdienen. Eine neue Platte, die ein Erfolg wird. Ein neuer Film, eine gute Rolle. Ein Musical. Mein alter Traum. Ich habe mir immer so sehr gewünscht, ein Musical zu machen, ich kann singen, ich kann tanzen, ich bin eine leidliche Schauspielerin. Kiss me Kate – das war meine Traumrolle.
Jack hat sich lange darum bemüht. Aber hierzulande

macht man selten Musical. Es kommt nicht an, heißt es. In Amerika brauchen sie mich natürlich nicht, sie haben da Bessere als mich. Und dabei wird man immer älter und älter. Man zählt nicht mehr die Jahre, man zählt die Monate, die Wochen, die Tage. Und die Jungen kommen. Sie können auch tanzen und singen und spielen. Viele können es nicht so gut wie ich. Aber sie sind jung. Nur das zählt noch. Nur das.

Und dann der veränderte Stil. In den fünfziger Jahren, als ich meine großen Erfolge hatte, sang man ganz anders. Heute ... für mich ist es ein Gegröle. Ein Gejaule. Ich kann mich nicht hinstellen mit vierzig Jahren und Beat machen. Das wäre lächerlich.

Sie machen Lärm heute – keine Musik.

Und ich habe kein Publikum mehr. Heute abend habe ich es gesehen, deutlich genug. Ich sehe es seit Jahren. Seit sechs Jahren keinen Film. Seit zwei Jahren keine Platte. Wovon soll man eigentlich leben?

Darum blieb ich bei Sandor. Darum in diesem Haus. Darum brauchte ich sein Geld. Und darum schäme ich mich. Und darum will ich nicht mehr.

Ich will mich nicht besser machen, als ich bin. Sicher – ich habe eine Menge Fehler, ich war leichtsinnig, unbedacht, ich habe viel Böses getan. Aber ich war nie berechnend. Und schon gar nicht, wenn es ich um einen Mann handelte. Und daß ich es nun doch war, sein mußte, und daß es so einer war wie Sandor – deswegen bin ich mir selber so zuwider geworden. So zuwider, daß ich lieber sterbe, als mich länger zu ertragen. Und noch älter zu werden, noch erfolgloser, noch unglücklicher.

Ja, ich bin unglücklich. Ich bin es seit langem. Auch

wenn es mir keiner angesehen hat. Oh, ich verstehe mich auf mein Geschäft. The show must go on. Und darum lache ich und strahle und bin wie das sprühende Leben. Das täuscht sie alle. Eine gut einstudierte Maske. Der einzige, der weiß und immer wußte, wie mir zumute ist, war Jack.

Jack konnte Sandor nie ausstehen. Dabei ist er in seinem Beruf daran gewöhnt, mit allen Menschen auszukommen und Toleranz zu üben. Vermutlich kommt es daher, daß Jack mich sehr gern hat. Wir sind Freunde. Nicht nur Star und Manager. – Star ... lächerlich. Ich bin schon lange kein Star mehr. Genaugenommen war ich nie einer. Leidlich bekannt für einige Jahre, das ist alles. Aber Jack tut immer so, als sei ich einer. »Die einzige in diesem Land, die Chanson machen kann«, sagte er früher immer.

Aber Chanson in diesem Land geht eben nicht. Und wenn es gehen soll, muß es aus Frankreich kommen, damit man es anerkennt.

Und wenn es Jazz ist – das konnte ich auch –, muß es aus Amerika kommen, damit man es anerkennt. Und wenn es Beat ist – das kann ich nicht –, muß es aus England kommen, damit es anerkannt wird. Sie sind so in diesem Land. Ich weiß auch nicht, warum sie so sind, aber sie sind so. Sie waren immer so.

Und darum ist man gezwungen, Schlager zu singen, möglichst schmalzige, möglichst billige Schlager. Und dann heißt es: Ja, was anderes können sie eben hier nicht, Schnulzen, das ist alles, was sie zustande bringen. Wenn man ein anständiges Chanson hören will, muß man die Greco oder die Piaf holen. Und wenn es ordentlicher Jazz sein soll ... na, und so weiter.

Es ist ein Teufelskreis, aus dem keiner einen befreien kann. Auch Jack konnte es nicht. Ich habe ein paar gute Nummern gehabt im Laufe der Jahre, wirklich gute Nummern. Aber keine davon ist ein echter Erfolg geworden. Erfolge waren immer die Sachen, die eigentlich unter meinem Niveau lagen. Zwei hervorragende Songs hatte Andy für mich geschrieben, wir waren damals ganz berauscht davon, wir drei, Andy, Jack und ich. Wir dachten, jetzt landen wir den großen Treffer. ›Tränen im Regen‹ hieß die eine Nummer. ›Midnight-Blues‹ die andere. Beide waren, na, sagen wir mal, Achtungserfolge – mehr nicht. Die Platten gingen einigermaßen, aber nicht gerade berauschend. Große Erfolge hatte ich mit den sentimentalen Schlagern, mit den üblichen Schnulzen.

›Tränen im Regen‹ wurde unter dem Titel ›Lost in the rain‹ später ein großer Hit in Amerika. Andy ging für einige Jahre hinüber, nachdem wir uns getrennt hatten. Mit dieser Nummer kam er drüben gut an, Sheila Anderson hat es gesungen. Jack meinte, ich wäre besser gewesen.

Jack versteht viel von Musik, auch wenn er ein harter Geschäftsmann ist. Aber bei allem Verständnis lebt er auch besser von den großen als von den kleinen Erfolgen. – Also lieber Schnulzen oder das derzeitige Geschrei, wenn es Geld bringt.

Vor zwei Tagen hat er aus London angerufen. »Also, wenn ich es schaffe, bin ich da.«

Ich habe nie einen Abend gegeben, ohne daß Jack dabei war. Diesmal war es das erstemal. Und das letztemal. Es wird ihm leid tun, daß er mich im Stich gelassen hat. Es soll ihm leid tun. Er soll es bereuen. Ja.

»This time is the last time ...«, ach, verflucht, jetzt werde ich gleich hier sitzen und heulen. Möchte wissen, warum. Jeder muß sterben. Spielt es eine Rolle, wann? Bloß nicht sich selbst überleben. Hinter dem herstarren, was man einmal war. Klein und kümmerlich dasitzen und an einem stinkenden Rest herumknabbern. Ich kann das nicht.
Wenn man einmal erkannt hat, daß das Leben gestern stattfand, wenn man weiß, daß das Heute nur noch eine Pleite ist und das Morgen einfach nicht mehr vorhanden — okay, das ist der Zeitpunkt, die Tür hinter sich zuzuschmeißen.
Übrigens eine Nummer, die ich liebe, obwohl sie von den Beatles ist — Yesterday.
Das paßt prima, das paßt großartig auf mich. Als wenn sie mich gekannt hätten.
Vermutlich paßt es mehr oder weniger auf jeden Menschen. Für jeden kommt einmal der Punkt, wo er sagen muß: Mein Leben war gestern. Bloß daß es bei anderen nicht so wichtig ist.
Ich wollte so gern eine Aufnahme von Yesterday machen, mir gefiel die Nummer immer schon. Aber Jack meinte, das ginge nicht, ich könnte schließlich nicht den Beatles eine Nummer nachsingen. Womit er sicher recht hatte. Ein paar haben es ja getan. Sinatra zum Beispiel. Bei ihm ist der Song noch viel schöner als im Original. Bei ihm ist alles top. Ganz mein Geschmack. Eben — Yesterday.
Na schön, das wäre geklärt. Gar kein Grund zur Traurigkeit. Einmal ist eben gestern, und dann ist Schluß. Noch einen Whisky, Madame? Noch eine Zigarette? Bißchen Musik vielleicht? Was Lautes, Vergnügtes ...

Sieh an, auf dem Plattenteller liegt ›Tränen im Regen‹, das kann ja wohl nicht wahr sein. Wie komme ich denn zu der Ehre? Hat er das seiner neuen Freundin vorgespielt? »Lorena Rocca, kennst du die noch? Kaum, dazu bist du zu jung, Baby. Sie war mal recht bekannt mit ihren Songs. Hör dir's mal an.« So etwa.
Weg damit, ich brauche was Lautes, etwas ganz Lautes. Da – das ist gut –, wie das brüllt und röhrt, paßt in die Zeit, paßt zu ihnen, damit sollen sie nur weiterleben. Ich nicht. Ich muß mir das nicht mehr anhören.
Gestern gab es Musik. Gestern gab es Liebe.
Andy hat in Amerika geheiratet, es soll eine glückliche Ehe gewesen sein. Sie ist später mit einem Flugzeug abgestürzt. Vor zwei Jahren habe ich ihn auf einer Party getroffen. Er war sehr höflich und sehr kühl, immerhin machte er mir ein Kompliment über meine letzte Platte.
»Eine gute Nummer, Lorena. Ich hab' sie mir oft angehört. Ein trauriges Lied.« Er lächelte, doch seine Augen waren auch traurig.
»Ja, ein sehr trauriges Lied. Und darum auch nur ein bescheidener Erfolg.«
Immerhin mein letzter, einigermaßen ansehnlicher Erfolg. ›L'amour est mort‹, sparsamer Text, sehr geschickt arrangiert. Der junge Bender, eine Entdeckung von Jack, hatte es für mich geschrieben.
L'amour est mort, da standen wir voreinander, Andy und ich, jeder ein Glas in der Hand.
Und plötzlich sahen wir uns richtig an. Keiner sprach ein Wort.
Ich dachte: Ich werde dich immer lieben. Du und ich, das war das einzige für mich, was zählt. Sag ein Wort,

sag, daß es bei dir auch so ist. Sag, daß du vergessen hast, was damals war. Sag, daß du mich auch liebst.
Er schwieg. Und was er dachte, das wußte ich nicht.
Dann kam Sandor mit irgend jemand, den er mir vorstellen wollte. Später sah ich mich nach Andy um, er war nicht mehr da.
Ich dachte: Er kann mich finden, wenn er will. Er weiß, daß ich hier bin.
Aber er hat mich nicht gesucht.
Warum habe ich an jenem Abend nicht gesagt ...
Schluß damit jetzt! Man sollte im Angesicht des Todes nicht kitschig sein.
Angesichts des Todes ... Du machst mich schwach, Lorena. Trink noch was! Je mehr du trinkst, desto besser wirken die Tabletten. Es soll möglichst schnell gehen.
Dir wird es auch leid tun, Andy, wenn ich tot bin. Genau wie es Jack leid tun wird. Ihr habt mich alle im Stich gelassen.
Und du, Heide, du bist auch schuld. Vielleicht, wenn du heute abend nicht gekommen wärst ... Aber daß du auch noch meine Niederlage mit angesehen hast ... Hat es dich sehr gefreut? Hat es dir gutgetan?
Ich denke, daß es dir guttut – so etwas Dummes. So etwas sagst du zu mir. Wenn du wüßtest, wie egal du mir bist, du und dein Leben – das war nicht mal gestern, das war vorgestern.

HEIDE ... sie hat sich gar nicht verändert. Blond und still, immer noch hübsch auf ihre ruhige, sanfte Art. Keine Frau, nach der sich Männer umdrehen. Aber eine Frau, die ein Mann lieben und behalten kann. Einen Mann hatte sie dabei.

»Mein Mann«, sagte sie und lächelte auf die scheue Heide-Art. »Ich wollte gern, daß er dich kennenlernt.«

»Ich wußte gar nicht, daß du geheiratet hast.«

Ihre Stimme war ohne Vorwurf: »Ich habe es dir damals geschrieben.«

»Ah ja? Doch. Jetzt erinnere ich mich. Ist schon eine ganze Weile her, nicht?«

»Ein Kollege.«

»Wie praktisch!«

Ein netter, harmloser Mann, sehr ruhig und ernsthaft auch er, offensichtlich nicht sonderlich interessiert an mir. Er sagte, was man eben in so einem Moment sagt: »Meine Frau hat mir schon viel von Ihnen erzählt.«

»O weh!« rief ich und lachte, hörte, wie schrill mein Lachen war. »Wie konntest du nur, Heide!«

»Nur Gutes«, sagte er.

»Dann hat sie gelogen. Sie kann über mich nicht viel Gutes erzählen.«

Er blickte mich gelassen an, und sie hatte ihr sanftes Engelsgesicht, und genau wie früher reizten mich ihre Sanftmut und ihr gräßlicher Edelmut. Sie kann über mich nichts Gutes erzählen, gerade sie nicht. Aber sie tut es. Ich weiß, daß sie es tut.

»Sie sind also auch Arzt«, sagte ich. »Das ist ja fein. Sie können ja dann zusammen eine Praxis machen.«

Dummes Gerede, aber was sollte ich sagen? Die beiden waren ganz fehl am Platze hier in dem kahlen sogenannten Künstlerzimmer, wo die Jungen von der Band schwatzten und unnötigen Lärm machten, vermutlich um sich über den flauen Abend hinwegzubringen.

»Das nicht«, sagte Heide und lächelte lieb und freundlich. »Er ist Psychiater.«

»Oh!« Ich sah ihn mir etwas genauer an. Auch das noch. Dann war er vielleicht gar nicht so harmlos, wie er aussah.

Bernd gab mir ein gefülltes Glas und eine angezündete Zigarette, ich blickte immer wieder zur Tür, weil ich dachte, Jack käme doch noch, ich strich mir das Haar aus der Stirn und ärgerte mich, daß ich mir diese dumme rote Tönung hatte machen lassen. Es machte mich älter – überhaupt mußte ich schrecklich aussehen so aus der Nähe und ohne Scheinwerfer, die langen falschen Wimpern und die dicke grüne Farbe auf meinen Lidern. Heide sah ganz natürlich aus, sehr jung und anmutig, sie war ein Jahr jünger als ich. Mußte ihr Spaß gemacht haben zu sehen, wie ich vor einem halbleeren Saal sang.

Ich war nicht mal so sicher. Sie war nicht so. Wahrscheinlich tat es ihr sogar leid. Das fehlte noch, daß ausgerechnet sie mich bedauerte.

Bernd hatte seine Gitarre glücklich verwahrt und rief: »Los, gehen wir essen. Ich bin halb tot vor Hunger. Ich weiß in Schwabing eine Kneipe, da bekommen wir wunderbare Steaks.«
»Ich komme nicht mit«, sagte ich.
»Klar kommst du mit. Gerade!«
Dann kam ein Reporter und stellte mir dußlige Fragen, was ich für Pläne hätte und ob ich eine neue Platte machen würde und warum ich in der Fernsehshow nicht aufgetreten sei, in der man mich angekündigt hatte.
»Ich hatte Halsschmerzen, als sie die Aufnahmen machten«, sagte ich krötig.
Als Heide sich von mir verabschiedete, sagte sie: »Möchtest du uns nicht einmal besuchen, Lore? Es wäre doch nett, wenn wir einmal richtig miteinander reden könnten.«
Ich mit dir reden, Heide? Nein, nie. Nie mehr.
Ich lächelte. »Aber gern. Wenn ich es mal einrichten kann ...«
Lore? Wer hatte mich je im Leben Lore genannt? Wer war das denn, Lore? ... Ich? Neunzehn Jahre jung, braungebrannt und glücklich ... Und Heide war meine Freundin. Die einzige Freundin, die ich je hatte.
»Da kommt Heidelore«, sagte ihr Vater, wenn wir kamen. Immer zusammen. Immer ein Herz und eine Seele. Ich hatte eine Freundin. Etwas Neues in meinem Leben, etwas ganz Einmaliges. Ich liebte sie so sehr.
Ich beugte mich zu ihr und fragte hastig und leise: »Bist du glücklich?«
Sie sah mich nachdenklich an und nickte. »Ja«, sagte sie dann. Weiter nichts.

»Mit ihm?«
»Ja, mit ihm. Und mit meiner Arbeit. Und mit meinem Kind.«
»Du hast ein Kind?«
»Ja. Einen Jungen. Deswegen möchte ich gern, daß du mich einmal besuchst. Damit du ihn auch kennenlernst. Er ist jetzt zehn Jahre alt.«
»Wie schön! Daß du glücklich bist, meine ich.«
Und dann kam es. »Ich freue mich, daß ich dir das sagen kann. Ich könnte mir denken, daß es dir guttut.«
Darauf sagte ich nichts mehr. Ich wußte nicht, ob es mir guttat, daß sie glücklich war. Im Grunde war es mir gleichgültig. – Daß ich ihr einmal etwas Böses angetan hatte – wen kümmerte das noch? Mich vielleicht? Bildete sie sich etwa ein, ich hätte ein schlechtes Gewissen gehabt und das würde dadurch beruhigt, wenn sie mir erklärte, glücklich zu sein? Warum sollte *sie* glücklich sein? Ich war es auch nicht.
Dann ging sie mit ihrem Mann, ich warf mein Haar zurück und rief: »Geht voraus, Kinder, ich komme nach. Ich fahre nur schnell ins Hotel und ziehe mich um.«
Bernd wollte mich fahren, aber ich sagte, ich wolle lieber ein Taxi nehmen.
Ich ging, ließ die Blumen liegen, nahm ein Taxi, und während der Fahrt zum Hotel nahm ich mir vor, es heute zu tun.
Heide wird es in der Zeitung lesen. Sie wird ein paar sanfte, traurige Worte dazu sagen, es wird ihr so gleichgültig sein, wie es mir gleichgültig ist, ob sie glücklich ist.
Aber ich hasse sie, weil sie mich heute gesehen hat in dem leeren Saal.

Es muß ein großer Triumph für sie gewesen sein. Und es war bösartig von ihr, daß sie nachher kam und mir zeigte, daß sie es gesehen hatte.
Und dann noch zu sagen: Ich bin glücklich. Und ich denke, daß dir das guttut.
So etwas ist Ärztin und kennt die Menschen so wenig.
Ich hasse sie!

MIDNIGHT-BLUES ... der Lärm aus Sandors teurer Stereoanlage ist verstummt. – Noch einen Whisky, noch eine Zigarette und dann noch so ein Gegröle.
Nein – man muß es nicht zu weit treiben. Warum soll ich in der letzten Stunde meines Lebens Musik hören, die keine ist und die ich nicht ausstehen kann. Wenn ich gar nichts war, musikalisch war ich. Und in meiner Stimme waren Kraft, Biegsamkeit und Musikalität, das zumindest hat mir jeder bescheinigt.
Paul war damals sogar der Meinung, es sei noch mehr darin, und am liebsten hätte er mich zur Opernsängerin ausgebildet. Die beiden Cherubin-Arien aus dem Figaro habe ich bei ihm gesungen. Schade, vielleicht hätte ich es versuchen sollen. Aber auch Opernsängerinnen werden alt. Auch für sie ist es einmal zu Ende. Ein paar Jahre länger als unsereiner – vielleicht.
Ob er Midnight-Blues auch da hat? Doch, hat er. Meine Platten stehen alle ordentlich zusammen auf der rechten Seite des Plattenschrankes. Vermutlich Frau Winters Werk. In diesem Hause befindet sich stets alles an dem Platz, an den es gehört. Also auch die Platten von Lorena Rocca, hübsch nebeneinander. Daß sie mich

nicht leiden kann, die Winter, beeinträchtigt ihre Ordnungsliebe nicht.

Midnight-Blues.

Wenn ich ganz ehrlich bin, war das der Song, den ich von allen am liebsten gesungen habe. Schwermütig, ohne sentimental zu sein. Ein klein wenig Härte darin, kein Selbstmitleid, aber Resignation.

›Was ist mir denn geblieben,
seitdem du fortgegangen?
Die Nacht hat tausend Stunden,
die Nacht hält mich gefangen.‹

Komisch, daß ich das gerade damals sang, als ich so glücklich war. Glücklich mit Andy, den ich so liebte. Glücklich mit meinem Erfolg, den ich so genoß. Ich war gut im Plattengeschäft, kein Tag, an dem man nicht im Rundfunkprogramm mindestens zwei- oder dreimal die Rocca zu hören bekam. Fan-Briefe. Ein Lorena-Rocca-Club. Jedes Jahr mindestens ein Film.

Ein Kritiker hatte geschrieben: Man hat uns hier eine Frau präsentiert, die es in diesem Land noch niemals gab – mondäne Eleganz gemischt mit ursprünglicher, fast wilder Schönheit; Temperament und Leidenschaft, ohne Kitsch und Schmalz. Sie hat nicht das Pathos der Zarah Leander, nicht den quirligen Operettencharme der Marika Rökk, sie ist in ihrer Art etwas ganz Neues und Einmaliges. Man wünscht ihr und uns den intelligenten Regisseur, der das richtig herausstellt.

Daran fehlte es leider oft. Der Film, um den es sich hier handelte, mein dritter und bisher aufwendigster, war schlecht. Zwar ein Erfolg, aber schlecht. Das Buch war schlecht, die Regie war schlecht, mein Partner mittelmäßig. Nur ich war gut, soweit es unter solchen Bedin-

gungen möglich sein kann. Es war meine erste Hauptrolle. Danach bekam ich bessere Partner und bessere Regisseure.
Drollig übrigens, daß der Kritiker die Leander und die Rökk zum Vergleich heranzog. Zu jener Zeit waren beide Stars dem Publikum und den Kritikern noch gegenwärtig. Und Film, der von gestern und heute, war noch wichtig.
Midnight-Blues also.
Das schleppende Blues-Tempo, aber dabei sehr hart skandiert; meine Stimme, dunkel, unsentimental, diese mir eigentümliche Verzögerung vor dem neuen Takt. War ein Trick von mir und hatte eine tolle Wirkung.
›Die Zeit steht still,
der Zeiger steht auf Mitternacht,
niemals ein neuer Morgen,
ich bin gefangen von der Nacht.‹
Ich sitze hier und höre zu, ich finde die Nummer immer noch gut.
Ich möchte wissen, wie Papa das gefallen hätte. Schade, daß er es nicht mehr gehört hat.
Papa nahm das, was er machte, sehr ernst. Er unterschied nicht zwischen Kunst erster, zweiter oder dritter Klasse. Ob ernste Musik oder Unterhaltungsmusik, E-Musik oder U-Musik, wie man heute sagt, es spielte keine Rolle, was es war, nur erstklassig mußte es gemacht und dargeboten sein. Das Beste ist gerade gut genug für das Publikum, das war Papas Maxime.
Und ich finde ja auch, irgendwie kann man die Dinge nicht trennen. Der Schlager ist symptomatisch für die Musik und für die Kunst der Zeit. Wenn er schlecht und billig gemacht ist, hingeschlampt, taugt auch meist

alles andere nicht viel. Er ist das Volkslied von heute, für einen Großteil der Menschheit überhaupt die einzige Berührung mit Musik. Und darum kann er sehr geschmacksverbildend wirken. Ist er aber gut gemacht, besitzt er Einfall und Originalität, kann er genauso geschmacksbildend wirken. Wahrscheinlich läßt sich diese These auf jede Art von Kunst anwenden, auf Literatur, auf Malerei, auf Film und Theater.

Zusätzlich sind es noch gewisse Einzelheiten, die typisch sind für eine Zeit und ihren Kunstgeschmack, mehr auf ihre ganze Substanz. Zum Beispiel das Aussterben der Streicher in der Tanzmusik. Neuerdings findet man auch kaum mehr Bläser. Nur noch Schlaginstrumente: Schlaggitarren, Schlagbaß, Schlagzeug, und alles möglichst noch elektrisch verstärkt. Was bleibt, ist Lärm, keine Musik.

Was ebenfalls auf der Strecke blieb, ist Erotik. Man kann keine Erotik in die Musik zaubern ohne Streicher, ohne weiche Bläser.

Ob sich das noch einmal ändert, ob es zurückkommt? Manche sagen ja, und sogar bald. Andere sagen: nein, nie. Es ist das technische Zeitalter, das Zeitalter ohne Liebe, ohne Erotik, ohne Kunst.

Einige schwören auf die neue Romantik, andere lachen nur darüber und halten das Gerede über sie nur für einen albernen Reklametrick. Denn sie ist tot, tot für immer und ewig. Toter geht es nicht.

Tatsache ist, daß eigentlich keiner mit dem heute Gebotenen glücklich werden kann. Nicht einmal die so umschmeichelten Jungen, auch wenn sie so tun. Denn wir bekommen ja immer pausenlos zu hören, wie mißverstanden, wie unzufrieden, wie unglücklich diese

Jugend von heute ist. Obwohl ihr das Leben auf einem goldenen Tablett dargeboten wird.
Aber ein goldenes Tablett ist genaugenommen auch eine harte und langweilige Sache.
Ich werde das Problem in dieser Nacht nicht mehr lösen.
Es kann mir ja nun auch egal sein. Das hat auch sein Gutes. Es ist eigentlich das Beste von allem, bei dem, was ich heute nacht tun werde.
Ich muß sie noch einmal hören, meine Platte. Man soll sich nicht selbst loben, aber hier so ganz für mich allein – also ich finde den Song gut, und meine Interpretation ebenfalls. Ganz ausgezeichnet finde ich das.
›... Ich bin gefangen von der Nacht ...‹
Wirklich komisch, daß ich das damals gesungen habe.
Wenn mir einer gesagt hätte, ich werde das hören in der Nacht meines Todes ...

Artistenkind ... als ich ganz klein war, nahmen sie mich schon mit auf die Reise. Damals war Papa noch nicht berühmt, ihre Engagements und dementsprechend ihr Leben waren bescheiden. Billige Pensionszimmer und eine Menge Sorgen, aber davon wußte ich natürlich nichts. Mama erzählte später immer nur, sie habe sich nicht von mir trennen wollen, ich sei so ein süßes Kind gewesen und so artig, ich lag in der Garderobe und schrie nicht; später, als ich laufen konnte, fand sich immer einer, der auf mich achtgab, wenn sie Auftritt hatten. Ein süßes, artiges Kind, das jeder liebte. Ein Artistenkind.

So süß und artig blieb ich nicht; als ich größer wurde, war ich offenbar zeitweise recht ungebärdig, und keiner riß sich mehr darum, mich zu hüten. Ich kam nach Wien zu den Großeltern, denn in die Schule sollte ich schließlich auch gehen.

Das waren eigentlich schöne Jahre für mich, so zwischen sechs und neun etwa. Die Großeltern waren natürlich über die Heirat ihrer Tochter nicht gerade begeistert gewesen. Wenn sie Primaballerina an der Hofoper geworden wäre, ja, das wäre eine Ehre gewesen. Wenn auch für sie und ihr enges Leben sowieso schon eine fremde Welt.

Der Großvater war Buchbinder. Aber das Handwerk brachte nicht viel ein. Man machte alles mit Maschinen. Im XV. Bezirk hatten sie ein kleines Schreibwarengeschäft. Die Heirat der Mizzi mit diesem fremdländischen wilden Mann, der sich durchs Leben fiedelte, war ein schwerer Schlag für sie gewesen. Und jetzt mußten sie noch das Kind um sich haben.

Für meine Großmutter, eine stille, bescheidene Frau, war ich bestimmt eine schwere Belastung. Ich war ein lebhaftes kleines Mädchen. Natürlich liebten sie mich. Aber eine Belastung war es doch. – In die Schule ging ich sehr gern. Ich lernte leicht und rasch, und als ich später nicht mehr in die Schule gehen konnte, jedenfalls nicht regelmäßig, war das ein richtiger Kummer für mich.

Als ich wieder mit ihnen reiste, nachdem die Großmutter gestorben war, bekam ich selbstverständlich auch Unterricht. Ich besuchte immer wechselnde Schulen, in den verschiedenen Ländern. Viel kam dabei nicht heraus. Es gab Lücken, die immer größer wurden, die einfach nicht zu füllen waren.

Für die anderen Kinder war ich ein ungewöhnliches Tier, ein Artistenkind, das ein paar Wochen blieb und dann wieder verschwand und vielleicht ein Jahr später wieder für einige Wochen auftauchte.

Aber da war Papa schon eine berühmte Nummer und verdiente viel Geld, also bekam ich eine Privatlehrerin, die eine Weile mit uns reiste und mich regelmäßig unterrichtete. Ich liebte sie zärtlich, geradezu leidenschaftlich, obwohl sie ein sehr zurückhaltender, fast verschlossener Mensch war. Ich habe nie erfahren, was sie veranlaßte, diesen merkwürdigen Job anzunehmen, der gar nicht zu ihr paßte. Es dauerte auch nicht lange, dann verließ sie uns wieder. Kehrte zurück in ein ruhiges bürgerliches Leben, und ich wäre viel lieber mit ihr gegangen, als bei der Truppe geblieben. Ich wollte auch so ein Leben haben. Mit einer Wohnung, in der man ständig lebte. Mit Menschen, die immer die gleichen blieben.

Dann ging ich ein halbes Jahr lang in Berlin in die Schule, das war während der Zeit, in der die Morawa mich unterrichtete. – Später ging ich nie mehr in eine richtige Schule. Und ich beneidete jedes Kind, das weiter in die Schule gehen durfte. Manchmal haßte ich das Leben, das wir führten. Warum konnte mein Vater keinen ordentlichen Beruf haben, warum konnten wir nicht leben wie andere Menschen?

Das fragte ich Marja einmal.

Sie sagte: »Versteh' ich dich nicht, Täubchen. So ein interessantes Leben. Immer andere Städte, immer andere Länder. Du hast Kinstlerblut. Du kannst nicht sein Spießbürger.«

Von dem Künstlerblut war sie nicht abzubringen, das war einer ihrer Lieblingsausdrücke. Sie nahm den edlen Saft auch für sich selbst in Anspruch. Ihr Vater war Sänger gewesen, ihre Mutter ebenfalls Tänzerin, alles im alten Rußland, versteht sich. Marja hatte in Petersburg tanzen gelernt. Der einzige Ort auf der Welt, wo man überhaupt richtig tanzen lernen konnte, wie sie sagte. Von allen war sie die Beste gewesen, mit siebzehn hatte sie schon Soli getanzt, als sie zweiundzwanzig war, kam der Krieg, und dann die Revolution, und ihr Freund war ein Großfürst, aber sicher – das war er, und mit ihm floh sie nach Berlin. Er verließ sie, und sie heiratete einen anderen, einen armen jungen Musiker, das ging schief, und dann ging sie nach Wien und tanzte wieder. Aber nicht als Primaballerina, sondern im Corps, dann brach sie sich das Bein sehr kompliziert, als ihr Partner sie bei einer Hebefigur fallen ließ, und damit war ihre große Karriere vorbei.

Künstlerblut! Künstlerleben! Auch schon was! Das dachte ich damals bereits.

Als meine Mama, die kleine Mizzi, im Corps tanzte, war Marja bereits in der Statisterie gelandet. Und die nächste Station war eine Nachtbar, und der Himmel weiß, was aus ihr geworden wäre, wenn Papa und Mama sie nicht aufgenommen hätten.

Etwas war Marja nie gewesen: neidisch, gehässig oder kleinlich. Sie hielt die Mizzi für ein großes Talent und hätte ihr die Karriere gewünscht, die sie selbst nicht gemacht hatte. Es war eben Schicksal, nicht wahr? Das Leben war so. Nitschewo.

Und obwohl Marja meinen schönen Papa sehr bewunderte, war sie der Meinung, die Mama hätte ihn besser nicht heiraten sollen. Denn so war aus ihr keine Primaballerina geworden.

»Man kann verstehen gut. So eine wunderbare Mann. Sie muß gewesen sein verrückt nach ihm. Ein junges Mädchen wie sie. Vorher hat sie kein Mann gehabt. Keine Ahnung von Liebe. Mußte verrückt werden. Trotzdem schade. Sehr schade.«

»Mama ist doch glücklich«, sagte ich darauf. »Vielleicht wäre sie keine Primaballerina geworden. Genausowenig wie du.«

»Möglich. Möglich schon. Man kann nie wissen. Gehört auch Glück dazu. Viel großes Glück. Nicht nur Talent und Arbeit. Ja, du hast recht. Sie ist glücklich mit ihm. Sie liebt ihn. Und schlecht geht Geschäft ja nicht.«

Nein, schlecht ging es uns nicht. Wir hatten immer Engagements, wir konnten uns anständige Hotelzimmer leisten, Tanzstunden, Gesangsstunden für mich, ich lernte mehrere Instrumente spielen, und vor allem lernte ich Sprachen. Spielend und ganz von selbst.

Daß ich den Wunsch hatte, weiter in die Schule zu gehen, war allen unverständlich. Ich sprach einmal davon, so mit vierzehn oder fünfzehn Jahren – und Papa war maßlos erstaunt. »Wozu denn das? Du kannst lesen und schreiben und rechnen. Und du sprichst Englisch und Französisch. Und Italienisch und Spanisch. Und von Marja sogar ein bißchen Russisch. Auf welcher Schule lernt man mehr? Du hast bei mir die beste Startmöglichkeit. Ich mache eine große Nummer aus dir. – Eine ganz große Nummer.«

Worin die große Nummer bestehen sollte, wußte man noch nicht. – Zur Tänzerin war ich nicht geboren, darüber war man sich bald klargeworden. Doch dann entdeckte Papa meine Stimme. Die freute ihn viel mehr. Eine Tänzerin hatte er schließlich.

Ich sang in sämtlichen Sprachen, die ich gelernt hatte, ich spielte Gitarre dazu oder Klavier. Sogar Akkordeon mußte ich lernen, was ich haßte.

Papa ging das alles zu langsam. Ich wurde ihm nicht schnell genug erwachsen. Als er mich mit fünfzehn auf die Bühne brachte, protestierte Mama. Das sei zu früh, und ich könne noch nicht genug.

»Jeder sieht, wie jung sie ist. Es wirkt rührend. Und sie bekommt Sicherheit und Erfahrung.«

Im Olympia in Paris schickte man mir die ersten Blumen

in die Garderobe, ich war gerade sechzehn geworden. Es war im Krieg. Ein junger deutscher Leutnant schrieb einen artigen Brief dazu und lud mich zum Abendessen ein. Das machte mich sehr stolz. Natürlich erlaubte Papa nicht, daß ich die Einladung annahm.

»Dazu bist du noch zu jung. *Ich* werde dem jungen Mann antworten.«

Sicher schrieb er ihm einen sehr höflichen und charmanten Brief. Aber ich war erbost.

»Auf diese Weise werde ich nie die Liebe kennenlernen.«

Marja lachte mich aus. »Kommt schon noch. Kommt früh genug. Du bist noch zu dumm. Du läßt dir ein Kind machen, und das mitten im Krieg. Du kannst noch warten.«

Aber ich hatte nicht sehr lange zu warten. Ein knappes Jahr darauf verführte mich ein Trompeter. Er war natürlich nicht aus unserem Orchester, sondern aus dem hauseigenen Orchester des Varietés, in dem wir damals auftraten. Es war wieder einmal die Scala in Berlin. Es war zum letztenmal, daß wir in der Scala auftraten, ehe sie zertrümmert wurde.

Er war ein gutaussehender blonder Mensch, etwa Mitte dreißig, und wir poussierten heftig miteinander während der ersten vierzehn Tage des Engagements. Ich hatte zwei Lieder im Programm, und wenn ich auf der Bühne war, wußte ich, jetzt sitzt er da unten und starrt zu mir herauf. An sich hatte das Hausorchester Pause während unseres Auftritts, und die meisten verließen den Graben. Er blieb sitzen und hörte mir zu. Also sang ich für ihn. Von der Liebe natürlich.

Manchmal trafen wir uns in der Kantine, obwohl es

mir verboten war, dahin zu gehen. Dann verdrückten wir uns irgendwo in den Gängen, es gibt so viele Gänge und Winkel und Ecken in einem so großen Theater, und dann küßte er mich, meinen Mund, meinen Hals, und als seine Hand in meinen Ausschnitt fuhr und meine Brust umfaßte, erschrak ich des Todes, riß mich los und lief davon.

Nachts noch im Bett spürte ich diesen Griff. War es nicht wunderbar gewesen? Ich bekam eine Gänsehaut und kam mir sehr verrucht vor. – Am nächsten Tag lief ich nicht fort, ich war begierig zu wissen, wie das alles war. Und noch einen Tag später fanden wir einen noch stilleren Winkel, und er streifte mir das Kleid von der Schulter und küßte meine Brust, und ich war fassungslos, entzückt und entsetzt zugleich.

Trotzdem wäre natürlich nie etwas Ernsthaftes passiert, denn wann und wo hätte es geschehen sollen, es war ja immer nur in der Pause, daß wir uns trafen, die übrige Zeit mußte er spielen, und daß ich einmal nach der Vorstellung meine eigenen Wege gegangen wäre, war ganz und gar unmöglich.

Aber eines Tages trafen wir uns vormittags im Theater. Papa probierte eine neue Nummer, erst hatte es geheißen, ich käme auch dran, aber dann sagte Papa zu mir: »Heute nicht mehr, Lorena, ich habe noch länger zu tun. Geh nach Hause.«

Nach Hause war eine Pension in der Nähe, wo Marja auf dem Zimmer für uns kochte. Das tat sie immer, wenn es sich ermöglichen ließ. Und ich half ihr gern dabei.

Hinter der Bühne traf ich ihn.

»Mußt du nicht singen?«

»Nein.«
»Wohin gehst du?«
»Nach Hause.«
Er lächelte mich an, sehr zärtlich, und ich wollte gern ein bißchen von ihm geküßt und gestreichelt werden. Daran hatte ich mich schon gewöhnt. – Er nahm mich an der Hand und zog mich mit sich, und ich widerstrebte keinesfalls. Er kannte sich gut aus im Haus. Wir waren unter der Bühne, da waren die Garderoben, die Probe-räume, es waren kaum Leute da, es war Mittagszeit, das Haus still und leer.
Er ging immer weiter, um Ecken herum, es wurde schmutzig, und ich fragte: »Wo willst du denn hin?«
»Komm nur mit. Wir wollen endlich mal ein paar Worte zusammen reden und eine Zigarette rauchen.«
»Aber ich darf nicht zu lange bleiben.«
»Du wirst rechtzeitig zu Hause sein.«
Wir redeten nicht in Ruhe ein paar Worte, und wir rauchten keine Zigarette, jedenfalls nicht gleich, es gab da ein kleines, enges Zimmerchen am Ende des finsteren Ganges, schmutzig und verlassen, ein alter schiefer Diwan stand darin.
Sicher war er nicht das erstemal hier. Zu zielbewußt hatte er diesen Weg eingeschlagen. Aber das dachte ich natürlich damals nicht.
Ich kam gar nicht dazu, mich viel zu wehren, es ging ziemlich schnell, die Zeit war zu knapp. Die Küsse, die herabgestreifte Bluse, das kannte ich ja schon. Ein wenig entsetzte ich mich vor dem fremden, gierigen Gesicht, das er auf einmal hatte, ich wollte ihn wegstoßen, aber da hatte er mir den Rock auch schon hochgestreift.
So passierte es. Es hatte weh getan, und ich starrte ent-

setzt auf den Blutfleck auf dem verblichenen schmutzigen Polster; ich war maßlos enttäuscht.
Das? Das sollte die Liebe sein? Aber das war ja gräßlich. Das *konnte* nicht die Liebe sein.
Er gab mir sein Taschentuch, richtete sich auf, und ich war froh, als er seine Hose wieder geschlossen hatte und ich dieses furchtbare Ding nicht mehr sehen mußte.
Er zündete sich eine Zigarette an, ich saß da auf dem Diwan und war dem Heulen nahe.
»Nun, nun, mach nicht so ein entsetztes Gesicht, Kleine. Es ist wirklich das erstemal bei dir? Das hätte ich nicht gedacht. So wie du küssen kannst. Küssen kannst du gut. Das andere wirst du auch noch lernen. Komm, nimm eine Zigarette.«
Ich beherrschte mich mühsam, versuchte erwachsen und gelassen zu erscheinen und ärgerte mich, daß man merkte, es war das erstemal gewesen. Ich nahm eine Zigarette, meine Hand zitterte ein wenig, ich fühlte mich elend.
Das war ja schrecklich! Maldito! Schrecklich! Das würde ich nie wieder tun!
»Wenn Papa das erfährt, bringt er dich um«, war das erste, was ich schließlich herausbrachte.
»Er braucht es ja nicht zu erfahren. Für gewöhnlich erzählt man so etwas seinem Vater nicht.« Er setzte sich neben mich und gab mir einen flüchtigen Kuß. »Du hast sicher nicht viel davon gehabt. Aber wenn du mich mal besuchst, bei mir, wenn wir mehr Zeit haben, dann zeige ich es dir richtig. Kommst du?«
»Das kann ich nicht.«
»Warum nicht? Ich wohne hier ganz in der Nähe. Mal am Nachmittag. Wenn wir keine Nachmittagsvorstel-

lung haben. Ich bin dann allein. Meine Frau arbeitet in einem Modeatelier.«
Eine Frau hatte er auch. Auf diese Idee war ich noch gar nicht gekommen.
»Gehst du denn nicht mal spazieren? Oder etwas einkaufen? Oder zum Friseur oder so was? Bist du immer unter Aufsicht?«
Ich ging manchmal nachmittags ins Kino. Oft mit Marja. Aber manchmal auch allein.
»Ich glaube nicht, daß es geht«, sagte ich gemessen. – Ich wollte auch gar nicht. Er war verheiratet. Und er gefiel mir überhaupt nicht mehr. Und es war auch viel zu schrecklich.
»Ich wette, daß es dir Spaß machen wird. Wir müssen nur mehr Zeit haben. Und jetzt geh lieber. Ich warte hier noch. Wirst du den Weg finden?«
Ich nickte. Er gab mir einen Klaps auf den Popo, und ich ging.
Nein. So hatte ich mir die Liebe nicht vorgestellt. Wie irgendein Mensch dabei glücklich sein konnte, war mir unbegreiflich. Und wieso eine Frau davon schön werden konnte, war mir vollends ein Rätsel.
Ich kam noch vor Papa und Mama in der Pension an. Fest davon überzeugt, daß Marja mir alles sofort ansehen würde, hütete ich mich, ihr zu nahe zu kommen. Aber sie hörte mich und rief mich sofort in ihr Zimmer, wo sie eifrig in den Töpfen rührte. Sie hatte überall ihren elektrischen Kocher dabei, und meist gestattete man ihr auch – wenn auch ungern –, ihn gelegentlich zu benutzen.
»Komm her, Täubchen, rühr die Soße.«
Ich stand und rührte und hoffte, sie würde mir nicht

ins Gesicht sehen. – Aber sie sah gar nichts. Sie erzählte wortreich von einem Streit, den sie an diesem Vormittag mit dieser Pute von einer Wirtin gehabt hatte, die überhaupt kein Unterscheidungsvermögen besaß, mit wem sie es eigentlich zu tun hatte.
Dann kamen Mama und Papa und sahen auch nichts. Wir saßen um den Tisch herum und aßen, jeder konnte mein Gesicht sehen, es fiel ihnen nicht das geringste an mir auf. Das gab mir mein Selbstvertrauen wieder, und langsam begann ich Stolz auf mein Abenteuer zu empfinden. Ich war nun erwachsen. Eine Frau. Und die waren so dumm und merkten es nicht einmal.
Abends auf der Bühne sang ich mit viel Elan, und Papa sagte hinterher zu mir: »Du warst gut heute, Lorena. Du wirst langsam. Hat mir Freude gemacht.«
Also war wohl doch etwas dran, daß man sich veränderte, wenn man eine Frau war.
Zwei Tage später, als ich wußte, daß Marja Kostüme ausbessern mußte, erbat ich die Erlaubnis, ins Kino gehen zu dürfen. Und dann ging ich zu ihm. So lange, wie eine Kinovorstellung dauerte. Zeit genug, daß er es mir richtig zeigte. Viel schöner fand ich es aber immer noch nicht.
Mittwoch, Sonnabend und Sonntag hatten wir Nachmittagsvorstellung. Und natürlich konnte ich auch an den anderen Tagen nicht immer weg. Aber einige Male gelang es mir noch, ihn zu besuchen. Man wird ja sehr erfinderisch in solchen Situationen. War ich verliebt? Ich glaube nicht. Wenn ich es mir auch einredete. Auf jeden Fall war es aufregend und spannend. Und auch nicht mehr so schrecklich. Ich fand Gefallen daran, ganz nackt zu sein, mir sagen zu lassen, ich hätte eine süße

Figur, und langsam gewöhnte ich mich auch an den Anblick eines nackten Mannes, wenn mich auch seine Anatomie nach wie vor befremdete.
Dann hatte seine Frau ein paar Tage Urlaub. Und als ich ihn danach wieder besuchte, fragte ich: »Hast du denn mit deiner Frau nun auch ...?«
Und er antwortete brutal: »Natürlich. Das würde sie doch nur unnötig mißtrauisch machen.«
Das widerte mich an. Ich beschloß, nicht mehr hinzugehen. Aber ich ging doch. Bis das Engagement zu Ende war, das letzte, wie schon gesagt, ehe die Scala zerbombt wurde.
Ich dachte, ich müßte traurig sein, als wir abreisten. Aber ich war es nicht. Ich war irgendwie erleichtert, daß ich es hinter mir hatte. Und dann, mit zunehmendem Abstand, kam ich mir sehr wichtig vor mit meinem Abenteuer. In meiner Phantasie verschönerte ich es nachträglich, und nach einer Weile bildete ich mir ein, es sei Liebe gewesen.

Sandor... mit dem Glas in der Hand gehe ich langsam durch die vier ineinandergehenden Räume, die den offiziellen Teil von Sandors pompösem Haus bilden.
In der Mitte ein Riesenraum, die Halle, sehr sparsam möbliert, schwere Sessel, einige ausgesuchte Antiquitäten, gute Bilder, in der rechten Ecke hinten, groß und ausladend die Hausbar. Rechts von der Halle das sogenannte Kaminzimmer mit Sitzplatz vor besagtem Kamin, zwei kosigen Ecken und auch ein paar Büchern an den Wänden, damit jeder gleich sehen kann, daß er sich nicht bei einem Analphabeten befindet. Auf der Gartenseite des Raumes führt ein gewölbter schmaler Durchgang in das Eßzimmer, hellgrün und zartlila tapeziert, weiß eingerichtet, sehr bezaubernd.
Links von der Halle ist der Raum, den er Herrenzimmer nennt, da ist es betont dunkel und englisch, Stiche an den Wänden, afrikanische Jagdwaffen, schwere Lederfauteuils. Hier führt er geschäftliche Gespräche, falls einem Geschäftspartner die Ehre zuteil wird, ins Haus gebeten zu werden, und hier gibt er seine berühmten Herrenabende, bei denen keine Frau Zutritt hat.
Man wird zugeben, daß das Haus gekonnt eingerichtet

ist, wenn auch nicht sehr originell. Aber Sandor ist so ein geschickter Regisseur, der genau weiß, man enttäuscht das Publikum am wenigsten dann, wenn man ihm gibt, was es erwartet. In diesem Haus findet Klein Moritz all seine Träume vom Dasein des reichen Mannes bestätigt. Und kleine Moritze gibt es viele, auch in den bewußten besseren Kreisen und bei den höheren Bankkonten. In gewisser Weise ist auch Sandor ein kleiner Moritz geblieben. Auch das habe ich ihm mal gesagt, und auch das ist so etwas, was er mir nicht vergeben kann.

Noch besser denn als Regisseur ist er als Schauspieler. Ich glaube, ich kann das beurteilen. Er ist schillernder und verwandlungsfähiger als eine Frau; ich habe es oft staunend miterlebt, wie er es fertigbringt, jede Rolle zu spielen, die gewünscht und erwartet wird: der kaltblütige Abenteurer, der jeder Situation gewachsen ist und mit Kühnheit Menschen und Dinge herausfordert; der modernen Ideen und Künsten aufgeschlossene und – seit das Mode ist – sozialistisch angehauchte Künstler- und Journalistenfreund, die Zeitungsfritzen fressen ihm aus der Hand und schreiben gern und viel über ihn. Der jugendliche Sportsmann, in Reitstiefeln oder den Tennisschläger lässig unterm Arm, und er *kann* beides, reiten und Tennis spielen, und zwar gut. Und schließlich auch der Sensible mit dem Hang zu Romantik und Tiefsinn; und dann natürlich den Frauen gegenüber, da werden alle Variationen geboten, vom unwiderstehlichen Charmeur bis zu dem von der Liebe Überwältigten, der just auf diese einzige Frau gewartet hat.

Die Triebkraft für sein Talent, all diese Rollen zu spielen, ist seine Eitelkeit. Wo er gerade spielt, dort ist seine

Bühne, und er ist darauf der Protagonist. Dann ist er glücklich.

Er wirkt auf Männer und Frauen gleichermaßen. Sein Erfolg bei Frauen ist in gewisser Weise verwunderlich, denn er ist rein äußerlich kein Mann, der auf den ersten Blick atemlos macht. Er ist nicht sehr groß, aber schlank und von geradezu graziöser Körperbeherrschung und Gewandtheit. Sein Gesicht ist nicht schlecht geschnitten, aber es fehlt ihm die edle Linie, die Nase ist zu klein, der Mund zu weich, das Bärtchen auf der Oberlippe konnte ich sowieso nie ausstehen. Nur seine Augen sind schön, große, dunkle feuchte Augen mit erstaunlich langen Wimpern.

Meist hat er in dem Moment gewonnen, wenn man sich in ein Gespräch mit ihm einläßt, wenn man ihm Gelegenheit gibt, seine Rollen beziehungsweise die gerade passende Rolle zu spielen. Auf einmal ist er unwiderstehlich. Ich habe es selbst erlebt. So fing es an.

Ich konnte immer wieder beobachten, wie er auf Menschen wirkt. Männer nehmen ihn meistens sehr ernst, halten ihn für einen Erfolgsmann und einen Tiger bei Frauen. – Nun will das zwar nicht viel heißen. Erfolgsmänner von heute, also die, mit denen er bevorzugt umgeht, sind selten aus gutem Holz und haben oft wenig Verstand. Aber auch Frauen, die meist scharfblickender sind, fallen auf ihn herein. Ich denke da nicht nur an die kleinen Starlets, die von ihm ausgehalten werden möchten und sich von seinen Beziehungen etwas versprechen – nein, auch Frauen von gewissem Format, die es eigentlich besser wissen müßten.

Ich kenne zum Beispiel eine – sie spielt eine sehr angesehene Rolle in der Münchner Gesellschaft, blendend

aussehend, gut verheiratet, zwei entzückende Kinder, sehr reich, sehr selbstsicher, sehr gewandt, todschick angezogen immer –, die ist ganz verrückt nach Sandor. Man könnte fast sagen, sie sei ihm hörig, was ich nicht begreifen kann, denn für meine Begriffe ist er ein lausiger Liebhaber, was er aber natürlich nicht wahrhaben will.
Sie war schon seine Geliebte, ehe ich aufkreuzte, dann gab es mal eine Pause – meinetwegen vermutlich –, und dann fing es wieder an. Sie kann ohne ihn nicht leben, das ist es. Sie kam ins Haus, wenn sie wußte, ich bin nicht da. Und natürlich haßt sie mich wie die Pest.
Einmal habe ich die beiden überrascht, als ich unangemeldet zurückkam. Wegen einer schweren Erkältung hatte ich die Tournee abbrechen müssen, ich war sauer obendrein, es war eine miese Provinztournee, und ich hätte lieber Bomben ins Publikum werfen mögen, als mich auf diese billige Weise zu prostituieren. Dazu bekam ich Krach mit Jack, der mich in eine Klinik stecken wollte, um mich schnell zu kurieren, und ich sagte: »Du kannst deine Scheißtournee allein weitermachen, ich will sowieso nicht mehr. So weit bin ich noch nicht, daß ich auf die Dörfer gehe.« – Ich ließ mich mit einem Taxi in die nächste Großstadt fahren, nahm die nächste Maschine nach München und fuhr von Riem dann nach dem Herzogpark, ich wollte weiter nichts, als mich in mein Bett legen und vielleicht ein bißchen heulen.
So war mir.
Frau Winter empfing mich mit widerspenstiger Miene, und ich merkte, daß sie mich am liebsten wieder hinausbugsiert hätte.
»Schon gut«, sagte ich, »falls Besuch da ist, sagen Sie

nichts. Ich bin krank. Ich geh' hinauf und lege mich gleich hin.«

Da es unten still war und Frau Winters Augen tückisch und schadenfroh glimmerten, war leicht zu erraten, daß sich der Besuch im ersten Stock aufhielt, wo die Schlafzimmer sind. An der Garderobe hatte ich inzwischen den Nerz entdeckt, den voluminösen Platin-Nerz, den ich kannte.

Als ich die Treppe hinaufging, dachte ich kurz daran, einfach in sein Schlafzimmer zu gehen und die beiden zu überraschen. Aber natürlich tat ich es nicht. – Vielleicht wenn ich eifersüchtig gewesen wäre, aber ich war es nicht. Es war mir sowas von egal, sowas von egal gab's nicht zum zweitenmal. Ich wunderte mich nur über diese Frau. Was fand sie an Sandor? Ich kannte ihren Mann, er war jeder Liebe wert. Auf jeden Fall war er weitaus attraktiver als Sandor. Und wenn sie schon einen Liebhaber brauchte, zur Abwechslung und zur Aufmunterung, warum mußte es Sandor sein, der egoistisch und phantasielos war?

Als ich Wasser in die Wanne laufen ließ, kam Sandor im seidenen Morgenrock. »Wo kommst du denn her?«

»Direkt vom Flugplatz«, sagte ich heiser. »Ich bin erkältet und muß ins Bett. Aber laß dich nicht stören.«

Und als ich merkte, daß er mit irgendeiner Erklärung beginnen wollte: »Oh, shut up! Ich weiß, wer bei dir ist, und es interessiert mich einen Dreck. Viel Spaß noch und gute Nacht.«

Er drehte sich um und ging. Zweifellos ging Madame auch bald darauf, ich hatte ihr wohl den Spaß verdorben. Ich badete heiß, nahm zwei Schlaftabletten und kümmerte mich um nichts mehr.

Am nächsten Morgen war er nach Rom geflogen.
Bei alledem war es so, daß Sandor komischerweise für mich allerhand übrig hatte. Ich will es nicht mit Liebe bezeichnen, das käme mir im Zusammenhang mit ihm deplaciert vor. Er weiß gar nicht, was das ist: Liebe.
Nebenbei: Wer weiß das? Ich vielleicht?
Wenn ich es wußte, habe ich es vergessen.
Ja, also – er mochte mich irgendwie gern. Er dekorierte sich gern mit mir – ich bin eine dekorative Frau –, und in gewisser Weise fühlte er sich zu mir hingezogen. Vielleicht weil ich einer der wenigen Menschen bin, die er nicht beeindrucken kann.
Midnight-Blues ist längst abgelaufen, und jetzt lege ich doch ›Tränen im Regen‹ auf.
Meine Stimme, dunkel, ein wenig verhaucht, doch plötzlich, wenn es paßt, sehr hart, sehr akzentuiert, scharfer Jazzklang – Tränen im Regen kann keiner sehn...
Eine gute Nummer. Immer noch. Ich habe nichts daran auszusetzen. Noch mal von vorn.
Ich weiß noch genau, wie es war, als ich das erstemal in dieses Haus kam. In einer Nacht im Januar war es, nach einem Ball. Jetzt haben wir November, also ist es fast vier Jahre her. Schrecklich, wie die Zeit vergeht – die Zeit –, damals war ich neununddreißig. Und jetzt – na was, neununddreißig geblieben.
Es war kein Faschingsfest gewesen, sondern ein sehr gepflegter, sehr exquisiter Schwarz-Weiß-Ball, irgend etwas Wohltätiges. Ich hatte ein herrliches Kleid an, mit Pailletten besetzt, aber ich langweilte mich schrecklich. Jack hatte es arrangiert, daß ich mit einem Filmproduzenten in einer Loge saß, er wollte mich unbedingt

wieder in einem Film unterbringen, aber die Zeit der Filme war vorbei, sie machten damals schon diesen komischen Quatsch, in dem es für eine Frau wie mich keine Rollen gibt, Filme, in denen kleine Mädchen und schwule Jungen auf den Straßen 'rumlaufen und blödsinnig vor sich hinstarren und irgendwelchen Unsinn von sich geben, wenn sie nicht überhaupt nur in der Nase bohren und schweigen. Das sind keine Filme, in denen eine Frau wie ich unterzubringen ist. Hier in Deutschland machen sie nur noch solche Filme. Woanders gibt es noch andere.

Aber ich war kein internationaler Star, woanders brauchten sie mich nicht.

Na ja, lassen wir das, weiß sowieso jeder. Jack hatte sich mit einer faulen Ausrede vom Ball gedrückt, er haßt solche Feste, er sitzt am liebsten in einer verräucherten Kneipe, trinkt klare Schnäpse und redet nur mit dem, mit dem er reden will.

Den Filmproduzenten hatte er vorher bearbeitet, und der hatte einen Pressemenschen dabei und der Pressemensch seine farblose junge Frau. Und natürlich kamen pausenlos junge Schauspielerinnen und Starlets an, die den Produzenten enthusiastisch begrüßten, ihn Schätzchen und Liebling nannten, was den nur immer hochnäsiger und arroganter machte. Manchmal streifte mich sein Blick, und ich las darin: Siehst du das? Hörst du das? Die schönsten Mädchen küssen mir die Füße, die schönsten und jüngsten. Junge, hörst du, junge! Was soll ich eigentlich mit dir?

Ich gab mir nicht einmal Mühe, charmant zu sein. Ich war lange genug im Geschäft, um zu wissen, daß ich auf diese Weise keine Rolle bekam. Und daß ich schlecht gehandelt wurde, wußte ich auch. Mein letzter Film lag zwei Jahre zurück und war kein Erfolg gewesen. Es lag nicht an mir, es lag am schlechten Buch, an der billigen Machart. Aber woran es auch immer lag, in den Augen der Branche war ich es, die out war. Sie ist passé, sie zieht nicht mehr, das Publikum will neue Gesichter. – Ich kannte diese Sprüche, die waren altbekannt. Sie stimmen meist nicht. Aber belehre einer die Branche, sie sind bornierter als die Regenwürmer.

Ich saß also da und war genauso rotzig und arrogant wie der Produzent. Ich kann so was gut.

Eine junge Sängerin trat auf, sie war zierlich und blond und tat sich ab vor dem Mikrofon, doch kein Mensch hörte ihr zu.

»Reizend, die Kleine, nicht?« sagte der Filmproduzent. »Kommt aus Schweden. Achtzehn Jahre.«

»Ganz reizend«, stimmte ich zu.

Die Musik begann wieder, und der Pressemensch machte einen Versuch, sich vom Sessel zu liften. »Haben Sie Lust zu tanzen, gnädige Frau?«

»Nein«, sagte ich und lächelte ihn freundlich an, »bleiben Sie sitzen. Oder tanzen Sie mit Ihrer Frau.«

Ich hatte schon einen Tanz mit ihm getanzt und keine Lust auf eine Wiederholung. Er war hoffnungslos unmusikalisch. Selbst bei modernen Tänzen, wo das weiter keine Rolle spielt, war es aufgefallen. Er blickte mich unsicher an, die Frau gackerte, der Produzent zog mißbilligend die Brauen hoch. Schwierige Person, diese Rocca – sollte das wohl heißen.

Ich überlegte gerade, wie ich es anstellen könnte zu verschwinden, als plötzlich Sabine Lutz in unsere Loge kam, einen Mann im Gefolge.

Sabine rief heiter: »Hei, Leute, ist es nicht wieder toll heute abend? So herrlich öde. Ich komme mir vor wie ein Kamel in der Wüste. Ich hab' den ganzen Mund voll Sand, so trocken ist es.« Dann beugte sie sich zu mir. »Ich hab' dir einen interessanten Mann mitgebracht, der dich gern kennenlernen möchte. Er findet, du seist die schönste Frau hier im Saal. Ich finde das zwar übertrieben. Und reichlich unverschämt, daß er mir das ins Gesicht sagt. Findest du nicht auch?«
»Sehr unverschämt. Vermutlich will er dich ankurbeln damit.«
Sabine lachte, ihr helles sorgloses Lachen, mit dem sie alle Herzen gewann.
»Da kannst du recht haben. Aber du kannst ihn kriegen. Ich bin zur Zeit gut versorgt.«
Sabine, in meinem letzten Film noch in einer Nebenrolle beschäftigt, hatte inzwischen eine ansehnliche Karriere gemacht, beim Fernsehen. Ich nahm es ihr nicht übel. Sie war ein netter Kerl, nie zickig, nie bösartig, sehr offenherzig und wirklich begabt. Eine ziemliche Seltenheit in diesem Geschäft.
Sie präsentierte mir den Mann, den sie mitgebracht hatte, und ich ließ mir gelangweilt die Hand küssen. Als ich seinen Namen hörte, wußte ich, daß er kein kleiner Fisch war. Den Namen hatte ich schon öfter in der Zeitung gelesen, in den Klatschspalten, die so eine Art Barometer der zweitklassigen Gesellschaft bilden. Wenn man nicht zur erstklassigen gehört, ist es wichtig, dort gelegentlich genannt zu werden.
Er hatte mir also die Hand geküßt, ohne etwas dazu zu sagen, den anderen in der Loge nickte er nur zu und sagte in lässigem Ton: »Ich darf Ihnen Madame auf

eine kleine Viertelstunde entführen.« Es war keine Frage – eine Feststellung.
Mich hatte er auch nicht gefragt, aber ich fand es so fad, daß ich mich bereitwillig erhob. Ich dachte, er wollte mit mir tanzen, aber er führte mich in eine kleine Bar, die abseits lag und wo eine Nische für ihn reserviert war.
Generalstabsarbeit. Später lernte ich, daß immer und überall, wo er sich aufhielt, eine kleine Ecke für ihn reserviert war. Das kommt von den Trinkgeldern, mit denen er verschwenderisch umgeht. Eine Ausgabe, die sich immer bezahlt macht. Er fragte mich, was ich trinken wolle, ich sagte, es sei mir gleich. Darauf kam Champagner auf den Tisch, was ich phantasielos fand. Aber phantasielos in gewissen Dingen ist er nun mal.
Er machte mir ein paar Komplimente über mein Aussehen, mein Kleid und fügte hinzu, wie schade es sei, daß ich nicht gesungen hätte, dann hätte dieser Abend wenigstens einen Höhepunkt gehabt. Ich nickte, lächelte, sagte auch ein paar nichtssagende Worte und fühlte mich nicht weniger gelangweilt als zuvor.
»Sie machen nicht den Eindruck, als ob Sie sich besonders amüsieren?« sagte er.
»Nein. Sie?«
»Bis jetzt traf es zu. Wenn man sich amüsieren will, muß man selbst die Lust dazu mitbringen. Wie in der Liebe.«
Ich fand das gar nicht so dumm, was er sagte.
»Nur wenn man investiert, macht man Gewinn.«
Wem sagte er das? So war es in jedem Geschäft und nicht zuletzt in dem meinen.
»Wenn wir den Fall weiter untersuchen«, sagte ich,

»werden wir vermutlich feststellen, daß es in allen Dingen so ist.«

»Was gibt es schon noch außerdem? Geschäft, Liebe, Amüsement.«

Erstaunlicherweise hatten wir ein Gespräch in Gang gebracht, das mich eine halbe Stunde lang ganz gut unterhielt. Er war wirklich gewandt. Und charmant.

Kam dazu, daß er in einer für ihn günstigen Stunde in mein Leben trat. Ich war damals schon ausgebootet. Kein Mann, keine Arbeit, kein Erfolg.

Ich trank zwei Gläser von dem Champagner, mehr lehnte ich ab. »Danke, nichts mehr.«

»Lieber etwas anderes?«

»Nein. Ich wüßte nicht, was.« — Es war keine Blasiertheit, blasiert war ich eigentlich nie. Nicht echt, höchstens gespielt.

»Und was halten Sie von einem kleinen Mitternachtssouper, gnädige Frau?«

Davon hielt ich etwas. Ich hatte den ganzen Abend nichts zu essen bekommen.

»Wir werden hier nichts Gescheites kriegen.«

»Muß es hier sein? Oder sind Sie an Ihre Gesellschaft gebunden?«

»Nein. Aber es ist fast ein Uhr. So eine Weltstadt ist München nicht, daß einem noch besonders viel geboten würde um diese Zeit.«

»Wenn Sie sich mir anvertrauen wollen, Madame. Sie können wählen zwischen einem kalten Büffet oder, falls Ihnen warme Küche lieber ist, ein Steak, ein Fondue, ein gegrilltes Huhn und ...«, er dachte nach, »warten Sie, was könnte es noch geben? Ein Stroganoff? Möglicherweise ist ein Hummer vorrätig.«

»Alles etwas schwer für die späte Stunde. Ein kaltes Büffet würde genügen. Ich nehme an, das gibt es bei Ihnen zu Hause.«
»Sie haben es erraten, Madame.«
»Und wer sorgt für diese gutgefüllte Vorratskammer?«
»Eine Dame namens Frau Winter. Sie begleitet meinen Lebenslauf seit vielen Jahren und ist stets auf alles gefaßt und durch nichts zu erschüttern.«
»Das Gegenteil einer Ehefrau also, die demnach nicht vorhanden oder zumindest nicht zugegen ist.«
Vor Ehefrauen habe ich einen gewissen Horror, ich hatte schließlich meine Erfahrungen gesammelt.
»Weder–noch. Frau Winter ist jeder Ehefrau vorzuziehen. Sie ist schuld daran, daß ich nie geheiratet habe.«
Ein Mann, der nie geheiratet hat, imponiert mir. Es beweist, daß er Rückgrat hat. Und etwas von der Freiheit versteht.
»Man könnte jedem Mann so eine Frau Winter wünschen«, sagte ich und lächelte ihn erstmals etwas freundlicher an. »Rechtzeitig.«
»Mein Angebot ist akzeptiert, Madame?«
»Was das Mitternachtssouper betrifft, ja. Dazu würde ich auch gern noch ein Glas Champagner trinken ...«
»Und?«
»Was – und?«
»Ihre Stimme hörte sich an, als hätte der Satz noch eine Fortsetzung.«
»Nun, vielleicht hätte der Satz die Fortsetzung gehabt: Ich akzeptiere unter der Bedingung, daß der Abend nach Souper und Champagner nicht notgedrungen eine Fortsetzung haben muß.«
»Die Nacht, meinen Sie, Madame?«

»Die Nacht meine ich, Monsieur.«
»Das ist bedauerlich, Madame. Für mich. Aber ich werde mich in jeder Beziehung ganz nach Ihren Wünschen richten.«
Er beugte sich etwas näher zu mir, seine großen, wirklich schönen Augen sahen mich sehr direkt an. »In dieser Nacht. Und in jeder weiteren Nacht, in der Sie mir die Freude Ihrer Gegenwart schenken.«
Ohne Zweifel waren wir recht schnell und ohne großen Umweg beim ›touché‹ angelangt. (So nenne ich das, wenn ich merke, daß eine Verbindung hergestellt ist.) Ich wußte bereits, daß ich mit diesem Mann schlafen würde. Man kennt das Spiel, man kennt die Spielregeln, es ist immer wieder spannend und neu – eben solange es neu ist. Und wenn es einmal nicht mehr funktionieren sollte, kann man aufhören zu leben. So jemand wie ich kann dann aufhören.
Mit Liebe hat das nichts zu tun. Liebe ist überhaupt so eine dumme Illusion. Es gibt Leute, die werden nie erwachsen und glauben ein Leben lang an Liebe. Es gibt Leute, die werden sehr schnell erwachsen, so wie ich. Dann träumen sie nur noch davon. Das ist das Albernste, was es gibt. Von etwas zu träumen – an das man nicht glaubt.
Nicht mehr. Denn einmal habe ich es schließlich erlebt. Daß es sie gibt – le grand amour. Andreas, das warst du. Das bist du. Das bleibst du. Einmal und für immer. Once and forever. Das war auch ein Titel, den ich gesungen habe. Once and forever and then never again.
Aber an Andy will ich nicht denken. Nicht mal in meiner letzten Stunde. Aber die Nacht ist noch lang. Vielleicht denke ich später an dich. Wenn ich die Tabletten

geschluckt habe. Dann werde ich mir den Luxus leisten, an dich zu denken. Von dir zu träumen.
Wenn ich weiß, ich werde nicht mehr aufwachen müssen ohne dich.
Sicher bin ich selbst an allem schuld. Da stehe ich vor der Spiegelwand in der Halle und blicke mir ins Gesicht. Es liegt an einem selbst, was man aus seinem Leben macht.
Pf, nuts. Es liegt nicht am Willen. Es liegt am Sein. Ich war falsch konstruiert. Ich wollte immer alles ganz und hatte alles halb. Aber ich tat nie etwas ganz. Ich tat alles nur halb. Und so ist das Ergebnis: eine mittelmäßige Karriere, mittelmäßige Lieben, mittelmäßiges Leben.
Weil ich das Ganze wollte, war ich mit der Hälfte nie zufrieden. Weil ich nie zufrieden war, konnte ich die Hälfte, die ich bekam, nicht genießen. Sicher, jeder wartet auf die große Liebe und den großen Erfolg, die große Erfüllung. Aber die meisten richten sich ein mit dem, was sie bekommen, und sind relativ zufrieden damit.
Und wenn ich etwas Ganzes bekommen hatte, wollte ich noch das andere Ganze dazu. So verrückt bin ich. Keiner kann zwei Leben leben. Wenn ich zum Beispiel bei Berthold geblieben wäre, sein Leben mitgelebt hätte, mich angepaßt hätte, Kinder bekommen – wäre das vielleicht nicht etwas richtig schön rundherum Ganzes gewesen? Aber gewiß doch. Ich wollte ihn haben, um jeden Preis, habe ihn dem Mädchen weggenommen, das ihn liebte und das zu ihm paßte.
Als ich ihn hatte, wollte ich das andere Leben. So habe ich Unordnung und Schande in sein Leben gebracht.
Er sollte mir das geben, was ich mir als Kind immer gewünscht hatte, ein sicheres, friedliches Zuhause, ein

bürgerliches Dasein, er sollte mir heraushelfen aus der Scheinwerferwelt. Innerlich, meine ich. Und dann lief ich zurück unter die Scheinwerfer. Doch es waren nicht die hellen Scheinwerfer des Erfolges, wie sie für Papa und Mama gestrahlt hatten, es war nur ein klägliches Licht.

Lorena! Sieh dich an! Gefällst du dir?

Doch. Rein äußerlich kann ich mir noch ins Gesicht sehen, auch mit sehr kritischen Augen. Mein Gesicht gehört nicht zu den Gesichtern, die früh altern. Zweifellos bin ich heute schöner als mit zwanzig. Und wenn ich mich jetzt ausziehe und nackt vor den Spiegel stelle, kann ich auch zufrieden sein. Meine Figur ist, wie sie immer war, der durchtrainierte, straffe Körper einer Artistin.

Doch diese Zahl! Die Zahl meiner Jahre hat eine suggestive Gewalt über mich. Sie lastet auf mir wie ein Fels, sie steht an jeder Wand geschrieben wie ein Menetekel.

Ab morgen wird die Zahl nicht mehr existieren. Die gelebten und die ungelebten Jahre werden gleich unwichtig sein. Der Tod wird mich wieder so jung machen, wie ich mich fühle. So jung, wie ich damals war, als ich meine Mädchenzeit nachholte.

Die Kinderjahre in den Garderoben der Theater, die Mädchenjahre, als ich Lore war, Lore im kurzen Rock, mit offenem Haar, so unbeschwert in dieser Unschuldswelt der Jugend. Heides Freundin.

War ich das wirklich?

DANSE FUNÈBRE ... Mama und Papa, José de Santander und Maria Cadero, erlebten das Kriegsende nicht. Sie starben in einem Luftschutzkeller in Berlin.
Die Theater spielten damals schon nicht mehr. Wir waren in München gelandet, lebten dort etwas hilflos und ziellos in einer kleinen Pension, keiner wußte, wie es weitergehen sollte. Man wartete darauf, daß der Krieg zu Ende sein würde. Jeder wartete nur noch darauf. Das war die Hauptbeschäftigung der Menschen damals.
Das Orchester war zerstreut, sie lebten hier und dort, wo sie gerade untergekommen waren, Freunde oder Verwandte hatten. Für Papa war das ein unerträglicher Zustand. Er reiste kreuz und quer durchs Land, um seine Leute zu treffen, denn er wußte, daß sie sich heimatlos und verloren vorkamen ohne ihn, ohne die Truppe. Er wollte die Verbindung zu ihnen nicht verlieren. Sie sollten wissen, daß wir noch zusammengehörten. Er kümmerte sich darum, ob auch jeder gesund und einigermaßen wohlversorgt war, noch genügend Geld besaß, genug zu essen bekam.
In Berlin war ein großer Teil unserer Kostüme und Re-

quisiten zurückgeblieben, auch Instrumente, und um das alles zu holen, reisten meine Eltern im Herbst 1944 nach Berlin.

Enrico, Papas erster Cellist und sein bester Freund, fuhr mit ihnen.

Er wurde mit verschüttet – aber er überlebte.

Als er zu uns nach München zurückkam, war er ein zerbrochener Mann. Er saß bei Marja in dem kleinen Pensionszimmer und weinte und weinte.

Ich weinte nicht. Ich war wie erstarrt.

Aber Marja weinte. Sie fluchte und betete wirr durcheinander, in deutsch, in russisch, sie beschwor alle Heiligen, daß dies nicht wahr sein könnte und daß sie es ungeschehen machen müßten. Nachdem sie das eine Zeitlang getan hatte, kehrten ihre Vernunft und Tatkraft zurück. Zunächst bemühte sie sich darum, Enrico wieder einigermaßen auf die Füße zu stellen. Und nachdem ihr das gelungen war, betrachtete sie mich. Die ich nicht weinte, die starr und unbewegt durch die Tage gegangen war. Die ich schwieg und mich kaum rührte.

»Was ist los? Warum trainierst du nicht? Du wirst werden steif wie ein Stück Holz.«

»Laß mich in Ruh!« sagte ich. Stand auf, schmiß die Tür hinter mir zu und ging weg. Lief durch das auch schon schwer beschädigte München. Machte die Bekanntschaft eines Offiziers, der irgendeinen eleganten Heimatposten hatte und mich zum Essen ausführte – es gab zu der Zeit noch einige ganz gute Lokale in München, und wenn einer da bekannt war, bekam er zu essen und auch Wein.

Er wurde mein zweiter. Nach dem Trompeter in der Scala.

Ich fand immer noch nicht viel Geschmack daran, aber es war eine Ablenkung. Er hatte in Schwabing eine Wohnung, seine Frau war mit den Kindern aufs Land evakuiert.

Erst besuchte ich ihn bloß am Nachmittag. Als ich das erstemal eine ganze Nacht wegblieb, ohrfeigte mich Marja am nächsten Tag. Rechts und links.

»Miststück!« nannte sie mich. »Verdammtes Miststück! Das ist das einzige, was du jetzt im Kopf hast.«

Es war nicht das einzige. Hauptsächlich waren in meinem Kopf die Bilder vom Tod José de Santanders und Maria Caderos zu finden.

Wie sie da in dem Keller waren, und dann kam also die Bombe oder die Luftmine ... und dann stürzte das Haus auf sie herab und zerquetschte sie. Und da lag Maria Cadero mit ihrem süßen, zarten Gesicht, es war ein Brei, und ihr zarter, biegsamer Körper war ein blutiger Klumpen, und ihr langes braunes Haar ertrank in ihrem Blut und war nur noch klebrige Masse.

Wenn es aber so gewesen war, war es gut gewesen.

Vielleicht aber waren nur die Beine eingequetscht – oder ein Teil ihres Körpers. Und sie lebte. Sie lebte. Sie lebte immer noch. Und es war ein langsames, elendes Verrecken.

Und José mit seinem schönen dunklen Gesicht hatte Schutt im Mund und Staub in den Augen, und er schrie. Er schrie.

Bis er erstickte.

Das war es, was in meinem Kopf vorging. Und nur wenn dieser fremde Mensch mich umarmte, vergaß ich es. – Manchmal. Ein bißchen. Höchstens minutenweise.

Wer will, kann das Liebe nennen. Ich hatte keinen Namen dafür.

»Wir müssen weg aus München«, zu diesem Entschluß kam Marja schließlich. Es fielen hier auch genug Bomben.

»Enrico! Wir müssen weg. Wir haben die Verantwortung für das Kind. Jetzt haben wir sie. Wir müssen das Kind retten.«

Zunächst vor den Bomben, aber auch vor den Nächten, die ich außerhalb ihrer Reichweite verbrachte.

Weg aus den Städten wollten alle. Plötzlich liebte jeder das Landleben. Aber auf dem Land war kein Platz. Wer da ein Haus besaß, einen Hof, eine Hütte – der hatte den Laden voll. Zuerst die Verwandten, Bekannten und Freunde. Dann die Flüchtlinge und die Evakuierten.

Keine Rede davon, daß man einfach hinausfuhr und fragte: Haben Sie ein Zimmer, eine Scheune, können wir bei Ihnen mieten?

Haha! Sie lachten sich tot darüber.

Und das letzte, was sie genommen hätten, waren eine abgetakelte Russin mit schlecht gefärbtem Haar, ein klapprig gewordener Musiker und ein schlecht erzogenes Artistenkind ...

Also saßen wir weiter des Nachts in den Kellern unter der Pension, Marja betete, Enrico saß zusammengeduckt mit zitternden Lippen, und ich malte mir aus, wie wir zerquetscht werden würden.

Oder ich saß im Keller bei meinem Freund. Der trug eine Uniform und nahm sich zusammen. Aber sein Gesicht war blaß. Auch er hatte Angst. Alle hatten Angst.

Wenn er Dienst hatte, mußte er in der Kaserne schlafen.

Einmal war ich allein in seiner Wohnung, als Alarm kam. Er war nicht gekommen. Ich traute mich nicht, allein in den Keller zu gehen. Die Leute sahen mich sowieso sehr komisch an. »Meine Nichte!« So hatte er mich im Keller vorgestellt. Ich war achtzehn, er einundvierzig. Die Leute glaubten ihm sowieso nicht. Ich sah nicht aus wie eine Nichte.
Ich saß während des Alarms auf dem Bett und biß mich in den Arm, um nicht zu schreien. Vor Angst.
Am nächsten Tag sagte ich zu Marja: »Wann gehen wir denn endlich weg von hier?«
In dem Haus, in dem wir wohnten, waren die oberen Stockwerke zerstört, in den Fenstern hatten wir keine Scheiben, sondern Bretter. Manchmal fiel der Strom aus. Oder das Wasser. Dann beides.
Sie hatte immer ein gutes Verhältnis zu der Heiligen Mutter Gottes, die sie in allen Sprachen, die sie kannte – meist jedoch in russisch –, beschwor.
Die Heilige Mutter Gottes führte ihr Tulpano über den Weg.

TULPANO... Tulpano war ein Clown. Nicht so berühmt wie Grock oder Charlie Rivel. Aber fast. Ein international berühmter Clown. Hier und da waren wir ihm begegnet, war er im gleichen Programm wie wir aufgetreten. Ich kannte ihn, und er kannte mich. Es existierte eine ganz direkte, ganz persönliche Beziehung zwischen Tulpano und mir.

Die erste Begegnung mußte stattgefunden haben, als ich noch sehr klein war, vielleicht vier oder fünf Jahre alt. Daran erinnerte er sich – ich nicht. Ich hätte damals an seiner großen roten Nase gedreht und immer wieder sein weiß geschminktes Gesicht gestreichelt, so erzählte er es. Und dazu hätte ich gesagt: »Ich hab' dich lieb. Ich hab' dich lieb.«

Meine Erinnerung reichte zurück nach London. Wir gastierten im Palladium, ich war etwa neun Jahre alt. Kurz nachdem meine Großmutter gestorben war und ich wieder bei Mama und Papa gelandet war.

Ich stand in der Kulisse und sah Tulpanos Auftritt zu.

Er kommt auf die Bühne in seinem weiten, schlotternden Gewand, da steht ein Tisch, ein Stuhl. Er hat einen Blumenstrauß in der Hand. Liebevoll bereitet er alles vor, rückt den Tisch zurecht, den Stuhl, steckt die Blumen in eine Vase, die ersten Blüten fallen ab, er nimmt sie heraus, betrachtet sie, bewegt sie langsam und vorsichtig, steckt sie wieder in die Vase. Dann holt er Teller und Tassen, stellt alles auf den Tisch. Dazwischen rennt er immer wieder zur Tür, lauscht. Kommt zurück, verhält, lauscht. Sein weißes Gesicht ist wie ein Mond. Sein knallroter Mund breitgezogen im Lachen. Die Tasse wird noch einmal gerückt, dann der Teller. Der Stuhl zum fünftenmal geradegerückt, zurechtgestellt. Zur Tür. Lauschen. Nichts? Noch nichts. Aber gleich. Seine Haltung, seine Mimik drücken gespannte Erwartung aus.

Dann kommt sie. Ein Mädchen, zart und jung, im weißen Tütü, im Ballettröckchen, sie schwebt auf Spitzen herein. Sein Entzücken kennt keine Grenzen. Sie ist da, sie ist gekommen! Zu ihm. Er hopst um sie herum, reicht ihr die Blumen. Doch nun sind alle Blüten abgefallen, nur kahle Stengel hält er in der Hand. Sie dreht eine Pirouette und lacht ihn aus.

Er nimmt die Tasse in die Hand, will ihr einschenken. Es sind nur Scherben auf dem Tisch.

Er rückt ihr den Stuhl zurecht. Der Stuhl bricht zusammen. Dann auch der Tisch. Alles, was er aufgebaut hat für sie, vorbereitet für sie, zerbricht unter seinen Händen.

Sie lacht immer mehr, dreht sich immer schneller, ihr Bein kreist über seinen Kopf, während er die Scherben aufsammelt, den Stuhl flicken will. – Er überlegt, was er tun, was er ihr geben könnte. Alles, was er anfaßt ist kaputt, ehe sie es bekommt.

Doch dann fällt es ihm ein. Er greift unter seine weite Jacke, er zieht und zerrt, und dann hat er es in der Hand.

Sein Herz. Sein großes, rotes, volles Herz. Er kniet hin und legt es ihr zu Füßen, blickt anbetend zu ihr auf. Sie tippt es mit der Fußspitze an, schiebt es hierhin und dorthin, und dann springt sie darauf, und es zerplatzt. Nur ein kleiner, kümmerlicher roter Fleck liegt noch am Boden.

Sie dreht sich auf der Spitze über die Bühne, tippt mit der Fußspitze an seine große rote Nase und pirouettiert aus dem Zimmer.

Sie ist fort. Er ist allein.

Er bückt sich nach dem kleinen roten Fleck, der einmal sein Herz war. Hebt es auf, will es zurückstecken unter seine Jacke, aber es fällt wieder herunter, flattert auf den Boden, verschwindet in einer Ritze, ist weg.

Und er sitzt auf dem Boden und weint. Sitzt mitten auf der Bühne und weint.

Hinter der Bühne sitzt da ein kleines Mädchen in der Kulisse und weint. Und weint.

Das war ich.

Ich weiß noch, daß er mich aufhob und mitnahm in seine Garderobe. Daß er mich streichelte und tröstete, mir Schokolade in den Mund steckte. Und daß er selber die Augen voller Tränen hatte – weiß ich auch noch.

»La petite war mein bestes Publikum heute abend«, sagte er nachher zu Mama und Papa. »Aber sie soll es nicht mehr ansehen. Sie ist so traurig. Pauvre petite!«

Ich sah seinen Auftritt noch öfter an. Ich gewöhnte mich daran und weinte nicht mehr. Aber ich war immer nahe daran.

Traurig machte es mich jedesmal. Und er merkte es. Er nahm mich jedesmal mit und tröstete mich.

Und einmal, das weiß ich noch ganz genau, sagte ich:

»Ich bleibe bei dir, auch wenn dein Stuhl kaputt ist und deine Blumen leer sind. Das macht mir gar nichts. Ich bleibe bei dir.«

»Auf dem nackten Boden, Petite?«

»Auf dem nackten Boden, Tulpano. Ich hab' dich lieb.«

Ich weiß noch, daß er mich in die Arme nahm, ganz zärtlich und ganz fest, und mich auf die Wange küßte, und ich erinnere mich auch noch an das, was er sagte, als Mama mich holen kam.

»Sitzt sie schon wieder bei dir herum, Tulpano?«

Und er sagte zu Mama: »Alles, was man uns beigebracht hat in der Schule und in der Kirche, ist nicht wahr, Maria. Sie sagen, ihr seid verflucht, weil ihr die Erbsünde begangen habt. Weißt du, Maria, worin der Fluch besteht? Daß aus Kindern Erwachsene werden. Eva und Adam waren wie die Kinder. Der Fluch, mit dem sie aus dem Paradies vertrieben wurden, lautete: Ab nun sollt ihr erwachsen sein! Und der Fluch wiederholt sich an jedem Geschöpf, das auf diese Erde kommt. Sie kommen als Kinder auf die Welt, rein und unschuldig, und an einem Tag werden sie erwachsen sein. Und dieser Tag wird der Tag sein, an dem sie die Hölle betreten.«

Mama lächelte, nahm mich an der Hand und ging mit mir.

Später, während des Krieges, trafen wir noch einmal mit Tulpano zusammen, im Hansa-Theater in Hamburg. Da hieß es, Tulpano sei krank und nicht mehr das, was er gewesen sei. An dieses Engagement habe ich keine Erinnerung, ich ging zur Schule und war nur selten abends im Theater.

An einem klaren, kalten Tag im Februar traf Marja in der Stadt Tulpano, ganz zufällig begegneten sie einander. Sie brachte ihn mit in unsere Pension, und als ich am späten Nachmittag nach Hause kam, von einem Rendezvous mit meinem Freund, war er da.

Ich war jung und sicher recht hübsch, und Marja sagte mit einem gewissen Stolz, als ich ins Zimmer kam: »Das ist sie.«

Alle drei saßen um den Tisch herum, Marja, Tulpano, Enrico, und betrachteten mich mit Wohlgefallen.

Tulpano blieb stumm, nickte nur mehrmals mit dem Kopf.

Auf den ersten Blick erkannte ich ihn nicht, ein kleiner, weißhaariger alter Mann saß da, aber dann sah ich seine großen blauen Augen, seine kleinen lebendigen Hände.

»Tulpano!« rief ich.

»Ma petite! Du erkennst mich?«

»Aber klar! Wo ist deine Nase, Tulpano? Warum lachst du nicht?«

Da verzog er den ungeschminkten Mund zu dem gewohnten breiten Grinsen, und ich flog ihm an den Hals und küßte ihn.

Tulpano brachte uns aus der Stadt heraus.

Er selbst wohnte in Gstadt am Chiemsee bei einem Freund, einem Opernsänger, der dort ein Haus besaß.

Tulpano hatte, das erfuhren wir später, auch einmal als Sänger begonnen. Er hatte richtig Musik studiert und soll einen schönen Tenor besessen haben. Die Stimme verlor er in dem Krieg, der vor diesem war. Dann wurde er Clown. Nun war er schon seit Jahren nicht mehr aufgetreten, er war herzkrank und lebte sehr ruhig, sehr moderato. Aber er besaß genügend Ersparnisse, um sich keine Sorgen machen zu müssen. Er war allein. Und

darum war er gern zu diesem Freund an den Chiemsee gezogen.
Das Haus des Sängerfreundes war voll besetzt. Der Sänger, dessen Frau, seine beiden Töchter, Tulpano, und dann noch ein paar Flüchtlinge, die sie hatten aufnehmen müssen.
Tulpano besorgte uns eine andere Bleibe am Chiemsee, in einem Ort, der einige Kilometer entfernt lag. In einem Haus, das einem Schriftsteller gehörte, den die Nazis eingesperrt hatten. Jetzt lebten in diesem Haus seine Frau und eine alte Tante, und im oberen Stockwerk wohnten ein älteres Ehepaar aus München und eine Flüchtlingsfrau aus Schlesien mit zwei Kindern.
Da es sich um das Haus einer politisch verdächtigen Person handelte, mußten sie sowieso damit rechnen, weitere Einquartierung zu bekommen, also erklärte sich die Besitzerin bereit, uns aufzunehmen, nachdem Tulpano lange genug auf sie eingeredet hatte.
Wir bekamen zwei kleine Zimmer im ersten Stock, es stand nur das Nötigste darin, aber es fielen keine Bomben, es gab keinen Alarm, die Nächte waren ruhig, und wenn man aus dem Fenster blickte, sah man auf die weite grauweiße Fläche der schneebedeckten Landschaft. Es war sehr still, sehr friedlich. Zuerst fand ich es schön, dann langweilig, und schließlich gewöhnte ich mich daran.
Meinen Freund war ich los, aber ich trauerte ihm nicht nach.
Das letzte halbe Jahr hatte ich wie auf einer Insel gelebt. Man sagt, Jugend vergißt schnell und überwindet Kummer leicht. Für mich traf das nicht zu. Die Tatsache, daß Mama und Papa nicht mehr da waren und nie wieder

da sein würden, war immer schwerer zu ertragen, und noch immer lag ich in den Nächten wach und malte mir plastisch aus, *wie* sie gestorben waren.
Es war gut, daß ich Marja hatte. Und für Marja war es gut, daß sie mich hatte, mich und Enrico. Sie hatte mit uns beiden viel zu tun, wir mußten versorgt, beköstigt und in Gang gehalten werden. Ich war ein dummes, manchmal unvernünftiges Kind. Und er war ein alter Mann geworden in den zwei Tagen, da er verschüttet zwischen Leichen lag. Seine Hände zitterten, er würde nie wieder ein Instrument spielen können. Meist saß er nur so herum und starrte vor sich hin. Und nur wenn Marja ihn heftig anfuhr und ausschimpfte, nahm er sich zusammen. Wenn er seine guten Tage hatte, redete er. Erzählte von früher. Von unseren Reisen, unseren Erfolgen, unseren besten Nummern, wie sie dies gespielt und jenes arrangiert hätten, er sprach von Städten, Theatern, Kollegen, er erinnerte sich an die Auftritte der anderen, an ihre Vorzüge und Fehler, er kannte fast von jedem eine Geschichte.
Sein Gedächtnis arbeitete fehlerlos, und wenn Marja Stimmung und Zeit hatte, beteiligte sie sich an diesen Erinnerungen, dann rankten sie sich gegenseitig mit diesen Geschichten aneinander empor und fanden kein Ende. Wie es gestern war ...
Vielleicht begann es damals schon, ohne daß ich es wußte. Daß die beste Zeit meines Lebens Gestern war.
Es war zu jener Zeit nichts Außergewöhnliches. Fast alle Menschen lebten damals vom Gestern.
Denn: Gestern war alles besser gewesen. Und so wie es gestern war, würde es nie mehr sein. Der Krieg schien einen Schlußpunkt zu setzen.

Dabei waren wir noch verhältnismäßig gut daran, gemessen an den anderen, die der Krieg hierher verschlagen hatte. Alle jammerten den Dingen nach, die sie verloren und verlassen hatten: ein Haus, eine Wohnung, Möbel, das gute Porzellan, Großmutters alte Uhr, die vielen schönen Bücher, das vertraute, geliebte Bett.

Wir hatten nichts verloren. Wir hatten nie ein Zuhause gehabt. Kein eigenes Bett, keine Möbel, keine Bücher, kein Meißner Porzellan.

In fremden Betten hatten wir immer geschlafen. Was Heimat war, wußten wir nicht. Um diese Dinge brauchten wir nicht zu weinen.

Wir hätten um eine verlorene Zauberwelt weinen können. Aber das Artistendasein ist so geartet, daß man diese Zauberwelt in sich trägt. Man kann sie weder verlassen noch verlieren, noch aus ihr vertrieben werden. Es kommt immer einmal vor, daß man kein Engagement hat. Man steht in den Kulissen und hat keinen Auftritt. Deswegen ist die Bühne dennoch da.

PASTORALE ... so ein Leben auf dem Lande, das hatte ich nie kennengelernt. Es war mir nie bewußt geworden, daß es Menschen gab, die immer so lebten. Andere Kinder machen meist in den Ferien Bekanntschaft mit dem Landleben. Für mich war alles fremd und neu, das Dorf, Wiesen, Wälder, ein See, immer die gleichen Menschen, ihre kleinen Probleme, die Stille, das Gleichmaß der Tage, an dem auch der Krieg nicht viel geändert hatte.

Für uns war es noch viel stiller als für alle anderen. Sie hatten etwas zu tun. Wir nicht. Allerdings mußte ich auf Marjas Befehl üben und trainieren. Das war nicht so einfach, unser Zimmer war sehr klein, mehr eine Kammer. Dafür war die Diele im ersten Stock des alten bayerischen Hauses sehr geräumig, groß, weit und leer, hervorragend geeignet als Trainingsraum. Das Treppengeländer diente mir als Ballettstange, erste Position, zweite, dritte, vierte, fünfte ... Marja stand dabei, kommandierte und schlug das Tamburin. Ein Klavier besaßen wir ja nicht.

»Dein linkes Bein hängt durch, Lorena. Paß doch auf!«

Sie war eine strenge Lehrerin, nichts entging ihrem kritischen Blick. Ich schlug zwei Salti über die ganze Breite

der Diele, grätschte zum Spagat auseinander, den Kopf auf dem Knie.
Die beiden Flüchtlingskinder sahen mir neugierig zu. Die Flüchtlingsfrau, anfangs etwas mißtrauisch, gewöhnte sich an uns und wurde zugänglich und gesprächig. Marja konnte letzten Endes keiner widerstehen.
Das ältere Ehepaar, das die beiden großen Zimmer nach vorn heraus bewohnte, war problematischer. Es waren sehr vornehme Leute, jedenfalls taten sie so. Er war ein pensionierter Beamter aus München und eigentlich ganz nett, auch nicht abgeneigt, mir bei meinem Training zuzusehen.
Das hinwiederum mochte seine Frau gar nicht. Von ihrer Seite kamen gelegentlich spitze Bemerkungen, von denen Komödiantenpack noch die mildeste war. Sie beschwerte sich schließlich bei der Dame des Hauses und verlangte, daß das Gehopse auf dem Flur aufhören solle.
Die Dame des Hauses hatte verständlicherweise andere Sorgen. Sie war sehr still, sehr niedergedrückt, es kam fast nie zu einem Gespräch mit ihr, selbst Marja brachte es nicht über ein paar alltägliche Worte hinaus. Sie hieß übrigens Lindhofer, die Hausherrin, und wir erfuhren, ihr Mann, der Schriftsteller, sei ein berühmter Mann gewesen. Er war nun seit drei Jahren verschwunden, und sie wußte nicht, was aus ihm geworden war.
Ich mache keinen Lärm, erhielt die Frau Regierungsrat aus dem ersten Stock auf ihre Beschwerde zur Antwort, ich sei eine trainierte Tänzerin, die sich lautlos bewegen könne, und wenn man in den Zimmern bleibe, würde man von meinen Übungen nicht belästigt werden.
»Sie versteht von Kunst etwas«, kommentierte Marja

den Bescheid aus dem Parterre, »denn ihr Mann ist ein Dichter, er ist auch Künstler.«
»Kinstlerblut«, spottete ich, »da hätten wir es wieder mal.«
Mit Gesangsübungen war es schon schwieriger, denn die hätte man unweigerlich gehört, meine Stimme war verhältnismäßig kräftig, und ich war gewöhnt, sie voll auszusingen, soweit das Volumen reichte. Dafür hatte Papa gesorgt.
»Mikrofon, gut und schön«, hatte er gesagt. »Aber man muß dich notfalls auch einmal ohne Mikrofon hören können.«
Als es Frühling wurde, ging ich hinaus in den Wald oder auf die Felder und sang dort. Aber vorher hatte Marja bereits eine neue Fährte entdeckt. Denn nach wie vor hielt sie eisern daran fest, daß dies ländliche Idyll nur ein kriegsbedingtes Zwischenspiel sei und meine große Karriere ganz demnächst beginnen würde.
Mit der Zeit kannte Marja fast alle Leute im Ort, und sie kam mit allen gut aus. Man war nicht engstirnig hier draußen, und an Künstler war man gewöhnt. Schon vor dem Krieg hatten in den Orten um den See viele Maler und Schriftsteller gelebt, und es gab Schauspieler und Sänger, die hier ihre Sommerhäuser hatten oder sich hier zur Ruhe gesetzt hatten. Die barocke bayerische Wesensart fand sich mit diesen Zuwanderern verhältnismäßig leicht ab. Viel schwerer hatten es die Flüchtlinge, die mochte man nicht. Es waren Fremde, die man ablehnte, heimatlose Habenichtse.
Dann tat Marja noch etwas sehr Kluges: Sie ging regelmäßig zur Kirche und machte sich damit beim Pfarrer und bei den Dorfbewohnern beliebt. Es war keine Heu-

chelei bei ihr, sie war immer gern in die Kirche gegangen. Zwar war sie griechisch-orthodox, aber mit der Zeit hatte sie sich an den katholischen Gottesdienst gewöhnt und konnte das ganze Programm fehlerlos mitmachen. Sie veranlaßte auch mich, sie gelegentlich zu begleiten, ich war ja nun echt katholisch, ich war ordentlich getauft und gefirmt, darauf hatten Mama und Papa Wert gelegt.

Ich fand es ganz hübsch, in der kleinen Dorfkirche zu sitzen, die Orgel zu hören, die der Lehrer spielte und nicht einmal schlecht.

Der Lehrer war der Mann, den Marja zielbewußt ansteuerte. Er war ein älterer kleiner Mann, sehr freundlich, sehr geduldig, und er besaß eine ebenso duldsame, freundliche Frau, und vor allem besaß er ein Klavier.

Es dauerte nicht lange, und ich durfte dreimal in der Woche ins Lehrerhaus zum Üben kommen, ich durfte Klavier spielen und singen, und manchmal begleitete mich der Lehrer, obwohl natürlich mein Repertoire für ihn etwas befremdend war. Wir besaßen ja nicht sehr viele Noten, aber ein Band mit französischen Chansons, teilweise recht gewagte Sachen, und ein paar Hefte mit südamerikanischer und spanischer Folklore waren noch vorhanden, teils handgeschrieben.

War die Sache mit der Arbeitsverpflichtung. Ich war schließlich jung und arbeitsfähig, und Theaterleute wurden meist in Fabriken verpflichtet. Nun, hier gab es keine. Und nicht einmal der nationalsozialistische Staat brachte es fertig, Marja zu etwas zu zwingen, was ihr nicht beliebte. Sie hatte mich schon in München von einem Arzt zum anderen geschleppt, bis sie einen fand, der mir Blutarmut und nervöse Erschöpfung attestierte,

und ich hatte Lebensmittelkarten bekommen, ohne etwas zu arbeiten.
Hier draußen wollte keiner ernsthaft etwas von mir. Es gab zwar verschiedene Ämter, die zweifellos noch von Leuten besetzt waren, die man als Nazis bezeichnen mußte, aber die waren alle bereits sehr vorsichtig geworden und hielten sich zurück. Keiner wollte sich mehr exponieren, denn keiner hoffte mehr auf den versprochenen Sieg.
Auch der Lehrer hatte irgendein Amt inne, und er stellte mir einmal eine Bescheinigung aus, daß ich bei ihm arbeite, und dann ließ man mich überhaupt in Ruhe.
Vom Krieg merkte man hier draußen nicht viel. Man las in der Zeitung davon, hörte Berichte im Radio, wir hatten zunächst gar keinen eigenen Apparat, bis ich dann vom Pfarrer einen Volksempfänger geschenkt bekam. Man hörte hier und da von einem Sohn, Mann oder Bruder, der gefallen oder verwundet sei, aber das betraf uns nicht. Für uns war der Krieg zu Ende. Es gab niemanden mehr, um den wir bangen mußten.
Und dann kam der Frühling. Er kam mit großer Vehemenz und strahlender Pracht, ich erlebte ihn zum erstenmal so aus der Nähe, so Blatt für Blatt und Blüte für Blüte, und ich war ganz hingerissen davon. Der See war nicht mehr grau und stumm, er lebte, er war blau, grün, silbern, er bewegte sich, er atmete, und ich hoffte, wir würden im Sommer noch dasein, damit ich darin schwimmen konnte.
Nachdem der Schnee geschmolzen war, konnte ich auch öfter Tulpano im Nachbarort besuchen. Ich lieh mir das Rad des Lehrers oder das seiner Frau und radelte hinüber. Zwar war ich zuvor nie mit dem Rad gefahren,

aber das lernte mein durchtrainierter Körper schnell, ich war binnen kurzem eine Künstlerin auf dem Rad, ich fuhr freihändig in verwegenen Bogen und Schleifen über die Landstraße, das war ungefährlich, es gab keine Autos.

Im Haus des Sängers war ich gern, dort war immer viel Betrieb, dort war es immer lustig. Der Sänger selbst war ein großer, breitschultriger Mann, Anfang der fünfzig etwa, er hatte einen richtig schönen, dekorativen Theaterkopf mit dichter Mähne und zupackendem Blick, er hatte eine laute, lebendige Stimme, er konnte herrlich lachen und wunderbar erzählen, und er mochte mich vom ersten Augenblick an.

Seine Frau war eine blasse, ganz verschusselte Malerin, ewig mit den Gedanken woanders, aber friedlich und freundlich, und es war ihr total egal, wer da alles im Haus herumwimmelte.

Das Haus war proppenvoll. Da waren die beiden Töchter des Sängers, die sich mit ihren Kindern hierhergeflüchtet hatten, die eine aus München, die andere aus Köln. Die Männer waren eingezogen, der eine zur Freude seiner Frau in amerikanischer Gefangenschaft, vom anderen hatte man lange nichts gehört.

Es waren beides hübsche, vergnügte Frauen, ein bißchen schußlig wie die Mutter, großzügig und lebensfroh wie der Vater, sie lachten gern und redeten meist gleichzeitig. Die Kinder waren laut und lärmten ungeniert, dann gab es noch Flüchtlinge im Haus, die auch Kinder hatten, und hier vertrugen sich alle gut, es gab keine Schwierigkeiten.

Der stillste von allen war Tulpano. Er saß meist lächelnd dabei, beobachtete alles, und ich hatte das Gefühl, er war zutiefst dankbar, daß er junge lebendige Menschen um sich hatte und nicht irgendwo allein und einsam leben mußte. Dafür ertrug er auch den Lärm geduldig. Außerdem hatte jeder in diesem Haus Verständnis dafür, wenn einer sich zurückzog und seine Ruhe haben wollte. Es gab hinten im Garten eine Ecke, die nannte man den »Seelenwinkel«, wo sich immer nur einer allein aufhalten durfte.

»Was heißt Seelenwinkel?« fragte ich erstaunt, als ich das Wort zum erstenmal hörte.

»Das bedeutet, daß man sich dort mit sich und seiner Seele beschäftigen kann, wenn man will«, wurde ich belehrt. »Manchmal soll man das tun.«

Nie wurde einer gestört, der sich dort aufhielt. So wenig, wie man ungebeten das Arbeitszimmer des Hausherrn betrat, so wenig, wie man die Malerin bei ihrer Arbeit störte. Wer allein sein wollte, konnte es in diesem vollen Haus.

Der Sänger hieß Paul, sein letztes Engagement war Königsberg gewesen, und als die Theater im Sommer 1944 schließen mußten, war er in sein Haus am Chiemsee gekommen. Genaugenommen war es nicht sein Haus, es gehörte ihr, sie hatte es von ihrem Vater geerbt, der ebenfalls Maler gewesen war und hier gelebt hatte, ein übrigens recht bekannter Maler, wie man mir erzählte. Seine Bilder hingen überall, und sie gefielen mir.

Paul war acht Jahre lang in Königsberg im Engagement gewesen, und seine Frau hatte es von vornherein abgelehnt, ihn dorthin zu begleiten. Worüber er, wie er offenherzig zugab, nicht böse gewesen sei. Es war eine Theaterferienehe gewesen, und nur so war sie aufrechterhalten worden. Jeder ließ den anderen machen, was er wollte, und Paul, der nie ein Blatt vor den Mund nahm, sagte: »Die einzig mögliche Art von Ehe, die sich führen läßt. Jedenfalls für mich.«

Er wurde bald mein Gesangslehrer, und ein sehr guter dazu. Ich habe ihm viel zu verdanken. Er begann noch einmal ganz von vorn mit mir, mit Atemübungen, Scalen und Exercisen, dann durfte ich Lieder singen, Schubertlieder, Brahms, Mozart, und er konnte fuchsteufelswild werden, wenn ich sie in der Manier sang, wie ich zuvor meine Nummern gesungen hatte. Also stellte ich mich um, es fiel mir nicht schwer. Am liebsten hätte er mich wohl zur Opernsängerin ausgebildet, er meinte, ich hätte durchaus das Material dazu. Nur sei ich leider schrecklich ungebildet und hätte von wirklicher Kunst keine Ahnung.

Das stimmte. Ich war ein einziges Mal bis dahin in einer Oper gewesen.

Machte ich es nicht richtig, sang er mir vor. Er hatte einen vollen, metallischen Bariton, ich konnte ihm stundenlang zuhören.

Gab er ein Konzert, wie er es nannte, durften die anderen in sein Arbeitszimmer kommen, Tulpano, die Töchter, die Kinder, wer immer wollte. Nur seine Frau kam nie. Sie machte sich nichts aus Musik. Sie saß, nachdem das Wetter warm geworden war, irgendwo unten am See und malte. Den See, die Berge am anderen Ufer, Frauenchiemsee, das man von dieser Stelle aus gut sehen konnte und wovon es nahezu ein Dutzend Bilder im Haus gab, denn es hing wirklich auf jedem nur denkbaren Platz ein Bild, sie malte die Kähne auf dem See, einen Baum, einen Strauch, eine Wiese, sie malte immer wieder dasselbe und immer wieder mit der gleichen selbstvergessenen Hingabe. Sie war ein durch und durch glücklicher Mensch, wenn sie malen durfte. Der Krieg hatte für sie überhaupt nicht stattgefunden.

Wenn Paul mir Unterricht gab, durfte niemand das Zimmer betreten. Ich mußte meine Übungen und Lieder singen, dazwischen hielt er mir lange Vorträge über Atemtechnik und Stimmführung, über Lied- und Opernliteratur, und im Mai, kurz nachdem die Amerikaner uns erobert und befreit hatten, verführte er mich.

Er war noch gut in Form, seine Begeisterung wirkte ansteckend, und ich fand es gerecht, denn auf irgendeine Weise mußte er ja für die Stunden, die er mir gab, honoriert werden.

Von allem, was ich bisher mit Männern erlebt hatte, gefiel es mir am besten. Denn er war es, der mir zeigte, ›wo die Seele der Frau sitzt‹, wie er es nannte. Als ich das erstemal das erlebte, was gewisse Zeitschriften heute mit so großer Ausführlichkeit beim Namen nennen und breittrampeln und was ich damals weder dem Namen nach noch de facto gekannt hatte, war ich sehr angetan.

Er war sehr stolz, daß er mir das bieten konnte. Was ich denn für Trottel von Liebhabern bisher gehabt hätte, wollte er wissen. Ich berichtete getreulich von meinen beiden kümmerlichen Erlebnissen, und er belehrte mich, nicht weniger ausführlich und nachdrücklich als in der Gesangstunde, über die Funktionen des männlichen und weiblichen Körpers und daß ich nie – nie, hörst du, Musette! – mit einem Mann schlafen solle, der zu dumm oder zu egoistisch sei, mich zu befriedigen.

»Das hast du nicht nötig, Musette. Du bist so hübsch und so temperamentvoll, du kannst von einem Mann verlangen, daß er dich glücklich macht. Wenn er's nicht kann, zeig's ihm, wie er es machen soll. Und wenn er es dann immer noch nicht kann, schmeiß ihn raus.«

Er nannte mich abwechselnd Musette oder Gilda, sowohl der Marcel wie der Rigoletto waren Rollen von ihm gewesen, und je nachdem, ob er sich als Liebhaber fühlte oder die Vaterrolle spielte, wechselten meine Namen.

Dieser Unterricht fand auf dem Diwan in seinem Musikzimmer statt, und, wie schon erwähnt, wir wurden niemals dabei gestört. Manchmal fragte ich mich, ob die Töchter oder Tulpano ahnten, was da vor sich ging, wenn wir nicht sangen. Aber keiner machte je eine Anspielung. Seine Frau wußte es sicher nicht. Und wenn sie es gewußt hätte, wäre es ihr egal gewesen.

Marja wußte es auch nicht. Endlich einmal konnte ich wirklich etwas vor ihr verheimlichen, und das befriedigte mich tief.

Alles in allem war es eine glückliche Zeit. Meine nachgeholte Jugend, die ich genoß. Es änderte sich nichts daran, als der Krieg schließlich zu Ende war, die Amerikaner in ihren Jeeps durch die Gegend rollten, ein paar Umbesetzungen in der Hierarchie der Dörfer stattfanden, andere Bürgermeister, andere Lehrer, andere Lebensmittelkartenausgeber, nicht immer und überall, aber hier und da, es fiel nicht besonders auf.

Es gab wenig zu essen, aber Marja hätte nicht Marja sein müssen, um nicht mit dieser Herausforderung fertig zu werden. Durch ihre Freundschaft mit dem Pfarrer hatte sie einige Bauern kennengelernt, und selbst die, hartgesotten durch den Umgang mit hungrigen und hamsternden Städtern, waren Marja nicht gewachsen. Irgend etwas brachte sie immer angeschleppt. Ihre Phantasie vor dem Kochtopf kannte keine Grenzen. Wir hungerten nicht.

Und dann bekam ich das, was ich noch nie besessen hatte: eine Freundin.

Heide kam in mein Leben.

SOMMER ... wenn ich an Heide denke, denke ich an Sommer. Es war Sommer, als ich sie kennenlernte. Es war der nächste Sommer, den wir stündlich und täglich zusammen verbrachten, und es war wieder Sommer, als ich sie verriet.

Jetzt ist es November.

Ich gehe zu der breiten Tür, die über eine Terrasse hinaus in den Garten führt, schiebe den Vorhang zur Seite und blicke in die Dunkelheit des November-Gartens.

Die Bäume und Büsche sind kahl, der runde Springbrunnen in der Mitte des Rasens ist leer und stumm.

Wenn Sandor im Sommer eine Party gibt, wird der Garten miteinbezogen, es stehen Tische und Stühle draußen, man promeniert dort, plaudert, aus den offenen Fenstern und Türen fällt heller Lichtschein auf den Rasen und den Weg, der um Rasen und Springbrunnen herumführt. Hinten bei den Jasminbüschen ist es dunkel. Denn natürlich werden keine Lampions in die Zweige gehängt, das wäre albern.

Im vergangenen Sommer stand ich dort mit Jolly bei den Büschen, er küßte mich und erzählte mir von der Yacht, mit der er durch das Mittelmeer kreuzen würde, und daß ich ihn begleiten müsse. Weil er mich liebe.

Weil ich genau die Frau sei, von der er immer geträumt habe.
Ich lächelte und legte meine Hand an seine Wange. Dabei blickte ich zu der Terrasse hinauf, auf der Sandors Gäste wie auf einer Bühne agierten.
»Kommst du mit?« drängte Jolly.
»Aber nein«, sagte ich.
»Du sagst doch nicht seinetwegen nein?« fragte er ungeduldig und wies mit einer Kopfbewegung zur Terrasse hinauf, wo Sandor eben aus dem Haus getreten war und dort nun stand und mit irgend jemand plauderte.
»Nicht seinetwegen.«
»Warum dann?«
»Stell keine dummen Fragen. Ich erkläre nie, warum ich etwas tue oder nicht tue.«
Er begann, mir die Reise auszumalen, nannte die Häfen, in denen er anlegen wollte, die Orte, die wir besuchen würden.
Ich kannte sie fast alle. Die Côte d'Azur, die Bucht von Sorrent, Capri, Sizilien, die Adria, überall war ich gewesen. Ich habe an der Küste von Portugal gebadet, ich bin in Teneriffa gewesen, aber ebensooft auch, weil es nun einmal fashionable ist, auf Sylt. So verbrachte ich die Sommer meiner erfolgreichen Jahre.
Komisch, bereits im vergangenen Sommer, als ich da unten mit Jolly stand, seinen Körper neben meinem fühlte, dann wieder seine zärtlichen, drängenden Lippen auf meinen, dachte ich an den Chiemsee. Daß ich viel lieber, als mit seiner Yacht durch das Mittelmeer zu kreuzen, mit einem Ruderboot über den Chiemsee fahren würde. Zu einer der Inseln, ins Schilf hinein oder einfach in die Mitte des Sees, dort im treibenden Boot

in der Sonne liegen oder vom Boot aus ins Wasser springen, schwimmen, auch dem Boot nachschwimmen, wie ich es getan hatte, weil ich wissen wollte, wie weit ich schwimmen konnte.
Heide führte das Ruder, und manchmal rief sie besorgt: »Kannst du noch? Komm lieber herein jetzt. Du bist schon so lange im Wasser, du kühlst ganz aus. Der See ist heute nicht so warm.« Die zukünftige Ärztin sprach da.
»Nein«, rief ich. »Ich schwimme bis nach Herrenchiemsee. Das schaffe ich leicht.«
Ich schaffte es. Sie trieb das Boot mit leichten Schlägen durch das Wasser, ich schwamm gleichmäßig und ruhig, mein Atem ging nicht schneller. Als ich auf der Insel an Land ging, rieb sie mich mit einem Handtuch trocken und befahl mir dann, eine Weile zu laufen, damit ich wieder warm würde, denn meine Haut war kalt wie Stein.
Ich machte ein paar Sprünge, dann sagte ich: »Ach, Quatsch!«, warf mich ins Gras und ließ mich von der Sonne bescheinen.
Das wollte ich noch einmal erleben. Das. Die schönste Yacht und Jolly dazu würde ich dafür hingeben. Das dachte ich, und ich wunderte mich selbst darüber, daß ich an Heide und an damals dachte. Ich hatte viele Jahre nicht an sie gedacht, weil ich nicht an sie denken wollte.
»Du kommst mit, Lorena, ich weiß es«, sagte Jolly und küßte mich wieder.
Ich küßte ihn auch, es war schön, von ihm geküßt zu werden, er konnte es gut, er konnte vermutlich auch das andere gut, und es war ein verführerischer Gedanke,

für einige Sommerwochen einen jungen leidenschaftlichen Liebhaber zur Verfügung zu haben.
Es war bestimmt nicht wegen Sandor, daß ich dennoch nein sagte. Das war zu Ende, das war bereits überfällig, morgen oder übermorgen würde ich das Haus im Herzogpark verlassen, das war mir längst klar. Ihm auch. Vermutlich wartete er darauf, daß ich endlich ging.
Jack hatte die Idee gehabt, ich solle im Sommer eine Tournee durch Bäder und Kurorte machen.
»Das kann nicht dein Ernst sein? Ich soll in den Kurorten tingeln? Lieber hänge ich mich auf.«
»Hör mal, Lorena, das ist ganz normal. Das machen Leute mit bestem Namen.«
»Ich weiß genau, wer das macht. Alle, die passé sind. Die Stars von gestern, die sich ein paar Piepen verdienen müssen. Deutlicher kann man der Branche nicht zu verstehen geben, daß man fertig ist. Erzähl mir nicht, daß du das nicht genausogut weißt wie ich.«
Er schwieg, denn er wußte es. Wenn ich keine Tournee machte, wenn ich Sandor verließ, hatte ich keine Bleibe, hatte ich kein Geld. Ich konnte so nach und nach Schmuck verkaufen, so etwas geht noch eine Weile. Und ich konnte, zunächst mal, den Sommer auf Jollys Yacht verbringen.
Daß ich nein sagte, war Feigheit. Denn ich dachte an das, woran man nie denkt, wenn man jung ist: an nachher.
Der Sommer ging zu Ende, die Reise ging zu Ende, vielleicht würde ich ein wenig in Jolly verliebt sein, vielleicht würde ich gewöhnt sein an seine Küsse, seine Umarmungen.
Nichts sollte mir mehr weh tun, nichts. Wenn man gar

nicht erst anfing, mußte man nicht aufhören. Erinnerungen besaß ich genug, mehr als genug, ich brauchte keine neuen mehr. Noch ein Stück Vergangenheit, noch ein Stück Gestern, das würde Jolly sein am Ende des Sommers, das wußte ich schon vorher.

Ich wollte nicht, daß immer mehr Gestern zusammenkam. Ich hatte keine Zukunft mehr, gut. Aber ich wollte nicht noch mehr Vergangenheit haben.

»Nein, Jolly-boy«, sagte ich, »es gibt so viele hübsche Mädchen. Am besten suchst du dir sie unterwegs. Wenn du schon eine auf die Reise mitnehmen willst, dann nicht mich.«

»Ich will dich und keine andere.«

Er wollte mich, jetzt, im Moment, und hauptsächlich deswegen, weil ich nein sagte. Das wußte ich sehr genau.

Jolly ist ein stadtbekannter Playboy, ein Junge wie Samt und Seide, siebenundzwanzig Jahre alt, der Vater einer der reichsten Männer im Ruhrgebiet. Gearbeitet hat er noch nicht viel in seinem Leben, wird er auch später kaum tun, er hat es nicht nötig. Das Geld ist da, der große Bruder arbeitet im Werk, vermutlich ist er ganz froh, wenn der kleine Bruder in der Welt herumzigeunert und sich amüsiert als Hauptberuf.

Jollys Frauengeschichten sind Partygespräch und Illustriertenthema. Genaugenommen konnte ich mich geehrt fühlen, daß er mich in Erwägung zog, ein Star von gestern, eine Frau von gestern.

Daß er es tat, genügte. Natürlich konnte ich nicht ja sagen, gerade bei ihm nicht.

Ich glitt mit den Fingern durch sein seidiges dunkles Haar, das sich im Nacken lockte.

»Ich mache eine Tournee in den nächsten Wochen.«
»Aber das ist doch nicht so wichtig.«
»Nein. Und du bist auch nicht wichtig.«
Ich küßte ihn noch einmal und ging dann zum Haus. Sandor sah mich kommen.
»Na? Flirtest du wieder mit dem Charming-boy?«
»Ja.«
»Was bietet er?«
»Eine Kreuzfahrt auf seiner Yacht.«
»Herzlichen Glückwunsch.«
»Danke.«
»Es wäre vielleicht amüsanter, als in Travemünde oder Baden-Baden den Kurgästen von vergangener Liebe vorzusingen.«
»Das wäre es sicher«, sagte ich und ließ ihn stehen. Er war gemein. Das war er jetzt manchmal. Zeit, daß ich ihn verließ.
Überfällig war es, daß ich ging. Maldito, ja!
Ich ging. Und nun bin ich wieder in diesem Haus, in einer verlassenen Novembernacht. Gerade die richtige Zeit für das, was ich tun will. Im Sommer zu sterben ist schwer.
Ich lasse den Vorhang zufallen, drehe mich um, blicke in die Halle und weiß nicht, was ich tun soll. Ich habe getrunken, ich habe geraucht, ich habe Platten gespielt — eigentlich ist es jetzt von allem genug. Die Tabletten sind dran. Worauf warte ich noch?

Als der Krieg zu Ende war ... das Leben hatte sich kaum verändert für uns. Man muß auch bedenken, daß der Krieg für uns gar keine so große Realität gewesen war, er hatte uns nicht betroffen. Genausowenig wie das Nazi-Regime uns belästigt hatte. Wir waren Künstler, wir waren verhältnismäßig frei, das, was wir taten, war absolut unpolitisch, das Artistenleben war von jeher international, und Artisten kümmerten sich wenig, meist gar nicht um politische Zustände.
Ihre Heimat ist die Bühne, das Theater. Ihr Lebensinhalt – die Nummer. Ihre Freunde – die Kollegen. Außerhalb des Theaters, der Garderoben, der Kulissen beginnt für sie eine unwirkliche Scheinwelt, die sie kaum zur Kenntnis nehmen. Es ist anders als beim Schauspieler etwa, der viel mehr der Umwelt, dem Zeitgeschehen verhaftet ist.
Dazu kam, daß der Krieg uns nicht einmal Grenzen gezogen hatte. Wir hatten in all den Ländern gastiert, wo die Deutschen einmarschiert waren – Paris, Brüssel, Kopenhagen, Rom – das gehörte alles noch in den Fahrplan. Fast bis zum Schluß war alles gewesen wie immer. Wir bekamen Kostüme, wir bekamen Extrarationen,

wir bekamen Schminke — Krieg oder nicht Krieg, das Volk mußte unterhalten werden, das hatten die Nazis sehr gut begriffen. Die Ausstattung der großen Scalarevuen beispielsweise war von friedensmäßiger Pracht, die Kostüme, die Duisbergs Frau entwarf, aufwendig und ständig wechselnd.

Jetzt allerdings war meine Garderobe bescheiden. Sehr viel Privatgarderobe hatte ich nie besessen. Wichtig war immer nur das, was man auf der Bühne trug. Die eine von Pauls Töchtern, die gut nähen konnte, schneiderte für mich ein Dirndl, genau wie sie das für sich, ihre Schwester und die Kinder getan hatte. Der Stoff hatte sich noch im Haus befunden, irgendwann vor Jahren hatte die Malerin viele Meter Stoff gekauft, den man ihr zu erhöhten Preisen angeboten hatte. Für die Kinder, hatte sie wohl gedacht und dann den Stoff vergessen, sie war nun einmal so.

Pauls Tochter war entzückt, als sie ihn fand. Es gab zwei Versionen davon, blau mit rosa Blümchen und rosa mit blauen Blümchen. Ich bekam von dem Rosa, eine weiße Litze um den tiefen Ausschnitt, eine blaue Schürze dazu, und alle fanden, ich sähe großartig darin aus.

So lief ich meist in diesem Sommer durch die Gegend und hatte mich damit meiner Umgebung noch besser angepaßt. Ich war schlank und hochbeinig, mit festen Muskeln, nicht mager, sondern gut entwickelt, ich paßte gut in das bayerische Dirndl hinein.

Mein Gesicht war ungeschminkt. Marja hütete noch sorgfältig einige Schminkkästen für den Tag, an dem ich wieder auftreten würde. Auf dem Lande, so entschied sie, brauche ich keine Schminke.

Aber ich war braungebrannt, als die Sonne schien, ich

bräune sehr schnell, meine Haut hatte den Seidenglanz der Jugend, meine Wimpern waren auch ohne Tusche dicht und dunkel, ich brauchte auch keinen Friseur, ich wusch mir das Haar selbst, es war schulterlang, ich trug es offen oder mit einem Band zurückgebunden.
Ich kam mit allen Leuten im Dorf gut aus, ich war ganz unbefangen und benahm mich sehr brav und ordentlich, Lehrer und Pfarrer bezeigten mir Wohlwollen, ich hatte meine kleinen Flirts, mit dem Kaufmann, mit dem Metzger – das war wichtig –, mit einem netten Bauernburschen, aber das war alles ganz harmlos. Ich war ein braves junges Mädchen. Von dem Diwan in Pauls Musikzimmer wußte keiner etwas.
Bald nach Kriegsende kehrte übrigens der Schriftsteller aus einem Lager heim. Er hatte überlebt. Er war blaß, mager und düster, sprach mit keinem in der ersten Zeit. Seine Frau war überglücklich. Sie umsorgte ihn wie ein neugeborenes Kind. Da er ein Verfolgter des Naziregimes war, bekamen sie manche Vergünstigungen, bessere Verpflegung vor allem. Auch die Flüchtlingsfrau mit den Kindern kam aus dem Haus, wir durften bleiben und hatten mehr Platz, ich bekam das eine kleine Zimmer für mich allein.
Es lebten, wie gesagt, viele Flüchtlinge in den Orten um den See herum. Und es kamen immer noch neue dazu. So auch eines Tages eine Familie aus Ostpreußen, ein Mann, seine Frau und die Tochter. Ich kannte sie nur vom Sehen, sie lebten außerhalb des Dorfes auf einem Bauernhof.
Zuerst war er mir aufgefallen, und das war unvermeidlich, denn Friedrich Wilhelm Barkenow war eine Schau, und das lag vor allem an dem Pferd. Nicht, daß er nicht

gut ausgesehen hätte, ein schlanker, drahtiger Mann, aktiver Offizier gewesen, von höchst eleganter Attitüde und Haltung, souverän auch in der kläglichen Situation, in der er sich befand. Und da war das Pferd.

Eine Fuchsstute, so schlank und drahtig und elegant wie er, die die ganze Flucht mitgemacht hatte und die er mehr liebte als Frau und Tochter. Seine einzige Tätigkeit bestand darin, sich mit dem Pferd zu beschäftigen. Er ritt in aller Selbstverständlichkeit durch die Gegend, auch durch das Dorf, verlorener Krieg hin und Notzeiten her, das war er so gewöhnt, und dabei blieb es. Die einzige Initiative, die er je entwickelte, bestand darin, für das Pferd Futter zu besorgen – Hafer, Kleie, Rüben, eine Weide im Sommer. Dafür freundete er sich mit den Bauern an, und ich hatte stets den Eindruck, er hätte Frau und Tochter verkauft, wenn er dafür alles Lebensnotwendige für das Pferd hätte eintauschen können.

Seine Frau war in gewisser Weise ein Pendant zu Pauls Frau, nur daß sie nicht malte; eine stille, zurückhaltende Frau, die man kaum wahrnahm. Die Tochter, das war Heide.

Adelheid Barkenow.

Zuerst machte ich seine Bekanntschaft. Es war draußen im Wald, ich sang aus vollem Hals, er kam angeritten, hielt vor mir, grüßte mit der Gerte und entschuldigte sich dann formvollendet. Hoffentlich habe er mich nicht gestört.

»Keineswegs«, sagte ich. »Und ich habe hoffentlich Ihr Pferd nicht scheu gemacht mit meinem Geschrei.«

»Elina ist sehr musikalisch«, sagte er, und er meinte das ernst.

Ich lachte zu ihm auf. »Na, das betrachte ich ja direkt

als Kompliment. Ich meine, daß sie nicht durchgegangen ist, als sie mich hörte.«

Pferde liebte ich. Es gab einige berühmte Schulreiter, die oft mit Lipizzanern in den Varietés aufgetreten waren, Franz Ackerl, Möser-José, und ich war immer ganz beglückt gewesen, wenn wir Pferde im Programm hatten, und brachte stets Zucker mit für die schönen vierbeinigen Kollegen.

Fortan blieb Herr Barkenow immer stehen, wenn wir uns im Dorf trafen, und wir plauderten ein wenig. Einmal, das war schon im Sommer, war seine Tochter bei ihm.

Bisher hatte ich sie nur aus der Ferne gesehen. Sie gefiel mir, sie war blond, sehr zart und ein wenig scheu.

Heide fühle sich sehr einsam hier, sehr fremd, teilte er mir mit. Wir seien doch etwa gleichaltrig, es wäre doch nett, wenn wir uns ein wenig anfreunden würden.

Ich betrachtete die Blonde noch genauer und sagte dann, nicht ohne Wichtigkeit: »Ich habe sehr viel zu tun. Aber wir können ja mal zusammen zum Baden gehen. Wenn du Lust hast«, ich duzte sie ungeniert, »kannst du morgen mitkommen. Ich habe einen prima Badeplatz entdeckt, da ist man ganz ungestört und braucht keinen Badeanzug.«

Die Blonde riß die Augen erstaunt auf, aber Herr Barkenow lachte und meinte, das sei die beste Art zu baden, das habe er früher auch oft getan. Er erzählte noch irgend etwas von Zoppot und anderen Ostseebädern, und als wir uns trennten, hatte ich mit dem Mädchen verabredet, daß es mich am nächsten Tag abholen solle.

Sie kam auch treu und brav, wurde von Marja begutachtet und akzeptiert, dann zogen wir los. Ich hatte

wirklich einen schönen Platz gefunden, ein kleiner Wiesenfleck am See, versteckt zwischen Büschen, und dort badete ich ganz ungeniert ohne. Ich war gleichmäßig braun am ganzen Körper, und Heide wandte scheu die Augen ab, als ich mich ausgezogen hatte.
Sie besaß keinen Badeanzug, die Flucht hatte im Winter stattgefunden, aber sie bekleidete sich züchtig mit Hemd und Höschen, als sie ins Wasser ging, beides mußte danach in der Sonne trocknen, während sie wieder ihr Leinenkleidchen anzog.
»Mensch, nun hab' dich nicht so«, sagte ich. »Hier kommt keiner her. Und wennschon! Da ist doch nichts dabei.«
Ich liebte meinen Körper. Und zeigte ihn gern. Paul hatte mir nun oft und ausführlich genug erklärt, wie schön er sei, und ich fand es selber auch.
Es dauerte zwei Wochen, bis ich Heide soweit hatte, daß sie auch nackt badete, und es gelang mir nur dadurch, daß ich ihr Hemd und Höschen einfach wegnahm. Dann ging sie also zitternd ins Wasser und spähte immerzu zum Ufer, ob auch wirklich niemand in den Büschen stand. Als sie dann im Gras lag, deckte sie sich sorgfältig mit einem Handtuch zu, das ich ihr immer wieder fortzog. Ihre Haut war weiß und zart, sie bekam einen Sonnenbrand, und ich placierte sie dann immer im Schatten, bis ihre Haut sich an Luft und Sonne gewöhnt hatte.
Mit der Zeit wurde sie ungenierter, aber niemals so frei und frech wie ich. Sie bewunderte mich schrankenlos. Meine Welt und ihre Welt, da lag ein Abgrund dazwischen. Aber sie hörte es gern, wenn ich davon erzählte. Ich verschwieg auch meine beiden verflossenen

Liebhaber nicht, was sie einigermaßen fassungslos machte. Niemals jedoch erwähnte ich mein Verhältnis zu Paul. Ich konnte immer sehr genau unterscheiden, wovon man sprechen durfte und wovon nicht, und vor allem zu wem.

Sie lernte bald das lustige Haus im Nachbarort kennen, wir borgten für sie auch ein Rad, und wenn sie mich begleitet hatte, saß sie geduldig bei Tulpano und den anderen im Garten, während ich meine Stunden hatte, diese und jene.

Leuchtend und lebendig, strahlend vor Lebensfreude, kam ich dann aus dem Haus, ich hatte gesungen, ich hatte einiges über Harmonielehre und Musikgeschichte gelernt, dann hatte Paul mich umarmt. Das dauerte manchmal zwei Stunden, aber die anderen langweilten sich nicht, sie tranken dünnen Kaffee oder dünnes Bier, aßen die fettlosen Plätzchen, die eine von Pauls Töchtern buchstäblich aus dem Nichts backen konnte, Heide spielte mit den Kindern, sie liebte Kinder und konnte gut mit ihnen umgehen, Tulpano saß auf der Bank unter dem Birnbaum, er war ganz klein und sehr alt geworden, aber er blickte mich zärtlich an, ein wenig skeptisch manchmal auch, und fragte: »Nun, ma petite, hast du es gut gemacht?«

Ich lachte, beugte mich zu ihm, küßte ihn und sagte: »Ich hoffe. Frag Paul.«

Paul, der mir gefolgt war, sagte: »Wir haben es beide gut gemacht«, und ich glaube, Tulpano verstand den Doppelsinn der Worte.

Nur er, sonst keiner. Heide gewiß nicht, sie war so arglos, so harmlos, sie war noch ein Kind, kein Mann war ihr je zu nahe gekommen.

Das war die Zeit, in der ich langsam Papa und Mama vergaß. Wo sie aus meinem Leben verschwanden, wo ich die furchtbaren Bilder nicht mehr sah.
Mein Leben war ohne Sorgen. Wenn ich später hörte, wie die Menschen in den großen Städten gehungert hatten zu jener Zeit, wie mühselig sie gelebt hatten, so war das für mich nicht weniger ein Märchen als für die Jugend der heutigen Zeit. *Meine* Nachkriegszeit war die beste Zeit meines Lebens.
Marja war manchmal eifersüchtig auf Heide.
»Du sollst arbeiten. Und nicht laufen herum in Gegend mit diese Mädchen. Was willst du denn mit der?«
»Ich liebe sie«, rief ich emphatisch. »Und ich arbeite doch. Oder nicht?«
In der Beziehung konnte Marja nichts an mir aussetzen. Nach wie vor trainierte ich unter ihrem strengen Blick auf der Diele, Brücke, Spagat, Salto, erste Position, zweite, dritte, vierte. Mein Gesangsrepertoire war recht beachtlich, Lieder, Operettenarien, sogar ein paar Opernarien waren dazugekommen, und als neuestes sang ich die amerikanischen Songs, die man jetzt täglich im Radio hörte und die mir ausnehmend gefielen. Meine Sprachkenntnisse waren in den Grundbegriffen vorhanden, das hatte ich auf den Reisen gelernt, natürlich fehlte es an der Grammatik, aber meine Aussprache war gut, und die amerikanischen Schlager halfen mir, mein Englisch aufzupolieren.
Hingegen hatte Heide ein großes Problem. Die Schule! Sie war ein Jahr jünger als ich und hatte die Schule nicht abgeschlossen, das hieß also, kein Abitur gemacht. Ich glaube, ich hörte bei dieser Gelegenheit zum erstenmal von dieser Einrichtung namens Abitur. Und wie wich-

tig das für Heide war. Auch ihr Vater fing immer wieder davon an.

»Aber du bist doch sehr gescheit«, sagte ich, denn sie hatte natürlich viel mehr gelernt als ich, »warum willst du denn noch in die Schule gehen?«

»Ich will studieren.«

»Warum denn das?«

»Ich möchte einen richtigen Beruf haben. Und am liebsten möchte ich Ärztin werden.«

»So was!« sagte ich.

Irgendwie imponierte es mir. Sie hatte wirklich ein angeborenes Talent für diesen Beruf, das merkte ich bald. Wenn einem von uns etwas fehlte, Enrico zum Beispiel litt an Rheumatismus, Marja japste manchmal nach Luft und bekam Schwindelanfälle, dann war das für Heide höchst willkommen. Sie ließ alles andere stehen und liegen und kümmerte sich um den Kranken. Und es fiel ihr auch immer etwas ein, was man tun konnte. Sie behandelte sogar ihres Vaters Pferd, als es sich am Fuß verletzt hatte. Ja, es kam so weit, daß die Leute aus dem Dorf sie holen kamen, wenn unser Doktor, der einzige weit und breit, nicht griffbereit war.

Der Arzt selbst erkannte ihr Talent und nahm sie manchmal zu Krankenbesuchen mit und schickte sie allein zu leichteren Pflegefällen.

Natürlich war ich bei Heide und ihren Eltern auf dem Bauernhof draußen genauso zu Hause wie sie bei uns. Der Star auf dem Hof war Elina, die von allen bewundert wurde. Herr Barkenow kam mit seinem Bauern gut aus, sie konnten stundenlang über Landwirtschaft reden, denn Barkenow stammte von einem großen Gut in Ostpreußen. Ich glaube, er war der einzige Flüchtling

weit und breit, der keine Schwierigkeiten mit den Einheimischen hatte, trotz seiner feudalen Lebensweise. Oder vielleicht gerade deswegen.
Der Winter war lang und langweilig. Es gab viel Schnee, es war kalt und dunkel, radfahren konnte man nicht, meine Besuche bei Paul wurden selten. Zwar fuhr ein alter, klappriger Autobus zwischen den Dörfern, aber er war nicht zuverlässig, manchmal verpaßte ich ihn auch, dann mußte ich in Pauls Haus übernachten. Ich schlief auf dem mir wohlbekannten Diwan im Musikzimmer, und Paul kam in der Nacht und liebte mich.
»Deine Frau!« sagte ich vorwurfsvoll.
»Sie schläft«, erwiderte er ungerührt.
Wir waren ein gut eingespieltes Paar, wir hatten beide unseren Spaß an der Sache. Liebe? Mit Liebe hatte das nichts zu tun. Was Liebe war, wußte ich immer noch nicht.
Er streichelte liebevoll meine Brüste und sagte: »Du bist eine Frau, die viel Liebe braucht. Weißt du, Musette, es gibt Frauen, die brauchen das alles nicht so sehr. Für die ist es eher lästig. Und die müssen immer erst mal die Augen zumachen und schlucken, ehe sie die Beine auseinanderkriegen«, er hatte manchmal eine recht drastische Ausdrucksweise, »aber du mußt es haben, sonst wirst du unausstehlich. Ach, Musette, ich möchte dich haben in zehn Jahren. Wenn du so richtig erwachsen sein wirst. Ich beneide die Männer, die dich dann lieben werden. Ich könnte mir vorstellen, daß einem Mann Hören und Sehen bei dir vergeht. Ich wünsche dir, daß du immer die richtigen hast. Die, die du brauchst.«
Es kam mir ganz normal vor, daß er immer von mehreren Männern sprach.

Genaugenommen lebte ich auch jetzt wieder ein gespaltenes Leben. Ich war eine Frau, wenn ich bei Paul war. Ich war ein junges Mädchen mit Heide. Und ich konnte beides spielend unter einen Hut bringen.
Doch dann lernte ich ein neues Gefühl kennen.

EIFERSUCHT ... ich hatte bis dahin nicht gewußt, was das ist. Und wenn ich mein Leben von heute betrachte, so gibt es darin keine Eifersucht. Doch – vielleicht soweit es Jack betrifft.

Ich bin eifersüchtig auf die anderen, für die er arbeitet. In letzter Zeit bin ich es, weil die anderen wichtiger sind für ihn als ich.

Ich war rasend eifersüchtig, solange ich mit Andy lebte. Obwohl ich keinen Grund dazu hatte. Nicht, soweit es Frauen betraf. Aber es gab einiges in seinem Leben, das ihm wichtig war. Und ihm sollte nichts wichtiger sein als ich. Genau wie es für mich ja auch nichts gab außer ihm.

Und dieses Gefühl, daß es im Leben eines Menschen, den ich liebe, nichts geben soll außer mir, erlebte ich das erstemal mit Heide.

Ich war eifersüchtig auf diese verdammte Schule. Das war das erste.

Sie begann wirklich, noch im Winter, in die Schule zu gehen. Sie mußte dazu jeden Tag nach Traunstein fahren, und das war unter den damaligen Verhältnissen eine echte Strapaze. Ihr Tag begann in aller Herrgottsfrühe, im Dunkeln mußte sie aufstehen – für mich ein unmögliches Ding, natürlich hatten wir, schon berufsbedingt, immer lange geschlafen –, sie hatte ein beträchtliches Stück bis zur Bushaltestelle zu laufen, dann kam die Fahrt, dann der Unterricht, dann die Fahrt nach Hause, bis sie kam, war es bereits schon wieder dunkel, und dann mußte sie noch Schularbeiten machen. Sie saß oft bis in die Nacht hinein, denn natürlich hatte sie große Lücken, sie hatte lange ausgesetzt, und hier war der Lehrplan ein anderer.

Sie wurde immer blasser und dünner, und ihre Mutter jammerte ständig über ihr Aussehen, und ich sagte: »Ist ja kein Wunder. Das hält ja kein Mensch aus. So ein Blödsinn, ist erwachsen und muß noch in die Schule gehen.«

Daß ich selbst einmal den Wunsch geäußert hatte – und so lange war das ja gar nicht her –, weiter in die Schule zu gehen, hatte ich vergessen. Oder ich wollte nicht daran denken. Ich haßte diese Schule, die sie mir wegnahm. Ich haßte diese Schule, die in ihrem Denken nun den ersten Platz einnahm. Schlicht und einfach: Ich war eifersüchtig auf die Schule.

Barkenow sagte: »Das verstehst du nicht, Lore. Sie soll studieren, wenn sie will.«

»Wovon soll sie denn studieren? Das kostet doch eine Menge Geld.«

»Das wird sich finden«, beschied er mich. Barkenow war kein Mensch, der sich jemals über den nächsten Tag Gedanken machte. Er war ein Tat- und Gegenwartsmensch, möglicherweise hatte das sein Beruf so mit sich gebracht. Aber es erboste mich, daß er ungerührt zusah, wie seine Tochter unter diesem gewaltigen Pensum fast zusammenbrach, während er nichts, absolut nichts tat.

Außer reiten, reden und Frau und Tochter beschäftigen.
Übrigens blieb das nicht so. Er konnte sehr aktiv werden, wenn es sich lohnte, das sollte sich später zeigen. Er ging in die Industrie. Anfang der fünfziger Jahre bekam er einen Job im Rheinland, wechselte später über zu einer größeren Firma und wurde ein recht erfolgreicher Manager. Ich las seinen Namen gelegentlich in der Zeitung. Denn zu jener Zeit hatte ich keine Verbindung mehr zu den Barkenows.
Glücklicherweise bot sich mir damals eine zusätzliche neue Unterhaltung, die sich zunächst an meinen Geist wandte.
Herr Lindhofer, der Schriftsteller, bei dem wir wohnten, hatte sich mit der Zeit so weit erholt, daß er langsam begann, etwas Anteil an der Umwelt zu nehmen. Und diese Umwelt war vor allem ich.
Arbeiten, das heißt also schreiben, könne er noch nicht wieder, hieß es. Dazu habe er zu viel Schreckliches erlebt, das müsse erst abklingen. Das sagte nicht er, sondern seine Frau. Er müsse das Verhältnis zu sich selbst und der Umwelt erst wieder normalisieren, so drückte sie es gelegentlich aus, Marja gegenüber, und Marja sagte zu mir und Enrico: »Ist sich großer Blödsinn. Arbeit ist gut für jeden Mensch. Macht am schnellsten normal.«
Dafür ging Frau Lindhofer seit neuestem arbeiten, ins Gemeindebüro. Er würde zwar eines Tages eine größere Entschädigung bekommen, aber noch hatte er sie nicht. Und außer der Miete, die sie für die Zimmer bekamen, hatten sie wohl weiter keine Einnahmen und sicher auch keine großen Ersparnisse.

Geldsorgen hatten wir gar nicht. Papa hatte gut verdient und war niemals ein Verschwender gewesen. Sein Konto hatte er glücklicherweise nach München verlagert, so daß wir darüber verfügen konnten. Auch Enrico, der keine Familie besaß und immer sehr solide gelebt hatte, besaß noch genügend Mittel. Wir brauchten ja auch nicht viel.

Ich kümmerte mich um diese Dinge überhaupt nicht. Bei Marja war das alles in besten Händen. Auf diese Weise allerdings habe ich nie gelernt, mit Geld umzugehen. Ich hatte von Papa ein kleines, sehr kleines Taschengeld bekommen, mal für Eis oder Kino; was ich sonst brauchte, bekam ich sowieso. Und so war es jetzt auch noch.

Natürlich war der Wert des Geldes gesunken, und er sank ständig weiter, aber auch davon wußte ich so gut wie gar nichts. Was das Leben in den Städten nach dem Krieg so verteuert hatte, die Einkäufe auf dem schwarzen Markt, war für uns sowieso unerreichbar. Die Lebensmittel, die es auf die Zuteilung zu kaufen gab, waren so wenig, daß es finanziell kaum ins Gewicht fiel. Und was Marja nebenbei kaufte, bei den Bauern oder aus hier verfügbaren schwarzen Quellen, hielt sich im Rahmen.

Es gab zum Beispiel im Dorf eine hübsche junge Frau, Kriegerwitwe, die einen amerikanischen Freund hatte, was anfangs mißbilligt worden war, woran sich die Leute inzwischen jedoch gewöhnt hatten, um so mehr, als eigentlich alle die amerikanischen Soldaten recht gut leiden konnten. Sie waren freundlich und umgänglich und machten uns das Leben nicht allzu schwer.

Die junge Witwe betrieb mit den Sachen, die sie von

ihrem Amerikaner bekam, und das war angefangen von Strümpfen über Zigaretten bis zu Käse in Dosen so ziemlich alles, was das PX zu bieten hatte, einen schwunghaften Handel und stand sich nicht schlecht dabei. Da Marja ihr einmal in prekärer Lage behilflich gewesen war, denn Marja, die lebenskluge, wußte unter anderem auch, wie man es verhinderte, ein Kind zu bekommen, bekam sie für ihre Einkäufe Sonderpreise. Zigaretten brauchten wir nicht, keiner von uns rauchte. Was Marja brauchte, war Tee, was Enrico brauchte, war Kaffee, er hatte einen niedrigen Blutdruck, und was wir alle drei brauchten, war gelegentlich etwas Gutes und Kräftiges zu essen.

Für den Metzger war ich zuständig, ich alberte ein bißchen mit ihm herum, gab ihm auch mal einen Kuß auf seine fette Wange, wenn seine Frau gerade nicht im Laden war, und dafür wog er unsere Fleischzuteilung sehr großzügig.

Dann war da noch der ehemalige Ortsgruppenleiter unserer Metropole, der sich zu Ende des Krieges vorsorglich erst einmal mit einer schweren Nierenerkrankung zu Bett gelegt hatte, bald jedoch wieder am Leben teilnahm und binnen kurzem der erfolgreichste Schwarzhändler mit dem größten Warenangebot weit und breit wurde. Bis aus Rosenheim und aus Traunstein kamen die Leute, um bei ihm einzukaufen. Er hatte sich offenbar nie besonders unbeliebt gemacht, die Bauern hatten ihn gern, und manches schwarzgeschlachtete Schwein, ja ganze Rinder gingen durch seine Hand.

Mit dem nun wieder hatte sich Enrico speziell angefreundet, sie spielten zusammen Schach, und das verbilligte die Preise bei unseren Einkäufen.

Frieren mußten wir auch nicht, unser befreiter Schriftsteller bekam reichliche Kokszuteilung. Und dank Marjas Geschick im Umgang mit Menschen kamen wir mit unserer Umgebung gut aus.
Wenn ich heute darüber nachdenke, dann gibt es eigentlich in meinem Leben keinen Menschen, dem ich so zu Dank verpflichtet bin wie Marja, der Russin. Sie hat meine Kindheit und meine Jugend behütet, ich habe alles von ihr gelernt, was ein Mensch von einer lebensklugen Mutter lernen kann, viel mehr als von meiner wirklichen Mutter. Marja erzog mich zu Disziplin und Arbeit, sie hat mir Haltung und Manieren beigebracht, sie hat für mein leibliches und seelisches Wohl gesorgt, und ich bekam Liebe von ihr, sehr viel Liebe.
Marja, was würdest du sagen, wenn du mich hier sehen würdest, mit der halbgetrunkenen Flasche Whisky, den Zigarettenstummeln im Aschenbecher und den fünfunddreißig Tabletten, ausgebreitet auf dem Tisch.
Ich weiß, was du tun würdest. Ohrfeigen würdest du mich. Und dann würdest du mich weitertreiben, du würdest meine Feigheit nicht dulden. Du würdest mich daran erinnern, wie schwierig dein Leben war und wie mutig du dennoch warst.
Aber die Zeit heute, Marja, ist erbarmungsloser als die Zeit des Krieges und die der Nachkriegsjahre. Das ist das Absurde an dieser Zeit, daß man inmitten allen Wohlstands so arm und verlassen sein kann.
Ich habe das alles jetzt erst begriffen. Zum Beispiel, wie leicht es ist, bei Null anzufangen. Es ist ganz einfach zu beginnen, wenn alle beginnen. Wenn man aufbauen kann, kämpfen kann, wenn man merkt, wie es Schritt für Schritt vorwärts geht, wenn man glücklich ist über

den kleinsten Erfolg, über selbstverdientes Geld, sei es noch so wenig, über den ersten Applaus, eine gute Kritik, einen neuen Vertrag.

Du hast es nicht erlebt, Marja, wie es heute ist. Es ist ein Dschungel, in dem wir leben müssen. Ein Dschungel des widerwärtigen Überflusses, der Sattheit, der Trägheit, der Geistlosigkeit. Sie sind alle dick, voll und satt. Es läuft ihnen zur Nase und zu den Ohren hinaus, sie freuen sich nicht, sie lachen nicht, sie weinen nicht, sie können sich nicht begeistern – sie haben stumpfe, leere Gesichter, sie sind eine formlose, geistlose Masse, ein lebloses Ungeheuer – der Kaliban der Prosperität.

Der Massenmensch, der Prototyp für das letzte Drittel dieses unglückseligen Jahrhunderts.

Da ist kein Platz mehr für solche, wie du es warst, für solche wie Mama und Papa, für Paul, für Tulpano, nicht einmal mehr für mich, die ich eine Generation jünger bin. Es gibt keine Individualisten mehr, nicht einmal unter den Künstlern. Ja, es gibt auch keine Künstler mehr.

Es gibt Macher, Produzenten, Manipulierer, Einpeitscher – das, was sie dir heute als Kunst verkaufen, läßt dich erfrieren. Sie zerstören das, was schön sein wollte, sie analysieren daran herum und zerreden es in tausend Teile, bis nichts mehr davon übrig ist. Sie haben auch die Liebe zerstört. Sie haben sich dafür einen Popanz geschaffen, ein nacktes Kalb von abgrundtiefer Häßlichkeit, das sie brüllend umtanzen – sie nennen es Sex. Es paßt in diese Zeit, dieses Monstrum, es paßt genau.

Ich kann nicht mehr arbeiten, Marja. Ich kann nicht mehr lieben. Ich habe auch niemanden, den ich lieben kann. Warum soll ich dann noch leben?

Ich habe nicht versagt. In dieser Stunde kann ich ehrlich sein zu mir selbst. Ich weiß, was ich kann. Und ich weiß, daß ich es gut gemacht habe. Und noch besser machen könnte. Aber mich will keiner mehr hören, keiner mehr sehen. Es ist keine Luft mehr da, die ich atmen könnte. Der Computer braucht keine Luft zum Atmen. Und es ist sein Zeitalter, nicht das Zeitalter des Menschen. Was soll man denn in solch einer Welt, Marja?

Sie starb vor sieben Jahren, sie starb leicht und mit Würde, ihr Herz blieb einfach stehen. Und sie starb zur rechten Zeit – sie mußte nicht miterleben, wie es mit mir abwärtsging.

Ich erinnere mich genau an den Tag ihres Todes. Es war im Winter, am Abend hatte ich eine Gala. Ein großes Fest, ein Film- und Presseball, und ich mußte auftreten, ich hatte ein paar Nummern im Programm. Zu der Zeit holte man mich noch für solche Sachen.

Die Tage zuvor waren turbulent gewesen, Proben, Besprechungen, Änderungen, wie das immer so ist. Sie hatte einen Schwächeanfall gehabt, zwei Tage vorher schon, ich ließ den Arzt kommen und bestand darauf, daß sie zu Hause blieb. Und dann wußte sie auch schon, daß sie sterben würde.

»Es ist aus«, sagte sie, ganz gelassen. »Macht nichts. Nitschewo.« Und sie betete zur Heiligen Jungfrau, daß sie ihr beistehen möge.

Ich saß an ihrem Bett und weinte.

»Heul nicht«, fuhr sie mich an. »Du mußt heute abend auftreten. Wie willst du aussehen?«

»Ich sage ab.«

»Du sagst ab nicht.« Ihre Stimme war schon leise, aber der alte Befehlston war noch da.

Ich sagte nicht ab. Sie war schon tot, und ich ging auf die Bühne. The show must go on.
Ich glaube, ich sang an diesem Abend besonders gut. Ich war nicht sicher, ob sie mir nicht zuhörte. Und ich wollte nicht, daß sie, kaum im Jenseits angekommen, Grund hatte, mit mir unzufrieden zu sein.
Zweimal auf Erden war sie sehr, sehr unzufrieden mit mir gewesen. Das erstemal, als ich Berthold heiratete. Das zweitemal, als ich mich von Andy trennte.
Zu Andy hatte sie einmal gesagt: »Ich bin froh, Andreas, daß sie dich hat. Du hast sie gemacht wieder zu dem, was sie ist.«
Was bin ich, Marja?
Du hast es offenbar gewußt. Ich nicht. Ich bin dumm.
Das sagte sie, als Andy gegangen war, als ich wieder heiratete.
»Du bist und bleibst dumme Gans.«
Jetzt sterbe ich, Marja. Ich weiß nicht, ob es einen Himmel, eine Hölle oder sonst irgendeinen Ort gibt, an dem ich dich treffen werde. Mir wäre ein wenig bange, dir zu begegnen. Ich fürchte, du würdest mich mit Ohrfeigen empfangen.
An die beiden letzten Ohrfeigen, die ich von ihr bekam, erinnere ich mich sehr genau. Die eine war wegen Lindhofer, die andere wegen der Amerikaner.
Als ich Heide betrog, als ich ihr Berthold wegnahm, ohrfeigte mich Marja nicht. Da verachtete sie mich. Jemanden, den man verachtet, den ohrfeigt man nicht, dem dreht man den Rücken zu.
Soll ich nun anfangen mit den Tabletten? Wie macht man das am besten, nimmt man alle auf einmal oder nach und nach?

Was ist, wenn mir bloß schlecht wird? Es ist gar nicht so einfach, sich das Leben zu nehmen. Jemand hat mir mal gesagt, wenn man Schlaftabletten nimmt, erstickt man elend. Weil die Luftröhre oder die Lunge oder was weiß ich zuerst versagt – ob das stimmt?
Ich warte noch ein wenig. Vielleicht sollte ich mir den Luxus leisten, noch ein wenig an damals zu denken. An die Zeit, in der ich glücklich war. So dumm glücklich. So jung und ahnungslos glücklich.
Mein einziger Kummer war Heides blöde Schule, wie ich es nannte.
Der Schriftsteller sagte einmal zu mir, als ich darüber nörgelte: »Rede nicht so einen Unsinn, Lorena. Du bist doch sonst nicht so dumm. Du trainierst deinen Körper doch auch. Warum soll sie ihren Kopf nicht trainieren? Wenn sie doch offenbar einen hat.«
»Und ich?« fragte ich böse. »Habe ich etwa keinen?«
Er lächelte, auf seine stille, resignierte Weise. »Du hast sogar ein kluges Köpfchen. Es ist schade, daß man nicht ein wenig mehr Wissen darin untergebracht hat.«
Er bemühte sich darum, auf seine Weise, und es war das erste, was er überhaupt tat – sich mit mir zu beschäftigen, allerdings nicht nur mit meinem Kopf.
Er lebte sehr zurückgezogen, anfangs hatten wir ihn kaum zu sehen bekommen. Seine Frau päppelte ihn auf wie ein Kind, er las viel, er ging selten aus dem Haus, er hatte keine Gesprächspartner.
Irgendwann entdeckte er mich. Er kam eines Tages herauf in den ersten Stock, als ich trainierte, und sah mir zu. Es störte mich nicht, ich war von Kindheit an Publikum gewöhnt. Auf einmal sagte er, ich müsse bei Musik doch eigentlich besser arbeiten können.

Er brachte mir ein Koffergrammophon herauf, dazu einen Haufen alter Schallplatten, alles mögliche, Jazz, Stücke aus der Nußknackersuite, Arien aus Carmen, aus Verdi- und Puccini-Opern.
Ich lernte es, danach zu tanzen. Nach einiger Zeit gab er mir Anweisungen, er studierte ganze Tänze mit mir ein. Seine Einfälle waren gar nicht schlecht. Wie er sagte, liebte er die großen Ausdruckstänzer der zwanziger Jahre, ich sollte tanzen wie Mary Wigman oder Harald Kreutzberg. Er erklärte mir das alles sehr genau und ausführlich, und ich gab mir Mühe, seinen Regieanweisungen zu folgen. Es war mal etwas anderes. Außerdem hatte ich es immer gern, wenn ein Mann sich mit mir abgab.
Von seiner Frau kam kein Protest. Vielleicht war sie froh, daß er sich überhaupt für etwas interessierte. Daß da oben nicht viel passieren konnte, wußte sie, wir waren ja nicht allein.
Dafür empörte sich wieder einmal die Frau Regierungsrat. Nur einmal. Das Wort schamlos fiel, das zweite Wort war Gesindel.
Lindhofer sagte: »Wenn es Ihnen hier im Haus nicht paßt, gnädige Frau, können Sie jederzeit ausziehen.«
Daraufhin blieben die Türen zu den regierungsrätlichen Räumen fest verschlossen, wenn wir arbeiteten.
Ich bin sicher, der arme Regierungsrat hätte uns gern zugesehen, sein Leben war recht eintönig, als einzige Gesellschaft die sauertöpfische Frau, er war zu bedauern, fand ich.
Lindhofer war sehr musikalisch, außerdem begriff er gut den Zusammenklang von Musik, Körper und Bewegung und erklärte mir gründlich, wie er sich einen

Tanz vorstellte. Ich glaube, es war gar nicht so schlecht, was wir da auf der Diele veranstalteten.
Auch Marja und Enrico, die meist zusahen, fanden es gut.
Marja hielt zwar nach wie vor daran fest, daß die einzig mögliche Art zu tanzen die klassische russische Art sei, aber Lindhofer meinte: »Damit haben Sie gewiß recht, Maria Petrowna« – er nannte sie immer so –, »aber es ist nicht die richtige Art für Lorena. Es gibt in jeder Kunst eine Form, die die reinste und edelste ist, und das ist für den Tanz das klassische Ballett, da gebe ich Ihnen recht. Aber sowenig wie ich Lyrik schreiben kann, nicht mehr schreiben kann, ebensowenig kann Lorena klassisches Ballett tanzen. Und in diesem Fall heißt können nicht, es beherrschen, sondern empfinden und gestalten. Lorena ist äußerlich nicht der Typ dazu, sie ist zu gesund, zu temperamentvoll, zu modern. Sie ist viel zu weiblich und zu ausdrucksvoll. Ballett tanzen in Vollendung kann nur die Unschuldige oder die Dekadente. Spanische Tänze, gut, das ist etwas für sie, sie hat Feuer und Blut. Sie ist eine Carmen, keine Giselle. Sie ist eine gute Schauspielerin und kann viel mit ihrem Körper ausdrücken, aber es muß Handlung haben, und sie muß es greifen können.«
Marja hörte sich das nicht ohne Respekt an, es imponierte ihr immer, wenn jemand von künstlerischen Dingen etwas verstand. Außerdem hatte sie ja selbst vor Jahren festgestellt, daß ich zur Tänzerin nicht geboren sei. Zu dem, was *sie* unter einer Tänzerin verstand.
Als nächstes begann sich der Schriftsteller mit meinem Geist zu befassen. Er fand, ich sei ungebildet, und dar-

um müsse ich mehr lesen. Er teilte mir die Bücher zu. Seine Bibliothek war sehr umfangreich, er brachte mir jeweils ein Buch herauf, ich mußte es lesen und mich danach dazu äußern. Manches gefiel mir, manches langweilte mich. Aber ich hatte viel Zeit. Die Winterabende waren lang, Heide saß über ihren Schularbeiten, und Unterhaltung wurde keine geboten.
Später durfte ich dann herunterkommen in die Wohnung und mir selber aus den Regalen die Bücher aussuchen. Was nicht immer bedeutete, daß ich das, was ich aussuchte, auch lesen durfte.
Bei dieser Gelegenheit kamen wir von meinem Geist wieder auf meinen Körper zurück. Ich stand etwas ratlos vor dem Regal, griff nach dem einen oder anderen Buch, blätterte darin, blickte ihn dann fragend an. Und einmal, als ich da so stand, griff er von hinten um mich herum und legte seine Hände auf meine Brüste.
Ich war etwas überrascht, aber nicht allzusehr. So unerfahren war ich nicht, ich hatte längst mitbekommen, daß seine Blicke und Gefühle nicht gar so abstrakt waren, wie es schien.
Aber das war auch schon alles, dabei blieb es. Er faßte mich an. Strich über meinen nackten Arm, umfaßte meine Brust, streichelte meine Hüfte, mehr war es nie. Ich hatte nichts dagegen. Es gab meinem Dasein in diesem Haus einen leicht sinnlichen touch, und das genoß ich.
Es war im Mai, als ich von Marja die Ohrfeige dafür bekam. Ich hatte die Erlaubnis, im Garten Sonnenbäder zu nehmen, und da ich immer noch nicht viel von Badeanzügen hielt und auch gern gleichmäßig bräunen wollte, hatte ich von meinem zweiteiligen Badeanzug

nur das Höschen anbehalten, als ich da in dem altersschwachen Liegestuhl lag. Er kam dann manchmal, sah mich an, und einmal kniete er sich hin und küßte meine Brüste, sanft und behutsam.
Kurz darauf ertönte Marjas Stimme energisch von oben. Als ich hinaufkam, knallte sie mir eine. Wortlos. Ich wußte, sie hatte die Szene beobachtet.
»Was habe ich denn getan?« sagte ich empört. »Er hat doch.«
»Kein Mann tut so etwas von allein. Wenn er so etwas tut, hat eine Frau ihn gefordert heraus. Du wirst mir was erzählen. Wir wohnen in dieses Haus, du wirst nicht verführen dieses Mann. Ich dulde es nicht.«
»Was ist denn an dem noch groß zu verführen«, sagte ich frech. »Mit dem ist doch nichts mehr los.«
Darauf bekam ich noch eine.
Also behielt ich in Zukunft das Oberteil an. Jedenfalls solange ich mich im Garten aufhielt. Sonst änderte sich nichts.
Der zweite Sommer nach dem Krieg ähnelte dem vergangenen, er war für mich immer noch eine Zeit unbeschwerter Freiheit. Zwar sprach Marja manchmal davon, daß bald etwas geschehen müsse, und das hieß, ich sollte arbeiten. Sie studierte eifrig die wenigen Zeitungen, die uns erreichten, und meinte dann, hier draußen werde ich nie ins Geschäft kommen, wir müßten nach München. Was wir dann jedoch von dem Leben in München mit seinen Schwierigkeiten hörten, ließ sie zögern.
Einmal tat sie eine Verbindung auf zu einer kleinen Theatertruppe, die in Traunstein saß und die von dort über die Dörfer tingeln wollte. Sie fuhr mit mir hin,

präsentierte mich, nahm mich aber sofort wieder mit. Das Unternehmen erschien ihr zu unseriös.

Ich hatte zu jener Zeit gar keinen Ehrgeiz. Mir gefiel mein Leben so, wie es war. Und ich wartete sehnsuchtsvoll darauf, daß die großen Ferien beginnen würden und Heide wieder ganz zu meiner Verfügung stand.

Allerdings hörte für Heide das Arbeiten auch in den großen Ferien nicht auf. Sie mußte Nachhilfestunden nehmen, denn noch immer waren Lücken auszufüllen, besonders in Latein hatte sie Mühe mitzukommen. Zuerst war es ein Lehrer in Traunstein, von ihrer Schule, der sie unterrichtete, doch dann ergab sich eine bequemere Möglichkeit.

Der Lehrer aus unserem Dorf kannte den Lehrer aus einem anderen Dorf, in unserer Nähe, und der wiederum hatte einen Sohn. Als Oberleutnant aus dem Krieg heimgekehrt, das heißt heimgekehrt erst vor kurzem aus englischer Gefangenschaft, lebte der junge Mann zur Zeit bei seinen Eltern, er war verwundet gewesen und mußte sich noch erholen. Er war Studienreferendar, hatte während des Krieges sein Staatsexamen gemacht, ehe er 1943 endgültig an die Front zurück mußte.

Der wurde nun Heides Privatlehrer, und es fiel mir bald auf, wie gern sie hinüberradelte, wie eifrig sie diese Stunden besuchte. Er sei so klug und so verständnisvoll, bekam ich zu hören, er sei eine so große Hilfe für sie, und das Lernen bei ihm mache richtig Spaß.

Das waren so die Verlautbarungen am Anfang, als die Stunden begannen.

Mich machte ihre Begeisterung hellhörig.

»Wie sieht er denn aus?« fragte ich einmal.

»Oh, gut.«

»Gut! Das ist keine Beschreibung. Du mußt doch auch gelegentlich mal ihn ansehen und nicht nur die Bücher.«
Sie hatte ihn angesehen. Und sie konnte ihn erstaunlich genau beschreiben. Sein Haar war blond, seine Augen blau, er war groß – sehr groß? – nein, mehr mittelgroß, nein, eigentlich bißchen mehr als mittelgroß, und er hatte schöne Hände, und er hatte eben einfach eine nette Art.
»So«, sagte ich, »eine nette Art. Das ist ja fein. Bist du in ihn verknallt?«
Sie wurde rot und wies diese Unterstellung heftig zurück. *Zu* heftig für mein mißtrauisches Ohr.
Und er hieß Berthold. Berthold Kronacker.
»Komischer Name«, sagte ich.
»Wieso komisch? Ich finde den Namen sehr hübsch.«
»Ja, ich merke schon, du findest alles sehr hübsch an diesem Berthold. Ich werde mir den Knaben mal ansehen.«
Ich radelte gelegentlich hinüber und holte sie ab. Berthold Kronacker bekam ich lange nicht zu sehen. Aber einmal brachte er sie bis zum Gartentor, und ich konnte ihn besichtigen. Stimmte alles, was sie gesagt hatte.
Er war blond und hatte blaue Augen und sah wirklich gut aus. Außerdem war er ein Stiller und ein Besinnlicher, wie es mir schien, und bestimmt keiner, der Mädchen an den Busen faßte oder auf den Diwan holte. Schon gar nicht eine Schülerin, die er unterrichtete. Da konnte ich ganz beruhigt sein.
Es war auch für mich später gar nicht so leicht, ihn zu verführen, jedenfalls anfangs. Nachdem ich das Feuer angezündet hatte, brannte es hell und lichterloh.

Das war, als Marja mich nicht ohrfeigte, als sie mich verachtete. Einem Mädchen den Mann wegzunehmen, den es liebt, und Heide liebte Berthold, betrachtete Marja als Gemeinheit. Überhaupt wenn man es nur tat, um zu zeigen, daß man es besser konnte.

Heute abend habe ich Heide gesehen. Ich habe viele Jahre nicht an sie gedacht, ich wollte nicht an sie denken. Aber nun, da ich bald sterben werde, denke ich an sie. An sie und an Berthold, den ich ihr wegnahm. Hauptsächlich deswegen, damit er mir sie nicht wegnehmen konnte. Denn ich war eifersüchtig. Heide gehörte mir.

Heute hat sie zu mir gesagt: Ich bin glücklich. Du sollst das wissen. Ich denke, daß dir das guttun wird.

Zum Teufel mit ihr! Sie hat ja alles bekommen, oder nicht? Ihre verdammte Schule hat sie fertiggemacht, sie hat studiert, ist Ärztin geworden, sie hat einen Mann, ein Kind – sie kann leicht glücklich sein.

Sie hätte das alles nicht bekommen, wenn ich ihr Berthold nicht weggenommen hätte. Sie wäre die Frau eines Lehrers in der Kleinstadt geworden, sehr fraglich, ob sie dabei so glücklich geworden wäre. Sie braucht sich gar nicht so aufzuspielen und zu tun, als schenke sie mir etwas, wenn sie mir gnädig mitteilt, glücklich zu sein. Es ist mir scheißegal.

Ich muß doch mal sehen, ob mein Lieblingssong von damals in Sandors Plattenschrank noch vorhanden ist. Es ist sowieso meine Platte. Wenn ich die Pelze geholt hätte, hätte ich mir auch meine Platten mitgenommen. Aber nun brauche ich beides nicht mehr.

Da ist sie – mein Favorit zu jener Zeit – ›Smoke gets in your eyes …‹

SMOKE GETS IN YOUR EYES ... dann entdeckte ich die Amerikaner. Oder vielmehr einer entdeckte mich. Auf dem See. Ich ruderte immer noch gern hinaus, sonnte mich im Boot und sang auch oft, während das Boot über den See trieb.

Einmal, ich war allein, stoppte ein Motorboot neben mir.

»Hei, Baby«, sagte der große Blonde, der darin saß, und grinste mich fröhlich an.

»Hei, Daddy«, erwiderte ich lässig. Und das gefiel ihm. Ich war nur minimal bekleidet, er musterte mich genau von Kopf bis Fuß und kam zu der Erkenntnis: »Why, you're a damned pretty girl.«

»Sure I am«, machte ich im gleichen Tonfall, und eine Weile quatschten wir uns auf diese geistreiche Art weiter an.

Die Amerikaner hatten am gegenüberliegenden Ufer das große Rasthaus beschlagnahmt, und von dort kurvten sie ständig auf dem See herum. Aber so weit herüber bis zu uns war eigentlich noch nie einer gekommen.

Er wollte wissen, wo ich herkomme, ich wies vage über die Schulter in Richtung Ufer, dann meinte er, wir müßten uns einmal treffen, oder ob ich nicht lieber gleich

zu ihm übersteigen wolle, doch dann kam so ein anderer Sonny-boy herangeflitzt, und mit einem »See you later« brauste der Sieger wieder über die Wasserfläche davon.
Ich erzählte am nächsten Tag Paul davon, und er wurde sehr ärgerlich. »Ich verbiete dir, dich mit den Amis einzulassen. Das tut jede Gans heute. Du bist zu schade dafür.«
»Aber was soll ich tun, wenn du mich verläßt?« fragte ich scheinheilig.
»Ich verlasse dich nicht. Ich nehme dich mit.«
Denn Paul entwickelte seit einiger Zeit sehr viel Aktivität. Er für seine Person hatte genug von dem Leben auf dem Lande. Er fuhr gelegentlich nach München, er verhandelte mit mehreren Theatern und hatte immerhin für den nächsten Winter schon einige Gastspielverträge abgeschlossen. Genau wie Marja sprach er immer öfter davon, daß es für mich langsam Zeit würde zu arbeiten. Allerdings wußte er genausowenig wie Marja, *was* ich denn nun eigentlich arbeiten sollte. Tanzen, singen, Theater spielen?
Er konnte wieder ins Engagement in ein Opernhaus gehen – gut. Aber wohin sollte ich gehen?
Nun gab es zu jener Zeit in München ein sehr gutes Kabarett. Paul sprach immer wieder davon, ich müsse einmal mit hinein in die Stadt kommen und eine Vorstellung ansehen. Vielleicht ergebe sich für mich dort eine Startmöglichkeit. Allerdings war er sich klar darüber, daß ich für diese Art von subtiler Kunst zu jung und zu unerfahren war. Und er wußte auch, daß speziell in München nach dem Krieg die Elite deutscher Theaterleute zusammengekommen war, daß sie alle Arbeit suchten, daß sie alle arbeiten wollten und daß

ein so gutes Haus wie die Münchener Schaubude die besten Namen für sein Ensemble bekommen konnte und nicht auf eine blutige Anfängerin neugierig war.
Also endete diese Spekulation immer wieder in der Feststellung: »Es eilt ja nicht. Du bist jung und hast Zeit. Wenn ich erst wieder im Geschäft bin, werden wir weitersehen.«
Mir war das recht. Ehrgeiz hatte ich zu jener Zeit gar nicht.
Mein Amerikaner hatte mich nicht vergessen, einige Tage später kreuzte er wieder vor meiner Bucht, wo ich diesmal mit Heide badete.
»Was will der denn?« fragte Heide und zog sich hinter die Büsche zurück.
»Das wird wohl der sein, der mich neulich angequatscht hat, ich hab' dir's doch erzählt.« Ich hob den Arm, winkte und schrie: »Hei!«
»Laß doch den Unsinn!« sagte Heide ärgerlich. »Der kommt noch hierher.«
»Der kann hier gar nicht landen.«
Er konnte doch. Er setzte das Boot vorsichtig in den Sand und kam strahlend herausgeklettert.
Diesmal erfuhr ich, daß er Bill hieß, daß er schon mehrmals nach mir Ausschau gehalten hätte und daß wir unbedingt einmal zusammen ausgehen müßten. Mein girlfriend könne natürlich mitkommen, er hätte auch einen Freund, der würde sich freuen. Er sei in Bad Reichenhall stationiert, aber wenn er Zeit habe, käme er zum Schwimmen und Bootfahren an den Chiemsee.
Ich fand das sehr nett. Mal eine Abwechslung. Heide verhielt sich sehr zurückhaltend, fast unhöflich.
Als er wieder weg war, machte sie mir Vorhaltungen,

und ich sagte: »Sei doch bloß nicht so blöd. Warum soll man denn nicht einen Amerikaner kennen. Sind doch nette Jungs. Vielleicht kriegen wir dann was geschenkt, Strümpfe oder so.«
Das komme für sie nicht in Frage, ließ mich Heide erstaunlich energisch wissen.
»Ach, wohl wegen deinem doofen Lehrer, was?«
Wir stritten uns sogar, das kam jetzt öfter vor, und schuld daran war meine Eifersucht.
Einige Tage später kam Bill wieder in die Bucht, diesmal mit seinem Freund, einem kleinen, vierschrötigen Dunkelhaarigen. Ich war allein und sagte ohne Bedenken zu, daß wir am nächsten Abend mit ihnen zum Tanzen gehen würden – ja, meine Freundin auch. Wo sie uns abholen sollten? Ich dachte an Marja und bestellte sie vorsorglich an den Ortseingang.
Heide zum Mitkommen zu bewegen war eine mühsame Aufgabe. Sie wollte partout nicht.

»Du bist mir eine schöne Freundin«, sagte ich erbost. »Du kannst mich doch nicht allein mit denen gehen lassen. Ist doch wirklich nichts dabei. Wir gehen tanzen, haben sie gesagt. Ist doch prima.«
Sie wußte nicht, was sie ihren Eltern sagen sollte, und ich meinte, sie solle einfach sagen, wir führen zu Paul und Tulpano, das würde ich Marja auch erzählen.
»Ich lüge nicht«, sagte Heide ernst.
»Na, dann sagst du deinen Eltern einfach, ich hätte zwei nette amerikanische Offiziere kennengelernt, und die hätten uns eingeladen. Auch schon was. Dein Vater ist doch auch Offizier. Und neulich hat er erst gesagt, er kann die Amerikaner gut leiden, und wie glücklich wir

sein müßten, sie hier zu haben und nicht die Russen. Hat er das gesagt oder nicht?«

Doch – das hatte er gesagt, sie mußte es zugeben.

Ob er aber gern sehen würde, daß seine Tochter abends mit den Amerikanern ausging, bezweifelte sie.

»Dann sagst du eben, du gehst meinetwegen mit. Damit ich nicht allein gehen muß. Aus Freundschaft eben, nicht? Was kann uns denn schon groß passieren? Wir kommen nicht spät heim, dafür werde ich schon sorgen.«

Sehr widerstrebend, sehr ungern willigte sie schließlich ein.

Sehr begeistert, sehr unternehmungslustig stieg ich am nächsten Abend in den großen amerikanischen Straßenkreuzer, der uns erwartete. So ein schickes Auto, schade, daß ich mich nicht hatte von zu Hause abholen lassen.

Ich hatte mein bestes Kleid an, auch Heide hatte sich fein gemacht, sie war ein wenig hochmütig, was aber gar nicht zur Wirkung kam, denn ihr Kavalier war nicht dabei, den würden wir in Reichenhall treffen, er hätte noch zu tun. Etwas überrascht war ich, daß es nach Bad Reichenhall gehen sollte, denn natürlich hatte ich erwartet, wir würden nur auf die andere Seeseite zum Rasthaus fahren.

Aber dann fand ich die rasche Fahrt im offenen Wagen über die Autobahn ganz herrlich und genoß sie von Herzen.

Es fing alles ganz manierlich an, auch Heide konnte nichts daran aussetzen. Wir wurden zum Abendessen eingeladen in eine große alte Villa in Bad Reichenhall, offenbar eine Art Offizierskasino, es waren nur Offiziere da, und einige davon waren in Damenbegleitung. Alle waren sehr höflich, und auch unsere beiden Kavaliere benahmen sich tadellos. Wir bekamen gut zu essen, es gab Sachen, die ich lange nicht mehr bekommen hatte, Ananas zum Beispiel, die ich schon als Kind so gern gegessen hatte. Und eine herrliche Eiscreme als Nachtisch.

Nach dem Kaffee ging die Fahrt weiter, nach Berchtesgaden, wie wir erfuhren. Es war schon dunkel, aber die Sommernacht immer noch sehr lind und warm, obwohl wir uns hier schon tief in den Bergen befanden.

Heide stieß mich an. »Wir sollten nicht mitfahren. Wir kommen ja immer weiter weg.«

»Das ist doch nicht weit. Mit dem Wagen nur ein Katzensprung. Ist doch interessant, Mensch. Warst du schon in Berchtesgaden? – Siehst du, ich auch nicht. Und außerdem wollen wir doch tanzen.«

Das taten wir in Berchtesgaden. Ausgiebig. Und was ich dort zu sehen bekam, machte mich stumm vor Staunen. Ich hatte keine Ahnung gehabt, was eigentlich so vor sich ging in der großen Welt. Und Berchtesgaden war, jedenfalls zu jener Zeit und soweit es Amerikaner betraf, die ganz große Welt. Sie hatten dort ein Recreation Center, wie sie es nannten – Heide übersetzte mir das mit Erholungshauptort –, sie hatten fast alle Hotels beschlagnahmt, und die größte Schau war das Hotel ›Berchtesgadener Hof‹, jenes große, ganz moderne Hotel, das Hitler für seine Staatsgäste hatte bauen lassen.

Es lag gleich am Ortseingang. Ich fand es umwerfend prächtig.

Bei dieser Gelegenheit merkte ich erstmals, wie restlos verbauert wir schon waren und wie ahnungslos wir dort in unserm Dorf dahinlebten. Denn anderswo war das Leben inzwischen weitergegangen, der Krieg war wirklich über ein Jahr zu Ende, es gab Tanz, Lachen, Musik, schöne Frauen in eleganten Kleidern und dazu Männer, die sie verwöhnten.

Die Frauen waren es vor allem, die mich verblüfften. Hitlers Staatshotel in Berchtesgaden, das den amerikanischen Offizieren bis hinauf zu den höchsten Rängen zur Urlaubs- und Wochenenderholung diente, war voll von Frauen, bester Klasse teilweise. Deutsche Frauen, versteht sich. Eine veritable Gräfin befand sich darunter, überhaupt mehrere Adelige, unsere Begleiter versäumten es nicht, uns darauf hinzuweisen. Es gab junge Frauen dort, aber auch – jedenfalls für meine Grünschnabelbegriffe – reife Frauen. Es waren die Geliebten, die Freundinnen, die Bekannten der amerikanischen Offiziere, und sie waren alle ausnehmend schick gekleidet, gut frisiert, hübsch zurechtgemacht. Sie bekamen zu essen und zu trinken, was sie wollten, sie bewegten sich mit größter Selbstverständlichkeit in diesem luxuriösen Rahmen – sie hatten mit einem Wort die Eroberer erobert.

Ich begriff sehr schnell, daß wir beide, Heide und ich, hier einen sehr bescheidenen Eindruck machten in unseren nicht sehr modischen Sommerkleidern. Manche der Frauen hier trugen sogar lange Abendkleider.

Ich wurde sofort von hellem Neid ergriffen. Mein Gott! Wie lebte ich dort eigentlich auf dem Dorf? Ich verpaßte ja alles.

In dem Hotel wurde in verschiedenen Räumen alles geboten, was man sich zur Unterhaltung wünschen konnte. Theateraufführungen, Shows, eine Bar mit

Drinks aller Art und dann in einem großen Saal Tanzmusik.
Nachdem uns Bill und John – so hieß sein Freund – voll Stolz alles gezeigt hatten, landeten wir in dem Saal, um zu tanzen. Es war voll, aber es ging recht gesittet zu. Keiner war betrunken oder benahm sich laut, es war eine gepflegte Geselligkeit gebildeter Leute. Und die Amerikaner waren unerhört höflich zu ihren Damen. Standen auf, wenn diese den Tisch verließen. Standen wieder auf, wenn sie zurückkamen. Erfüllten alle Wünsche, die geäußert wurden, tanzten manierlich und mit Ausdauer. Tanzten allerdings cheek to cheek, das war amerikanische Sitte und durchaus in Ordnung, wie ich an diesem Abend lernte.
Bill tanzte oft mit mir, er tanzte gut, und er war ganz entzückt davon, wie gut ich tanzen konnte. Nun – das war kein Wunder. Ich ließ ihn wissen, daß ich Tänzerin sei, Künstlerin überhaupt, und nur durch den Krieg bedingt auf dem Lande lebte.
Wir tranken Whisky, es war das erstemal in meinem Leben, daß ich ihn bekam, und natürlich war ich bereit, ihn großartig zu finden. Aber das wirklich ganz große Erlebnis für mich war die Kapelle. Die Band, wie es die Amerikaner nannten. Es war ein richtiges Orchester, gut besetzt in klassischer Form, und ich fand, sie machten erstklassige Musik. Das konnte ich schließlich beurteilen.
Ich trank die Musik förmlich in mich hinein, ich ließ kaum ein Auge von dem Orchester, von seinem Leiter, dem Bandleader, wie er hier genannt wurde. Er war ein noch junger blasser Mensch mit hohen Backenknochen und hochmütigem Blick. Er sah über die Menge der

Tanzenden hinweg, schien sie kaum zu bemerken. Manchmal stand er nur so da, manchmal taktierte er ein wenig, aber dann griff er sich ein Instrument, eine Klarinette zum Beispiel, und spielte sie hervorragend, weich und samten im Ton, und später hatte er plötzlich eine Geige am Kinn.

Ich war so fasziniert, daß ich die Welt um mich vergaß.

Dieser Mensch konnte Geige spielen! Bei Gott, er konnte es wirklich. Nicht so gut wie Papa natürlich. Aber fast so gut. Und dazu spielte er noch einen Tango, für eine Weile sogar ein Solo – ich vergaß fast zu atmen.

»Der ist gut«, murmelte ich fassungslos. Immer wieder: »Der ist gut.«

»What did you say?« erkundigte sich Bill und versuchte, mich wieder vom Fleck zu bringen, denn ich war wie hypnotisiert stehengeblieben und starrte zum Podium hinauf.

»He plays so good«, sagte ich.

»Oh, Andrew? Sure, he plays rather well.«

Sie hätten ihn noch nicht lange, erfuhr ich. Die vorige Band habe nicht viel getaugt. Aber Andrew sei in Ordnung.

Zweimal trat eine Sängerin auf, eine zierliche schwarzhaarige Person in einem tiefausgeschnittenen goldglitzernden Abendkleid. Sie sang mit tiefer, rauchiger Stimme einige Songs, ihre Aussprache war sehr undeutlich, ich konnte die Texte nicht verstehen. Und dann sang sie mein Lieblingslied – ›smoke gets in your eyes ...‹

Ich kannte das Lied von Radio München, auch vom

AFN, ich kannte die Melodie auswendig, nur war es mir nie gelungen, den Text richtig zu verstehen. Auch heute abend nicht. Ich wollte ihn von Bill wissen, aber er wußte ihn auch nicht genau.

Dieses Lied wollte ich auch singen, unbedingt. Wenn ich nur wüßte, woher man die Noten bekommen konnte.

Ich trank mehrere Whiskys, ohne zu wissen, daß ich sie trank. Ich tanzte mit Bill, seine Wange an meiner, seine Hände umfaßten mich immer fester, aber er interessierte mich nicht im geringsten. Die Musik da oben, die Männer, die sie machten, die Sängerin – das war es.

»Wir müssen gehen«, flüsterte mir Heide zu, als ich wieder am Tisch saß.

»Ja«, sagte ich abwesend, »bald.«

Sie war keineswegs so gefesselt wie ich. Ihr Kavalier gefiel ihr nicht, die ganze Atmosphäre behagte ihr nicht, sie mochte keine fremde Wange an ihrer Wange haben, der Whisky schmeckte ihr auch nicht, und sie war voller Angst, wie wir wieder nach Haus kommen würden.

Es war gegen zwölf, als ich ihr den Gefallen tat, meinerseits von Heimfahrt zu sprechen. Unsere Begleiter willigten sofort ein. Wir gingen hinaus zum Parkplatz.

»Siehst du«, sagte ich zu Heide. »Du mit deinen ewigen Bedenken! Das war doch sehr nett. Und sie sind doch sehr anständig. Man muß das doch gesehen haben. Hättest du für möglich gehalten, daß es so etwas gibt?«

Nein, sie hätte es auch nicht für möglich gehalten. Aber es interessiere sie nicht im geringsten, und sie würde froh sein, daheim zu sein.

Jedoch es stellte sich heraus, die Heimreise hatte ihre Klippen. Zunächst mußte sich Heide hinten im Wagen gegen die Attacken ihres Begleiters wehren. Ich drehte mich ein paarmal um, als ich ihre erst geflüsterten, dann ziemlich verzweifelten Abwehrversuche hörte. John wollte sie küssen, er versuchte auch sonst ihr nahe zu kommen.

»Now, John, be a good boy«, sagte ich mit Gouvernantenstimme nach hinten. »Let her go!«

Let her go war sicher kein korrektes Englisch, aber jedenfalls verstand er es. Er gackerte albern, und Bill neben mir am Steuer grinste. Wir fuhren wieder offen. Ich hatte den Kopf auf die Lehne gelegt, der Fahrwind kühlte meine heißen Wangen, der Himmel war voller Sterne.

Ich konnte besser singen als die da im goldenen Kleid. Und ich wollte das auch machen – da bei dem Orchester stehen und singen. Das wollte ich. Ja – das wollte ich!

Es war unbedingt notwendig, daß ich mir die Noten zu diesen amerikanischen Songs besorgte und daß ich sie lernte. Paul würde dagegen sein, aber das war mir egal.

Die Fahrt um die Kurven herum, sanft bergab von Berchtesgaden in Richtung Reichenhall, ging langsam, und ich entspannte mich dabei. Ich war richtig glücklich.

Doch dann kam das dicke Ende.

Wir fuhren nicht bis Reichenhall. In einem kleinen Ort – später erfuhr ich, daß er Bayerisch Gmain hieß – bog Bill plötzlich von der Straße ab in einen Seitenweg, und wir landeten vor einem großen bayerischen Landhaus.

»Nanu«, sagte ich, »what's that? Where are we going?«

»Let's have a drink«, meinte Bill und stoppte den Wagen. Ich protestierte. Wir hätten genug getrunken und müßten unbedingt nach Hause.

Aber er stieg aus, John auch. Und wir mußten notgedrungen folgen. Vor dem Haus brannte Licht, drei andere Wagen standen auch noch da, und auch oben schien Licht aus den Fenstern.

Als ich im Haus war, begriff ich sehr schnell, was gespielt wurde. Der bisherige gesellschaftliche Teil des Abends war nur der Anfang des Unternehmens. Die Fortsetzung fand in diesem Haus statt.

Es hätte einem Nazibonzen gehört, ließ mich Bill auf meine Frage wissen. Und jetzt hätten sie es eben beschlagnahmt. That's all.

Das war nicht alles. Dieses Haus diente den Amerikanern als eine Art Absteige. Das ganze obere Stockwerk bestand mehr oder weniger aus Schlafzimmern. Nur der große Raum nach vorn heraus war als Wohnraum eingerichtet. Dort standen Flaschen auf dem Tisch, Schalen mit peanuts, Zigaretten, dort saß einer, den ich schon zuvor im Hotel gesehen hatte, mit einem Mädchen in enger Umschlingung auf der Couch. Die Insassen der anderen Wagen mußten sich in den Schlafzimmern befinden.

Bill hatte auch nicht die Absicht, sich noch lange mit Vorbereitungen aufzuhalten, er griff sich eine Flasche Whisky, sagte: »Come on, Baby«, und zog mich mit sich in eines der Schlafzimmer. Vorher küßte er mich noch, ja, das auch.

Ich ging zunächst ganz bereitwillig mit, ich wollte sehen, wie sie das so machten. Nun — es war eine ganz eindeutige Angelegenheit.

Ich stand in dem Schlafraum, sah mich um, lächelte — wie ich meinte, höchst ironisch — und sagte, als Bill begann, sich ohne Umstände seine Uniformjacke aufzuknöpfen: »Oh, no!«

»Don't be silly«, sagte er, setzte sich auf den Bettrand und wollte die Schuhe ausziehen.
Ich war ganz nüchtern, ganz kalt. So, auf diese Art – nein, mein lieber Bill. Nicht mit mir!
Mein amerikanischer Sprachschatz reichte nicht aus, um meine Ansicht zu diesem Unternehmen klarzumachen.
So sagte ich auf deutsch, was ich davon hielt, sagte es sehr ruhig und sehr gelassen, fügte dann nur hoheitsvoll hinzu: »Not me!« Und verließ das Schlafzimmer.
Im Wohnraum kam ich gerade zurecht, um Heide zu retten. Das andere Pärchen war verschwunden. Sie war allein mit John, und der hatte sie auf die Couch gedrängt, lag halb über ihr, und Heide kämpfte verzweifelt und schluchzte dabei.
Ich stürzte hinzu, versetzte John ein paar gezielte Boxhiebe, meine Muskeln waren schließlich gut trainiert, und zog ihn energisch von der Couch hoch.
»Let her go!« schrie ich dabei. »She is not for you. And not that way.«
John, der ziemlich betrunken war, wie ich jetzt merkte, war so verblüfft, daß er gar nichts sagte und mich nur sprachlos anstarrte.
Heide strampelte sich hoch, sie war ganz fassungslos, sie weinte, und ich fuhr sie an: »Heul doch nicht. Wir müssen sehen, wie wir hier wegkommen.«
»Du warst plötzlich verschwunden«, schluchzte Heide. »O Gott, Lore, was machen wir bloß?«
»Wir hauen ab. Das ist doch klar. Denkst du, ich lasse mich hier zum Nachtisch von denen vernaschen? So auf diese plumpe Art? Das können sie mit mir nicht machen. Die bestimmt nicht. Denen werd' ich's zeigen.«

Ich war ganz Kampfstimmung. Und John, der immer noch mit dummem Gesicht auf der Couch saß, blickte ängstlich zu mir auf.
»Du lächerlicher Nachtwächter«, sagte ich zu ihm – er war wirklich keine sehr attraktive Erscheinung –, »das könnte dir so passen. Ein Mädchen wie Heide. Mit dir werde ich noch lange fertig, dich schmeiß' ich glatt zum Fenster 'raus!«
Natürlich verstand er meine Worte nicht. Aber mein Ausdruck und mein Tonfall waren wohl deutlich genug. Dann kam Bill. Er war wenigstens ein netter Junge. Vielleicht wenn er es auf andere Art versucht hätte ... aber so ...
»Drive us home!« sagte ich zu ihm im Befehlston. »Und zwar sofort.«
Und zu Heide: »Was heißt sofort auf englisch?«
Aber ihr fielen vor lauter Schreck überhaupt keine englischen Vokabeln mehr ein.
In einer Mischung aus Deutsch und einer Art Pidgin-Englisch machte ich mich verständlich. Bill war zuerst frech. Er wollte nicht fahren. Dann würden wir laufen, erklärte ich. Er lachte höhnisch. Bis zum Chiemsee? Nein, bis Reichenhall. Dort gäbe es vielleicht ein Hotel oder so was. Oder Rotes Kreuz oder Polizei oder irgendeine Stelle, wo man uns aufnehmen würde. Ich wurde sehr phantasievoll. Und ich war finster entschlossen, dieses Haus zu verlassen.
Dann nahm ich Heide bei der Hand, die aufgehört hatte zu weinen und vertrauensvoll meinen Ergüssen lauschte. Verließ mit ihr das Zimmer. Draußen auf dem Gang hörte ich aus einem der Zimmer ein Mädchen albern lachen und wurde noch wütender. Nein! So nicht! So

niemals. Liebe – gut und schön. So wie mit Paul – warum nicht? Aber das hier mit diesen fremden Männern, die sich einbildeten, sie hätten ein Anrecht erworben, weil sie uns zum Essen und Tanzen ausgeführt hatten! – Was für ein Idiot war ich gewesen, offenbar eben doch restlos verblödet dort in meinem Dorf.

Bill kam uns nach, als wir etwas ratlos unten vor dem Haus standen, denn die Gegend war uns schließlich unbekannt. Er war wütend. Das konnte ich deutlich sehen – aber es kümmerte mich nicht.

Er setzte sich stumm hinter das Steuer, wir kletterten in den Wagen, und dann fuhr er los.

Was heißt er fuhr – er raste.

Er raste mit uns den Berg hinab nach Reichenhall, durch den stillen Kurort, hinaus in die Ebene und zur Autobahn. Er fuhr in einem Irrsinnstempo – und ich hatte Angst. Die Autobahnbrücke war noch zerstört, er mußte die Behelfsstraße hinab und auf der anderen Seite wieder hinauf, und er nahm das Tempo kaum weg. Glücklicherweise waren die Straßen leer, und der Ärger hatte ihn nüchtern gemacht.

Auf der ganzen Fahrt wurde kein Wort gesprochen. Ich dirigierte ihn zuerst zu Heides Bauernhof, sah, daß oben, wo ihre Eltern wohnten, noch Licht brannte.

»Was soll ich ihnen bloß sagen?« flüsterte Heide, als sie ausstieg.

»Die Wahrheit. Das kannst du doch. Es ist ja nichts geschehen.«

Ich ließ mich auch direkt vor das Haus fahren.

»Good night!« sagte ich zu Bill, ehe ich ausstieg. »And I thank you, that you behaved like a gentleman.«

Er blickte mich an, etwas erstaunt, und dann lachte er

auf einmal. »Good night, Baby. I wonder ... no, after all you're swell.«
Ich wußte zwar nicht, was das hieß. Aber es hatte ganz freundlich geklungen.
Oben in meinem kleinen Zimmer saß Marja. Stand auf, als ich hereinkam, und klebte mir eine. Wortlos, wie sie das meist tat. »Na schön«, sagte ich. »Einerseits habe ich das verdient. Andererseits auch wieder nicht.«
Während ich mich auszog, erzählte ich ihr alles. Sie hörte sich das stumm an, schüttelte ein paarmal den Kopf.
Als ich im Bett lag, nun wirklich hochzufrieden mit mir selbst, redete ich nur noch von der Band. Was sie gespielt hatten, wie sie gespielt hatten. Und dieser Andrew ...
»Er spielt gut, wirklich. Er hat einen richtig schönen, vollen Strich. Er ist kein Amerikaner. Er ist Deutscher, sagt Bill. Ich möchte ihn noch einmal hören. Ich möchte ihn für mein Leben gern noch einmal hören!«
»Du gehst mir da nicht mehr hin.«
»Ob ich da nicht auch singen könnte? Mit so einer Band, meine ich.«
»Dazu bist du zu jung. So etwas kommt überhaupt nicht in Frage. Schlaf jetzt.«
Sie beugte sich herab und küßte mich.
Allein im Dunkel, summte ich die schwermütige Melodie vor mich hin ... smoke gets in your eyes – es mußte sich um eine verlassene Frau handeln, sie will nicht zugeben, daß sie weint, und darum sagt sie das von dem Rauch, der ihr in die Augen kam. So ungefähr begriff ich den Inhalt des Liedes. Wenn ich nur wüßte, woher ich den Text bekommen könnte.

Ich nahm das Lied später in mein Repertoire auf. Andy hat es für mich instrumentiert, sehr gekonnt, auf ganz persönliche Weise, sehr einfach, sehr eindringlich. Ich sang es immer gern – auch Jahre später noch, als es längst vergessen und vergangen war.
Komisch – ich hatte immer eine Neigung zu traurigen oder melancholischen Liedern, sowohl sie zu hören als auch sie zu singen. Irgend so ein vergnügtes Tralala, so ein Hei, wie-ist-das-Leben-schön-Lied hat mich nie sonderlich interessiert.
»Bin ich eigentlich ein negativer Mensch?« fragte ich Andy einmal.
Er lachte mich aus.
»Nein. Ganz im Gegenteil. Es beweist deinen Kunstverstand. Es zeigt, daß du eine echte Künstlerin bist. Denn alle echte Kunst – und auch wir hier in unserem Bereich können echte Kunst machen – hat einen dramatischen, einen tragischen oder einen schwermütigen Kern. Keiner kann eine gute Komödie schreiben, beispielsweise, ohne einen dunklen Ton mitschwingen zu lassen. Oder nimm unser Gebiet: die Musik. Warum ist Mozart ein ganz Großer? Trotz aller vordergründigen Heiterkeit, aller scheinbar lichten Harmonie ist in seiner Musik das große Dunkel, die tiefe Schwermut, der Tod drin. Das unterscheidet ihn von allen Zeitgenossen, die sicher auch sehr hübsche Musik gemacht haben im Stile der Zeit. Mozart ist ein gutes Beispiel gerade für das, was ich sagen will. Bei Beethoven oder Brahms ist das ja ohnedies offensichtlich. Aber Mozart könnte den flüchtigen Hörer täuschen, hat ihn sicher auch zu seiner Zeit getäuscht, als man noch nicht wußte: Ah, Mozart! Große Kunst! – Doch wer wirklich hörte

und begriff, der wußte, daß da einer unter Tränen lächelte.«

Andy! Du hast Tanzmusik gespielt, du hast eine Band geleitet, du hast Unterhaltungsmusik komponiert, so etwas rechnet man nicht zur echten Kunst. Doch du bist ein Künstler von Kopf bis Fuß, du bist Musik bis in die Spitzen deiner Haare, bis in den kleinsten Atemzug. Du hast mir eine neue Welt erschlossen.

Paul war der erste, der mich lehrte, wirklich zu hören. Oder besser gesagt, der mich lehrte, auch anderes zu hören als Papas Orchester, denn damit begann und endete früher für mich die Musik. Von Andy habe ich alles andere gelernt. Er ging mit mir in Konzerte, in fast jedes Konzert, wenn es unsere Zeit erlaubte, später, als wir in München lebten.

Und ich sehe ihn noch sitzen neben mir, ein wenig vorgebeugt, er neigte sich gewissermaßen den Tönen entgegen, als könne er sie so besser empfangen, der Ausdruck seines Gesichts war angespannt, fast asketisch in solchen Momenten des hingegebenen Hörens, seine Augen, wenn auch auf das Orchester, auf den Dirigenten gerichtet, schienen nicht zu sehen, sondern ebenfalls zu hören, ja – es kam mir vor, als höre er mit den Augen auch, mit jeder Pore seiner Haut, mit jedem Atemzug – alles war Gehör bei ihm.

Und außerdem hatte ich immer das Gefühl, er hätte mich ganz vergessen, ich sei für ihn überhaupt nicht mehr auf der Welt. Dann legte ich manchmal meine Hand auf seine, nur um ihn daran zu erinnern, daß ich noch da sei, und er nahm meine Hand, hielt sie fest, ohne sonst einen Blick oder eine Geste an mich zu wenden, aber dann hatte ich wenigstens das Gefühl, wieder bei ihm zu sein, ihn wiederzuhaben, ihn nicht allein zu wissen in seiner unendlichen Ewigkeitswelt der Musik, die ihm alles bedeutete. Mehr als ich bedeutete sie ihm. Ich war manchmal eifersüchtig auf die Musik, weil sie ihn mir wegnehmen konnte.

Andy, wie sehr habe ich dich geliebt! Wie sehr liebe ich dich noch, werde dich ewig lieben. Meine Abenteuer, meine Affären, meine großen und kleinen Liebesgeschichten, ich kann sie wegblasen wie eine Feder. Ehe ich ihn kannte, wartete ich auf die Liebe. Und nach ihm – gab es keine Liebe mehr.

Jetzt, kurz vor meinem Tod, stelle ich fest, daß ich ein zutiefst treuer Mensch bin. Daß ich zu den Menschen gehöre, die nur einmal lieben können. Wenn mir das früher jemand gesagt hätte, hätte ich mich totgelacht. Vielleicht ist das ein Erbteil. Mama hat auch nur einen Mann geliebt in ihrem Leben. Und Papa auch nur eine Frau. Richtig, mit dem Herzen geliebt.

An jenem Abend in Berchtesgaden sah ich dich zum erstenmal, Andy. Du standest da oben auf dem Podium, deine Band war gut, zwölf Mann wart ihr, und du hattest diesen hochmütig-fernen Ausdruck im Gesicht, den ich später genauer kennenlernte und den du immer bekamst, wenn du dich gegen deine Umwelt abschirmen mußtest. Denn das mußtest du oft. Du bist so dünnhäutig, so verletzlich, du hast gar keine Schale um dich, geschweige denn einen Panzer. Ich hatte immer das Gefühl, ich müßte dich beschützen. Beschützen vor den anderen, vor dem Lauten, dem Bösen, dem Grellen.

Die Tragik deines Lebens ist es, daß du nicht geworden bist, was du werden solltest. Werden mußtest.

Musikstudium. Eine jüdische Mutter. Ein Vater, der euch beide aus Feigheit verließ, kein Geld, kein Studium mehr. Die Mutter im Konzentrationslager. Und du selbst zwischen Angst und Lager, Dienstverpflichtung, Zwangsarbeit aufgerieben und irgendwo in der Tiefe deines Wesens für alle Zeiten verletzt. Und du liebtest deine Mutter so. Nie werde ich dein Gesicht vergessen, wenn du von ihr sprachst – dein Gesicht war dann weiß, deine Augen wie leere Löcher, in denen kein Leben mehr ist. Und dein Mund, dein weicher, sensibler Mund verzerrt von der Anstrengung, nicht zu weinen.

Du konntest so erblassen. Ich habe nie einen Menschen gesehen, der sich so verändern konnte wie du – dein Gesicht war dann ohne einen Blutstropfen. Und die Wangen unter deinen hohen östlichen Backenknochen ganz eingefallen. Und dazu diese toten, leeren Augen.

Beschützen wollte ich dich, helfen wollte ich dir, lieben wollte ich dich, meine ganze Kraft, meinen ganzen Mut wollte ich in dich eindringen lassen – und ich tat es ja auch, du hast immer behauptet, daß von mir viel Kraft auf dich überginge. Lebenskraft, Lebensfreude, Lebensmut – alles Dinge, die ich im Überfluß besaß. Damals, Andy!

Heute? – Heute brauchte ich sie von dir.

Heute habe ich alles verloren, was *ich* war. Heute bin ich – nichts.

Ich bin nicht mehr ich selbst. Es ist nichts übriggeblieben von mir.

Das vielbesungene Künstlerblut, von dem Marja immer faselte – wenn es je in mir lebendig wurde, so war es dein Werk. Du hast mir die Musik geschenkt.

Ich konnte dir dafür nichts geben. Du warst bestimmt

für die große Kunst, die große Musik. – Doch du warst arm, allein und verlassen. Du hast den Amerikanern zum Tanz aufgespielt, und es gab für dich keinen Weg mehr zurück. Du hast niemals an einem Pult vor einem großen Orchester gestanden, wozu du geboren warst.
»Versuch es doch!« sagte ich zu dir. Es war Mitte der fünfziger Jahre.
»Ich habe keine Praxis. Ich bin fünfunddreißig Jahre alt. Da kann man nicht mehr neu beginnen. Ich werde für sie immer ein Unterhaltungsmusiker bleiben. Da gibt es keinen Weg zurück.«
Ich wußte, daß du recht hattest. Die Branche macht strenge Klassenunterschiede. Hat eiserne Gesetze. Das wäre genauso gewesen, wenn ich hätte plötzlich anfangen wollen, die Brangäne zu singen.
An jenem Abend in Berchtesgaden, als ich dich zum erstenmal sah, habe ich dich sehr genau angesehen. Und angehört natürlich. Die Klarinette zum Beispiel, die konntest du wunderbar blasen.
Klarinette ist mir von allen Blasinstrumenten das liebste. Natürlich, eine gut geblasene Jazztrompete ist eine tolle Sache. Oder ein wirklich beherrschtes Tenorsax, was kann man da 'rausholen, ganze Gemütsbewegungen 'rauf und 'runter – das weiß ich gut genug.
Die Klarinette ist bescheidener, sie bietet nicht so viel schillernde Möglichkeiten, aber wenn einer sie richtig blasen kann, so wie du, so samten und voll – ach, ich weiß gar nicht, wie man das richtig beschreiben kann, Musik ist so schwer zu beschreiben, entweder man kann sie hören oder nicht, und wer es nicht kann, dem nützen auch die aufwendigsten Erklärungen nichts.
Mit der Klarinette ist es so: Einerseits könnte man

sagen, sie sei ein heiteres, ein fröhliches Instrument, sie kann lachen, sie kann jubeln, sie kann sogar richtig albern sein, aber gleichzeitig ist sie ein sehr schwermütiger, sehr eindringlicher Tönemacher, ganz einfach und ganz traurig kann sie sein, eine dunkle, rührende Klage, die einem ans Herz geht ... So, Andy, konntest *du* die Klarinette blasen.

An jenem ersten Abend nahmst du schließlich die Geige. Ich kannte dich ja nicht, ich wußte nicht, wer du warst. Es wäre lächerlich zu sagen, ich hätte dich von jenem Augenblick an geliebt, als du Geige spieltest. Obwohl ich das später manchmal behauptet habe.

In gewisser Weise fing es da an. Der fremde Mann da oben mit dem blassen Gesicht, der über alles hinwegblickte, und seine Geige, die alles aussprach. Ich konnte es hören an jenem Abend. Und damit hatte ich *dich* gehört.

Ich kam übrigens noch zweimal in den ›Berchtesgadener Hof‹. Bill verzieh mir mein sprödes Benehmen, eine Woche später etwa schaukelte sein Motorboot vor unserer Bucht. – Heide war natürlich zum Mitgehen nicht mehr zu bewegen, und sie verstand nicht, warum ich wieder mit dem Amerikaner nach Berchtesgaden fuhr. Ich konnte es ihr nicht erklären. Ich fuhr nicht wegen Bill.

Ich fuhr nur wegen der Musik dort, ich wollte sie noch einmal hören. Wir tanzten wieder einen Abend, cheek to cheek, und auf dem Heimweg, der ohne Abweichung vor sich ging, küßte mich Bill, und ich küßte ihn auch, und es war alles, soweit es Bill betraf, auf dem besten Weg. Er hatte offenbar eingesehen, daß es bei diesem Girl ein wenig länger dauern würde, und er schien

bereit, das auf sich zu nehmen. Vielleicht fand er es sogar ganz nett, ein Mädchen zu kennen, das nicht gleich mit ins Bett ging.
Normale Männer haben ja diese Art von Mädchen eigentlich immer lieber.
An diesem zweiten Abend hatten sie ›Smoke gets in your eyes‹ überhaupt nicht gespielt, viele schöne andere Nummern, auch deutsche Schlager dazwischen, die ich kannte, aber leider nicht meinen Lieblingssong.
Als ich das dritte- und letztemal mit Bill in Berchtesgaden tanzte, wartete ich von Anfang an auf mein Lied. Und bekam Angst, daß es wieder ausbleiben würde. Ich fragte Bill, ob er dem Bandleader nicht sagen könne, er solle ›Smoke gets in your eyes‹ spielen.
Bill war etwas überrascht, er wunderte sich, was ich ausgerechnet an diesem trübseligen Lied fand. Aber er gab meinen Wunsch weiter.
Und dann spieltest du es, Andy. Spieltest es für mich. Die Sängerin war nicht mehr da. Es war eine reine Instrumentalnummer.
Und bei der Gelegenheit, Andy, sahst du mich zum erstenmal.
Bill hatte gedacht, ich wolle tanzen, obwohl es eigentlich keine Tanznummer ist; ich ging mit ihm zur Tanzfläche, aber vorn am Podium blieb ich stehen und blickte zu dem Mann hinauf, dessen Gesicht ich schon so gut kannte.
Und da sah er mich an. Nicht sehr genau – nur flüchtig, aber er sah mich an.
Dann nahmst du die Geige, Andy, und spieltest die Smoke-Melodie. Ich stand und starrte zu dir hinauf, reglos, atemlos.

Bill wartete geduldig. Er wußte nun schon, daß von der Band eine gewaltige Faszination auf mich ausging.
Und als du fertig warst, Andy, sahst du mich wieder an, ich legte zwei Fingerspitzen an die Lippen und lächelte zu dir hinauf. Und du machtest eine kleine Verbeugung.
Das war alles.
Dann dauerte es fast drei Jahre, bis ich dich wiedersah.
Aber du erkanntest mich!

VERRAT ... Bill sah ich nicht mehr wieder, entweder war er versetzt worden, oder er hatte ein Mädchen gefunden, das ihm das Leben nicht so schwermachte. So kam ich nicht mehr in den ›Berchtesgadener Hof‹, hörte die Musik nicht wieder, aber ich dachte noch lange daran.

Es folgte eine langweilige Zeit.

Für Heide begann das letzte Schuljahr, das bedeutete viel Arbeit für sie, für mich blieb wenig Zeit übrig.

Noch immer haßte ich die Schule aus ganzem Herzen und versuchte, sie Heide zu vermiesen. Aber sie lachte mich aus.

Sooft es möglich war, traf ich sie, ich holte sie vom Bus ab, ich war bei ihnen im Hause, wenn sie ihre Schularbeiten machte, oder fuhr ihr entgegen, wenn sie von den Nachhilfestunden kam. Die allerdings auch seltener wurden, denn Berthold, der Nachhilfslehrer, verschwand im Winter für längere Zeit nach München hinein. Er ging wieder zur Universität, weil er – wie Heide sagte – promovieren wolle.

»Was'n das?« fragte ich.

»Er will seinen Doktor machen.«

»Ich denke, er hat fertig studiert.«

»Er hat das Staatsexamen. Und er denkt, daß er im

nächsten Jahr eine Anstellung bekommen wird. Da bleibt ihm gerade noch Zeit für seine Promotion. Er arbeitet bei seinem alten Professor, bei dem er studiert hat.«

Sie sprach auf eine altkluge, überlegene Art, die mich reizte. Und zusätzlich legte sie eine fürsorgliche Anteilnahme an den Tag, soweit es diesen Berthold betraf, die mich rasend machte.

»Ein Glück, daß er weg ist«, sagte ich. »Da kann wenigstens *er* dich nicht mehr plagen.«

»Er plagt mich nicht.«

»Nein, ich weiß, es ist die reine Wonne, sich für ihn totzuarbeiten. Es ist kaum mehr mit anzusehen, wie du ihn anhimmelst.«

Sie blickte mich ruhig an und schwieg. Bemerkungen dieser Art war sie gewöhnt, doch sie ließ sich dadurch nicht herausfordern. Überdies drang ich mit allen möglichen blöden Fragen in sie, ob er sie schon geküßt hätte, ob er dies und das getan hätte, ich tat mein möglichstes, um sie zu verwirren. Aber es berührte sie nicht. Höchstens sagte sie gelegentlich: »Rede doch nicht solchen Unsinn.«

Und einmal sagte sie: »Er ist nicht so.«

»So — was heißt das, so? Ist er ein Mann oder ist er keiner? Männer sind alle gleich.«

»Nein.«

»Doch. Wetten, daß? Der auch.«

Es war wirklich nichts zwischen den beiden vorgefallen, nichts als Blicke, ein vertrautes, nahes Gespräch, ein längerer Händedruck, das erfuhr ich später von ihm selbst. Aber das kann mehr sein als die leidenschaftlichste Umarmung. Es gibt so unendlich viele Möglichkeiten, eine wachsende Zuneigung auszudrücken, sie spürbar zu machen, und nichts ist ja bezaubernder an einer jungen Liebe als das Unausgesprochene, das Schwebende, das sich langsam Steigernde, das nicht sichtbar und hörbar wird – es sei denn für die Betroffenen selbst.

Er küßte sie zum erstenmal, als sie das Abitur schließlich hatte, am gleichen Tag, als sie kam, um es ihm zu sagen, erleichtert und glücklich, es hinter sich zu haben. Es war eine süße heimliche Liebe gewesen, von der keiner etwas weiß, wie es so hübsch heißt, aber natürlich wußte es jeder, seine Eltern, ihre Eltern und ich vor allem, und nun war sie keine Schülerin mehr, Heides ungeküßter Mund gehörte ihm.

Sie ging wie auf Wolken, sie war selig, auf einmal war das Studium nicht mehr wichtig. Und ich auch nicht.

Das war mehr, als ich ertragen konnte.

»Sag bloß, du willst ihn heiraten!«

Sie errötete und widersprach nicht. Für das kommende Schuljahr hatte er eine Anstellung nach Berchtesgaden, seine Doktorarbeit war im Druck, er war ein Mann und brauchte eine Frau, und daß sie wunderbar zueinander paßten, erkannte ich sofort, als ich ihn schließlich kennenlernte. Sie brachte ihn mir vertrauensvoll, ja, sie vertraute mir, sie vertraute ihm, und ich ...

Ich war eine Frau und er ein Mann, Heide im Vergleich zu mir ein ahnungsloses Kind. Es war trotzdem nicht leicht für mich, ihn zu verführen, ich brauchte fast den ganzen Sommer dazu.

Das erstemal küßte er mich in unserer Bucht, es war schon Anfang September, ein trüber, verhangener Tag, ich war trotzdem zum Schwimmen gegangen, allein.

Heide war mit ihrer Mutter nach Prien gefahren, um einzukaufen.
Ich schwamm weit hinaus in den See, das Wasser war auch nicht mehr sehr warm, und ich kraulte in großem Tempo voran. Dazwischen blickte ich hinüber zur Kampenwand, ich liebte den Blick vom Wasser aus auf die Berge, und immer hatte ich den Wunsch zu schwimmen, bis ich drüben ankam.
Das Wasser übte überhaupt eine magische Gewalt auf mich aus. Ich habe ein ähnliches Gefühl eigentlich nur empfunden – später –, wenn ich sang; dieses Sich-davon tragen-Lassen, dieses Sich-restlos-Hingeben an etwas Uferloses, Unbegrenztes. Vielleicht noch in der Liebe zu Andy – da empfand ich es auch.
Schon leicht ermüdet, schwamm ich langsam zurück, sah beim Näherkommen jemand im Gras in unserer Bucht sitzen, und dann erkannte ich, daß es Berthold war.
Ich bewegte mich nur noch ganz langsam, die Wange seitwärts aufs Wasser gelegt, und dann stieg ich nicht an Land, sondern blieb lang ausgestreckt im flachen Wasser liegen, als sei ich tödlich erschöpft.
Er stand auf und kam zu mir. »Was hast du denn?«
Wir duzten uns seit einiger Zeit, ich hatte unbekümmert damit angefangen, weil ich eigentlich immer alle Leute, mit denen ich näher umging, duzte. Hier auf dem Lande war es sowieso üblich, und früher am Theater hatten wir es auch getan.
»Ich kann nicht mehr«, murmelte ich, »ich bin tot.«
»Du schwimmst auch immer so weit hinaus, das ist unvernünftig.«
»Einmal werde ich nicht zurückkommen.«
Ich lag da, die Augen geschlossen, mein Körper vom

Wasser umspült, mein Haar, das ich hochgebunden hatte, war gelöst und trieb wie bei einer Nixe um mich herum. Es war ein Anblick, und ich wußte es.

»Würdest du mich retten?«

»Ja«, sagte er und lachte unsicher, »wenn ich gerade zufällig in der Nähe bin.«

»Aber du mußt in der Nähe sein, du kannst mich doch nicht einfach ersaufen lassen. Oder wäre es dir lieber, wenn ich ersaufe?«

»Red nicht so einen Unsinn! Steh auf und komm endlich aus dem Wasser, du mußt ja eiskalt sein.«

»Eiskalt. Das Wasser ist gar nicht warm heute. Und aufstehen kann ich nicht.«

»Na los, komm schon, du holst dir den Tod.«

»Heb mich auf und wärme mich.«

»Nein«, sagte er kurz.

»Dann bleibe ich hier liegen.«

Wenn er klug gewesen wäre, hätte er gesagt: meinetwegen. Und wäre seiner Wege gegangen.

Aber er streckte mir die Hände hin, ich nahm sie, machte mich schwer und zog ihn zu mir hinab, er stand sowieso schon mit den Schuhen im Wasser. Er verlor den Halt und kniete plötzlich neben mir. Ich schlang meine nassen Arme um seinen Hals, und dann – ja –, dann küßte er mich. Das mußte kommen. Das lag seit Wochen in der Luft. Ich hatte es provoziert.

Meine Küsse waren anders als Heides Küsse. Und er wartete nicht mehr auf Heide. Ziemlich verstört verließ er die Bucht.

Ich saß da wie eine zufrieden schnurrende Katze, eine Katze, die aus einer fremden Schüssel die Milch aufgeschleckt hatte.

Um mich nicht schlechter zu machen, als ich bin: Ich war zu jener Zeit wirklich verliebt in Berthold, ich war verrückt nach ihm, ich wollte ihn haben. Das harmlose Geturtel zwischen ihm und Heide, das ich seit Monaten mit ansehen mußte, hatte mich rasend gemacht.
War er ein Mann, oder war er kein Mann? Ich wollte es wissen. War er keiner, sollte er mir Heide nicht wegnehmen. War er einer, wollte ich ihn selber haben ... Kam dazu, daß ich sehr einsam war, es gab keinen Mann für mich. Paul war selten da, im Sommer für einige Wochen, zur Zeit war er in Berlin, er bereitete eine Tournee mit einem Liederabend vor. Es war vor der Währungsreform, der Vorhang noch nicht eisern, er wollte auch in die Ostzone reisen. Das einzige, was mir geboten wurde, waren gelegentlich Lindhofers Hände an meinem Körper, das war nie mehr geworden, und interessant war das nun schon lange nicht mehr.
Es gibt manches in meinem Leben, von dem ich wünsche, ich hätte es nicht getan. Aber das mit Berthold ist es wohl, was ich am meisten bereue. – Ich liebte Heide doch wirklich, ich hätte nie geduldet, daß jemand ihr etwas Böses tat. Warum tat *ich* es dann?
Ihm, mir, ihr redete ich ein, es sei Liebe. Heide akzeptierte das stillschweigend – keine Szene, kein Streit. Und wenn sie weinte, sah ich es nicht. Für sie war es Schicksal, nicht Bosheit oder Gemeinheit von meiner Seite. Berthold war es, der ihr die Wahrheit sagte, er war keiner, der mit einer Lüge leben konnte.
Es blieb nicht bei dem ersten Kuß, es waren leidenschaftliche Küsse, leidenschaftliche Umarmungen, schon wenige Wochen darauf wurde ich seine Geliebte.
Das, worum ich Heide beneidet hatte, die Zeit der

heimlichen, verstohlenen Verliebtheit, gönnte ich mir auch diesmal nicht – ich war wohl dafür nicht geschaffen.

Nachdem Berthold mich geküßt hatte, küßte er Heide nicht mehr. Und dann sagte er es ihr.

Sie begann im folgenden Wintersemester ihr Studium in Tübingen, in München war die Universität überfüllt, sie bekam keinen Studienplatz. Ich habe sie seitdem nie wiedergesehen. Erst heute abend.

Es ging alles sehr schnell, auf einmal war ich die Frau eines Studienrates in Berchtesgaden. Von allen verrückten Situationen meines Lebens war dies zweifellos die verrückteste. Keiner konnte das fassen – ich am allerwenigsten.

Marja war so konsterniert, daß sie verstummte.

»Heiraten?«

»Warum denn nicht? Ich liebe ihn. Und ich habe nicht das geringste Interesse daran, durch die Gegend zu tingeln. Heute, in dieser Zeit. Ich wollte immer ein bürgerliches Leben haben.«

Paul lachte sich halbtot, als er es erfuhr.

»Du? Ein bürgerliches Leben?«

»Genau das.« Und wieder: »Ich liebe ihn. Hast du vielleicht etwas an ihm auszusetzen?«

Mit einem langen Blick auf mich: »Er tut mir leid.«

»Er liebt mich auch.«

»Dann tut er mir noch mehr leid.«

Tulpano starb im November. Ich weinte bitterlich um ihn. Pauls Töchter verschwanden aus dem Haus, die eine hatte ihren Mann wiederbekommen, die andere heiratete später einen Amerikaner. Pauls Frau malte.

Enrico war auch lange krank, und Marja damit beschäftigt, ihn zu pflegen. Mit mir sprach sie kaum noch. Es war eine tiefe Entfremdung zwischen uns eingetreten. Das machte mich nur trotziger. Heide war fort. Ihren Eltern ging ich aus dem Weg.

Ich war auf einmal sehr allein. Ich hatte wirklich nur noch Berthold. Im September trat er seine Stellung in Berchtesgaden an. Im Februar heirateten wir.

Er war sehr glücklich damals. Doch, das muß man gerechterweise zugeben. Seine Arbeit freute ihn, und er liebte mich. Er war ein verliebter, zärtlicher, auch leidenschaftlicher Mann. Und ich gab mir alle Mühe, eine richtige Ehefrau zu sein. Ich tanzte nicht mehr, ich trainierte nicht mehr, ich sang nur manchmal ein wenig.

Wir hatten zwei Zimmer in einem alten Haus am Hasensprung in Berchtesgaden. Jeden Morgen stand ich auf und machte ihm Frühstück, dann ging er in seine Schule. Mittags, wenn er heimkam, hatte ich Essen gekocht. Ich kochte ganz gut, ich hatte bei Marja genug gelernt. Die Leute um uns herum hatten mich gern. Ich war die Frau von dem neuen Lehrer, weiter nichts, ich war jung, hübsch, sehr liebenswürdig und ganz natürlich. Ich hieß Lore Kronacker, das klang ganz normal. Er hatte den Namen Lore von Heide übernommen. Kein Mensch nannte mich mehr mit meinem richtigen Namen. Ich hielt die Zimmer sauber, ich putzte die Fenster, ich wusch seine Hemden und seine Socken, ich kaufte ein, ich kochte, und nachts schlief ich im Arm meines Mannes. Ein richtig schönes normales bürgerliches Leben. Eine Zeitlang gefiel es mir sehr gut, ich kam mir sehr wichtig vor in der neuen Rolle. Es war sehr schön, erwachsen zu sein. — Solange Marja mein Leben lenkte, war ich nicht erwachsen gewesen.

NEMESIS ... es ist so furchtbar schwer, gerecht zu sein. Zu entscheiden, was ist gut, was ist böse. Wer ist ein guter Mensch, wer ein schlechter Mensch. Ich bin der Meinung, es gibt keine Absolutheit in diesem Punkt. Man kann sich nur täuschen, in anderen Menschen, in sich selbst. Letzteres kann man auch Selbstbetrug nennen.

In diesen Fehler bin ich nie verfallen. Ich war mir klar darüber, damals, später, bis heute, daß ich etwas Böses getan hatte. Heide den Mann zu nehmen, den sie liebte. Andererseits war ich ja der Meinung, ihn auch zu lieben. Und er war ein erwachsener, nicht gerade dummer Mensch, er konnte sich schließlich frei entscheiden. Und solange die Welt steht, ist es vorgekommen, daß ein Mann von einer Frau zur anderen wechselt, eine Frau von einem Mann zu einem anderen geht. Oder etwa nicht? – Das war etwas ganz Alltägliches.

Das waren so die Argumente damals, mit denen ich mein schlechtes Gewissen abspeiste. Wenn er Heide so schrecklich geliebt hätte, wäre er ihr treu geblieben und hätte sie geheiratet. Na also. – Außerdem wollte sie sowieso lieber studieren.

Wir sprachen nie darüber, über Heide, meine ich. Aber

ich kannte ihn gut genug, um zu wissen, daß der Gedanke an Heide ihn bedrückte. Nur so – aus Anständigkeit eben. Denn daß er mich liebte, wirklich ganz echt und ernsthaft, daran konnten weder ich noch er, noch sonst jemand zweifeln ...

Ich stehe wieder an der Terrassentür und starre hinaus in den kahlen, dunklen Garten, von dem nichts mehr zu sehen ist, denn Nebel steht jetzt zwischen den Büschen, dichter grauer Novembernebel, das macht meine Einsamkeit, meine Abgeschlossenheit von der übrigen Welt noch größer. Lieber Gott im Himmel, wie allein ich bin!

Ob es mehr Menschen auf der Welt gibt, die so einsam sind wie ich? Wie werden sie damit fertig? Ich habe mich immer nach Liebe, nach Wärme, nach Geborgenheit gesehnt, nach Freundschaft, nach einer Hand in meiner, nach einem Körper neben meinem – lieber Himmel, jetzt werde ich schon wieder so kitschig in meinen Gedanken, aber das bringt das Sterben wohl so mit sich, man muß ja kitschig werden, wenn man pausenlos an seinen Tod denkt und dazwischen an das, was gestern war. Und warum ist man denn eigentlich kitschig, wenn man etwas fühlt, wenn man sich nach etwas sehnt, wenn man liebt?

Wenn mir einer nur mal erklären könnte, warum wir so allergisch gegen Gefühle geworden sind. Wir haben eine krankhafte Angst davor, Gefühl zu zeigen. Warum ist denn eigentlich diese Menschheit von heute so verdorben, was ihre natürlichen Empfindungen betrifft?

Es ist das Zeitalter der Technik, sagen sie immer, da gibt es kein Gefühl, keine Liebe, keine Kunst. Es ist kein Platz dafür vorhanden. Ich bin zu dumm, um das zu

verstehen. Und ich glaube es auch nicht. Man kann doch in einem Flugzeug reisen oder in einem Auto fahren oder meinetwegen auch einen Computer für sich rechnen lassen und trotzdem einen Menschen lieben. Oder Musik gern hören. Warum soll denn das nicht gehen? Warum ist es denn eine Schande, Gefühl zu haben? Sagen wir mal, ich singe ein Lied, und es handelt von Liebe, von Glück, von Verzicht, von der Sehnsucht, warum ist das denn ein Verbrechen? Und warum soll Musik keine Melodie mehr haben, warum spielt keine Geige mehr, warum hauen sie bloß nur noch auf Schlaginstrumenten herum, daß einem die Ohren weh tun? Warum kann ich nicht ein Buch lesen, das von der Liebe handelt und nicht nur von sexueller Gymnastik? Warum kein Theaterstück sehen, das eine Geschichte erzählt, die mich anrührt, heiter oder traurig, und in dem menschenähnliche Wesen auf der Bühne agieren? Warum keinen Film, in dem ich lachen oder weinen kann, dessen Handlung ich miterlebe – warum nur einen, den ich gelangweilt, angewidert oder – bestenfalls – ästhetisch analysierend über mich ergehen lasse?
Warum ist es denn eine Schande und wird voll Hohn verlacht, wenn einer heute das tut, was Künstler jahrhundertelang taten, solange es Kunst gibt: die Schönheit, die Liebe, die Würde, das große tragische Gefühl, das kleine zärtliche Glück darzustellen?
Wenn einer mir nur mal diese Frage beantworten könnte! Ich sterbe jetzt, ohne eine Antwort bekommen zu haben. Nur mit angesehen habe ich das alles in den vergangenen Jahren, und zu einer Erkenntnis bin ich gelangt: Die Menschen sind nicht glücklicher geworden und nicht zufrieden in ihrer kalt und leer gewordenen

Welt, in der sie bei allem Geld und Wohlstand hungern müssen. Man wird sie nicht satt machen, wenn man ihnen noch mehr Geld, noch mehr Wohlstand, noch mehr Freizeit in den Rachen stopft.
Sandor hat da so einen jungen Mann bei sich und ist dabei, ihn zu korrumpieren. Sandor kann das, er ist ein richtiger Rattenfänger. Der Junge stammt aus sehr gutem Hause, studiert Soziologie, die große Masche heute, mit seinen Eltern hat er sich verkracht und ist sehr stolz darauf, daß er ohne sie auskommen kann. Im letzten Winter fing er an, für Sandor zu arbeiten, irgendwelche Studien und Untersuchungen über gesellschaft-wirtschaftliche Zusammenhänge auszuarbeiten, irgend so einen Quatsch, und Sandor sagte zu mir mit einem Mephisto-Lächeln: »Der Bursche ist sehr intelligent, sehr brauchbar, ich werde ihn mir zurechtziehen.«
»Bist du neuerdings schwul?« fragte ich ihn, denn Niels – so heißt der Junge – sieht sehr gut aus.
So etwas trifft Sandor nicht. Er lächelte friedlich. »Du kennst mich gut genug, Lorena. Oder?«
»Wozu brauchst du dann bei deinem sogenannten Export-Import-Laden einen Soziologen?«
»Weil ich clever bin. Einen Soziologen braucht man eben heute. Das ist Mode. Das erschließt mir neue Kreise. Außerdem ist sein alter Herr ein As, hat Verbindungen praktisch überall in der ganzen Welt. Klasse-Verbindungen.«
»Von seinem alten Herrn will er doch nichts mehr wissen.«
»Das wird sich finden. Wenn Niels Blut geleckt hat und erst mal Geld gemacht hat, wird er auch anfangen, das Geld und die Verbindungen von seinem alten Herrn zu

schätzen. Er braucht sich durchaus nicht mit ihm zu versöhnen, das wäre mir gar nicht lieb. Nur auf das richtige Gleis muß ich ihn eines Tages schieben, verstehst du? Dann kann er mir sehr nützlich sein. Er spricht mehrere Sprachen, er ist sehr gewandt. Warte ein oder zwei Jahre, dann kann ich ihn überall hinschicken.«

Um für dich Waffen zu kaufen und zu verkaufen, hätte ich fragen mögen, aber ich sprach es nicht aus. In diesem Punkt habe ich mich immer beherrscht, das Thema ist tabu. Ich weiß genau, wann Sandor mir gefährlich werden könnte.

Statt dessen sagte ich: »Mit diesem großartigen alten Herrn im Hintergrund, verkracht oder nicht, und dem klugen Köpfchen von Niels wird er gerade auf dich gewartet haben.«

»Er wird keinen Job finden, der lukrativer ist als der, den ich ihm biete. Das wird Niels ebenfalls in ein, zwei Jahren kapiert haben.«

Niels kam manchmal ins Haus, und dann klärte er mich auf über die sogenannte Gesellschaft und wie und warum sie verändert werden müßte.

»Die Gesellschaft«, sagte ich einmal zu ihm, »setzt sich zusammen aus Menschen. Man kann die Menschen nicht verändern.«

»Das ist auch gar nicht nötig. Wenn die Gesellschaft sich verändert hat, müssen sie sich ihr anpassen. Auf den einzelnen kommt es nicht an. Der einzelne hat sich noch immer der Gesellschaft angepaßt, in der er lebt. Er muß. Er ist ein Teilstück der Masse – heute mehr denn je.«

»Es gibt also keine Menschen mehr in Ihrer Gesellschaft, nur noch Massenteilchen.«

»Die Benennung spielt keine Rolle.«

»Ich finde schon. Und ich finde, jeder Ameisenstaat ist humaner. Ich möchte in dieser Gesellschaft nicht leben, Niels.«

»Sie werden es müssen.«

Ich muß nicht. Vielleicht schlucken Massenteilchen keine Schlaftabletten, aber da ich nicht der einzige bin, der so etwas tut, gibt es offenbar immer noch Menschen. Und die zu Menschen entarteten Massenteilchen werden vielleicht auch morgen und übermorgen noch Schlaftabletten schlucken.

Und die zu Menschen entarteten Massenteilchen werden vielleicht auch morgen und übermorgen nach dem suchen und verlangen, was man ihnen vorenthält: Liebe, Wärme, Geborgenheit, Freiheit, Glück. Und ihr eigenes ganz individuelles Leben.

Vielleicht. Ich weiß es nicht. Ich werde es nicht mehr erleben.

Und ich frage mich, ob die Massenteilchen auch das empfinden können, was Menschen sonst noch empfinden: Schuld, Reue, Angst. Ob sie ein Gewissen haben werden.

Ob sie Gott noch suchen werden. Oder ob sie gerade ihn ganz und gar nicht mehr brauchen können.

Der Gott der Massenteilchen ist die Maschine. Der Computer. Und der funktioniert immer. Der tut, was man ihm sagt. Und wenn er kaputt ist, stellt man einen neuen hin. Was für eine herrliche Welt! Endlich eine — heile Welt??

Ich sagte das damals auch zu Niels, das von Gott, und er sah mich einen Augenblick irritiert an, denn die Frage aus meinem Munde kam ihm wohl unerwartet. Ich saß da vor ihm, elegant gekleidet, raffiniert geschminkt, ein

Cocktailglas in der Hand, und fragte im Plauderton: »Werden Sie Gott noch brauchen?«
Aber er benötigte nicht lange, um darauf auch zu antworten. Er ist ja so gewandt, so klug und dialektisch so geschult, unser junger Haussoziologe. Er hielt mir einen längeren Vortrag über das Gottesverständnis in der modernen Gesellschaft von morgen, sicher war alles sehr gescheit, was er sagte – ich weiß es nicht, ich hörte gar nicht zu.
Es gibt Dinge, die braucht mir keiner zu erklären. Die weiß ich einfach. Und da bin ich nicht irre zu machen. Mein Verhältnis zu Gott ist ungestört. Man mag es naiv nennen, und natürlich hält es keiner theologischen Untersuchung stand. Aber das hat mich nie gestört.
Es ist mehr oder weniger Marjas Werk. Sie lebte mit Gott und Christus, mit der Jungfrau Maria und sämtlichen Heiligen auf sehr vertrautem Fuß. Sie gehörten gewissermaßen zur Familie. Nicht angebiedert und alltäglich, bewahre, sondern ganz obenan, auf höchster Ebene. Aber da waren sie, und da blieben sie, und sie waren ansprechbar. Sie taten nicht immer, was man wollte, warum sollten sie auch? Auf alle Fälle konnte man sie um Hilfe und Beistand bitten, auch mal um Verständnis und Vergebung, und meistens waren sie erreichbar. Hatten sie Augen und Ohren manchmal verschlossen, so mochten sie ihre Gründe dafür haben, und man tat gut daran, in sich selber nachzuforschen, womit man sie vergrämt hatte.
Bis heutigentages bin ich nie auf die Bühne gegangen, vor keine Kamera getreten, vor kein Mikrofon, ohne zu denken: Bitte! Hilf mir! Laß es gutgehen!
Heute abend auch. Nun ja. – Seit vielen Jahren hat Gott

die Augen und Ohren vor mir verschlossen. Sich von mir abgewendet.
Nein. Das darf ich auch nicht sagen.
Ich ertappe mich dabei, daß ich ein Kreuz schlage, wie ich da stehe, schon halb blind von dem Starren in den nebelgrauen Garten.
Ich drehe mich um, lasse den Vorhang hinter mir zufallen und versuche zu lächeln.
Nein, lieber Gott, ich bin nicht undankbar. Mir ist es nicht schlechtgegangen. Ich bin gesund, mein Körper ist noch jung und schön, mein Gesicht schön und noch glatt, ich kann noch singen und noch tanzen, ich könnte auch noch lieben, oh, wie ich lieben könnte, wenn einer da wäre, den ich lieben möchte. Ich habe im Luxus gelebt, hier in diesem Haus. Ich habe dafür – nun, nicht gerade meine Seele verkauft, aber doch ein bißchen mich selbst, das tun viele Frauen, auf dieser Basis beruhen die meisten Ehen – da wollen wir uns doch nichts vormachen, nicht? Daß mir nun gerade das einzige und eine so wichtig ist, meine Arbeit, meine Karriere, mein Erfolg – schließlich, lieber Gott, hast du mich geschaffen, wie ich bin.
Und zwei Dinge muß man ehrlicherweise auch noch hinzufügen: Ich habe alles gehabt, Arbeit, Karriere und Erfolg. Wo steht geschrieben, daß es bleiben muß, daß man es für alle Zeit behält? Und ich habe, lieber Gott, auch das weiß ich sehr gut, alles einmal leichtherzig verraten, habe behauptet, ich brauche es nicht und ich will es nicht. – Und habe auch gelebt.
Man könnte sagen, du bestrafst mich für diesen Verrat, auch wenn es lange zurückliegt.
Du willst mir klarmachen, daß ich heute können muß,

was ich damals konnte. Und du bestrafst mich gleichzeitig für das Böse, das ich tat, das kleine Böse, das große Böse, der Verrat an Heide, der Verrat an Berthold.

Es ist die Strafe, die ich verdient habe, nicht wahr? Es ist doch nur gerecht, böse Taten zu bestrafen. Ich hatte immer einen starken Sinn für Gerechtigkeit. Daß ich allein, verlassen, ohne Liebe, ohne Freunde, ohne Arbeit, ohne Erfolg in dieser Nacht in diesem leeren Hause bin, mit mir und meinem Ende – habe ich es nicht verdient?

Gott hat ein gutes Gedächtnis. Was sind für ihn denn zweiundzwanzig Jahre?

Ich habe Heide unglücklich gemacht, als ich ihr den Mann nahm, den sie liebte, ich habe Berthold unglücklich gemacht, der mich liebte und den ich verließ, und ich ...

Nein. Ich kann Andy nicht in einem Atem mit den beiden anderen nennen. Ihn habe ich ja geliebt. Und wir trugen beide Schuld.

Mit der großen Liebe ist es wie mit der großen Schuld, es gibt kein Maß dafür. Und kein gerechtes Urteil über sie.

Hier nicht. – Und dort?

Vielleicht werde ich es wissen, ehe die Nacht zu Ende geht.

EHE ... die Reaktion auf meine geplante Ehe mit Berthold war, wie gesagt, ausnahmslos negativ. Das konnte mich nur trotzig machen. Er, soviel ist sicher, bekam es gar nicht so richtig mit. Der Schreck seiner Eltern natürlich, das ja. – Sie waren geradezu entsetzt, und das kann man ja auch irgendwie verstehen.

Ein Dorfschullehrer, der seinen Sohn studieren ließ, zwei einfache, liebe Menschen, so richtig brave, ehrbare Menschen, auch das gab es damals noch, die stolz waren auf diesen wohlgeratenen klugen Sohn, im Krieg um ihn gebangt hatten und nun sehr glücklich waren, ihn lebendig aus dieser Zeit des Schreckens zurückbekommen zu haben. Heiraten sollte er, natürlich, warum denn nicht, und Heide hatte ihnen zweifellos gefallen. Sie war zwar eine Fremde, stammte von weit her, aber sie war lieb und brav und anständig, ein unschuldiges junges Mädchen, hübsch, auch gescheit. Sie hatten Zeit genug gehabt, sie kennenzulernen, sie kam lange Zeit ins Haus zu ihren Nachhilfestunden, und nie hatte es Anlaß zu Beanstandungen gegeben. Daß der Sohn sie mochte, war ihnen nicht verborgen geblieben, und daß das ernst zu nehmen war, hatten sie akzeptiert.

Plötzlich kam er mit mir an. Heide war verschwunden.

Ich war auch hübsch und jung, aber doch von ganz anderer Art. Nicht daß man mir etwas nachsagen konnte, mein Lebenswandel war makellos. Aber meine Art zu gehen und zu stehen, zu sprechen und zu lachen war doch etwas ganz anderes. Eine Fremde war ich auch, stammte irgendwie vom Zirkus oder so. Und es war nicht so eine nette, harmlose Sache wie mit Heide. Der Sohn war verändert, erhitzt, entflammt, irgendwie seltsam verwandelt. Denn als das einmal angefangen hatte, machte es rapide Fortschritte, das lag nicht nur an mir, auch an ihm. Er war ein Mann. Und ich war kein junges Mädchen, ich war eine Frau.

Schon Anfang Oktober wurde ich Bertholds Geliebte, und das lag nicht nur an mir, das lag auch an ihm.

Ich war hungrig nach Liebe, nach körperlicher Liebe. Das erstemal passierte es sogar im Haus seiner Eltern, es verwirrte ihn schrecklich. An einem Sonntag, sie waren nach Endorf gefahren, denn es gab noch eine Tochter, Bertholds Schwester, die dort verheiratet war. Er hatte mitfahren sollen, hatte Arbeit vorgeschoben. Damals war er schon in Berchtesgaden, kam aber meist über Sonntag nach Hause. In Berchtesgaden lebte er noch in einem winzigen möblierten Zimmer, und man darf nicht vergessen, es gab wenig zu essen damals, er lebte recht und schlecht von seinen Marken, und seine Mutter war froh, wenn er am Sonntag da war, damit sie ihn ordentlich füttern konnte.

Wir hatten uns verabredet für den Nachmittag, trafen uns auf den Rädern halbwegs zwischen unseren Dörfern, es fing an zu regnen, und wir gingen zu ihm nach Hause. Ich war noch nie in diesem Haus gewesen, kannte es nur von außen, wenn ich Heide abgeholt hatte. Unten war die Schule, oben wohnten seine Eltern.

Er kochte Kaffee, keinen Bohnenkaffee natürlich, aber Kuchen war da, den seine Mutter gebacken hatte. Aber wir tranken den Kaffee nicht einmal aus, wir saßen zusammen auf dem kleinen Sofa und küßten uns.

Küssen konnte ich, das hatte Paul ja schon vor Jahren festgestellt. Und ich konnte auch sonst noch allerhand.

»Ich glaube, es ist besser, wenn wir gehen«, sagte er nach einer Weile mit belegter Stimme.

»Warum?« fragte ich.

»Mein Gott, Lore ...«

Ich küßte ihn wieder.

»Du verstehst das nicht«, sagte er.

Ich legte den Kopf zurück und biß ihn leicht ins Ohr. »Ich verstehe viel mehr, als du denkst. Und ich will nicht gehen.«

Er war kein Jüngling mehr, einunddreißig Jahre alt, und keineswegs ein Parsifal. Nicht einmal ein Anfänger. Das merkte ich, als ich kurz darauf in seinem Bett lag. Es war ein durchaus wohlgelungenes Unternehmen, wir konnten beide zufrieden sein. Aber von da an war es natürlich ganz aus. Und deshalb wollte er partout auch so schnell heiraten, und ich wollte es auch, denn es war schwierig, wo sollten wir uns treffen? – Sehr oft fuhren seine Eltern nicht nach Endorf, bei mir im Haus ging es sowieso nicht, und der Sommer war auch zu Ende. Ich fuhr einige Male nach Berchtesgaden, besuchte ihn dort, und er stellte mich seiner Vermieterin als seine Braut vor, es blieb ihm gar nichts anderes übrig.

Schon im November wußte jedermann, daß wir heiraten wollten.

Marja: »Du bist ein ganz gemeines Luder. Da habe ich mich jahrelang bemüht, dich zu einem anständigen Menschen zu erziehen, und jetzt nimmst du deiner Freundin den Mann weg.«
»Was heißt wegnehmen? Ist er ein kleiner Bub? Wenn er mich doch nun mal liebt.«
»Erzähl mir nichts. Ich kenn' dich. Du wolltest ihn haben. Du hast ihn ihr nicht gegönnt. Du bist ein Miststück.«
Enrico: »Wenn sich die beiden doch lieben! Er ist wirklich ein netter Mensch.«
»Du bist Idiot und bleibst Idiot, Enrico. – Lieben! Wenn ich höre! Sie weiß doch gar nicht, was das ist, Liebe. Haben will sie ihn, das ist es. Und er – jeder Mann ist Trottel – Und was wird aus deiner Arbeit?«
»Aus welcher Arbeit?« fragte ich scheinheilig.
»Dein Beruf. Ich denke, du willst singen.«
»Ich will nicht mehr singen. Ich will ein ganz normales Leben haben. Habe ich mir immer gewünscht.«
Sie schnob verächtlich durch die Nase. »Lehrersfrau in Berchtesgaden! Wie lange soll das gehen gut?«
»Immer!« rief ich emphatisch. »Was soll ich denn allein machen? Du sagst selbst, man kann in München heute nicht leben. So viele Künstler suchen Arbeit. Mama und Papa sind nicht mehr da, was soll ich denn allein machen? In einer Bar singen? Oder bei den Amis?«
»Sie hat recht, Marja«, meinte Enrico. »Es ist nicht mehr so, wie es früher war. Es ist gut, wenn sie heiratet.«
»Und deine Freundin Heide?« fragte Marja. »Die du liebst so sehr, wie du immer hast gesagt.«
»Heide ist fort. Sie studiert. Das wollte sie immer schon, das weißt du doch.«

Zu Heides Eltern kam ich nicht mehr, ihre Mutter grüßte mich nur kühl, wenn wir uns trafen. Herr Barkenow allerdings war anderer Ansicht. Er hielt Elina an, wenn wir uns begegneten, wir plauderten wie früher, er erzählte mir von Heide, er sprach davon, daß er wohl auch nicht mehr lange hierbleiben würde.

»Es wird irgendwann etwas mit dem Geld geschehen, eine Währungsreform – das ist nicht zu vermeiden. Dann muß man sich neu orientieren. Willst du den Kronacker wirklich heiraten, Lore?«

»Ja. Haben Sie davon gehört?«

»Man spricht sehr viel davon. Die Leute staunen.«

»Und Sie sind mir nicht böse?«

»Warum?« fragte er erstaunt.

»Na, wegen Heide.«

Ein kleiner Zug von Hochmut erschien um seinen schmalen Herrenmund. »Nein, mein Kind. Ich denke nicht, daß er der richtige Mann für Heide gewesen wäre. Eine Jugendliebe, nicht wahr? Das ist etwas sehr Hübsches. Ich habe es ihr auch gesagt. Man braucht sich dessen nicht zu schämen, und man soll es auch nicht vergessen. Wenn ich bedenke ...« Folgte die Schilderung einer eigenen Jugendliebe. – Dann: »Heide hat mir seit Jahren erklärt, sie wolle Ärztin werden. Und ich bin selbst der Meinung, sie hat Talent zu diesem Beruf. Die Zeiten haben sich geändert. In einer Zeit wie der unseren ist es sehr, sehr wichtig, daß eine Frau einen Beruf hat. Ich bin ein moderner Mensch, Lore. Heide kann nicht mehr leben, wie meine Frau oder wie meine Mutter gelebt hat. Ärztin ist ein krisenfester Beruf. Und ich kenne meine Heide. Sie wirkt wie ein scheues kleines Blümchen. Aber sie ist zäh und widerstandsfähig, sie hat mein Wesen geerbt. Sie wird sich durchsetzen. Sie wird studieren, sie wird eine gute Ärztin werden und viel Geld verdienen. Vielleicht kann sie später ins Ausland gehen, wenn die Verhältnisse hier so miserabel bleiben. Australien vielleicht, Südamerika? Ob man in Deutschland noch einmal wie ein normaler Mensch leben kann, ist fraglich. Heide jedenfalls wird es schaffen. Sie kann durchhalten, das hat sie mit der Schule bewiesen. Für mich war es der Beweis – verstehst du. Ich wußte, wie schwer es für sie war. Wenn sie schlappgemacht hätte ... aber sie hat nicht schlappgemacht, sie ist meine Tochter.«

Ich hörte mir diese lange Rede mit gemischten Gefühlen an.

»Was wäre gewesen, wenn sie schlappgemacht hätte?«

»Na, dann hätte sie meinetwegen diesen Lehrer heiraten können. Ihre Mutter ist sowieso der Meinung, daß es das beste für Heide gewesen wäre. Ein netter Mensch, der Kronacker. Feiner Kerl. Offizier gewesen. Das merkt man eben doch.« Und mit einem langen skeptischen Blick auf mich: »Bin ja neugierig, wie das gehen wird mit ihm und mit dir.«

»Wir lieben uns«, sagte ich herausfordernd, trotzig.

»Sicher. Aber das ist zuwenig. Also, tschüs, Lore, ich muß weiter. Elina wird unruhig.«

Skepsis, Unglauben, wohin ich kam, mit wem ich sprach. Was war eigentlich an mir, daß niemand mir von vornherein eine normale Ehe mit einem normalen Mann zutraute?

Heides Eltern zogen übrigens schon zu Beginn des Jahres 1948 vom Chiemsee fort. Zunächst nach Tübingen, wo Heide studierte. Ich hörte nur über den Lehrer aus unserem Dorf davon. Heide hatte einen Kommilitonen, der wiederum einen Jugendfreund hatte, dessen Eltern in der Nähe von Tübingen einen Hof besaßen. Mit einem Stall für Elina. Das war die Hauptsache.

Ich sah die Barkenows nie wieder. Er ging später ins Ruhrgebiet und machte eine Managerkarriere.

Ich brachte Berthold in das Sängerhaus nach Gstadt, damit Tulpano ihn kennenlernte. Tulpano war schon sehr schwach und hinfällig, er starb knapp zehn Tage darauf.

Ich hatte gehofft, Paul würde nicht dasein, aber zufällig war er gerade da. Und dann kam das böse Wort von ihm: »Er tut mir leid.«

»Er liebt mich.«

»Dann tut er mir noch mehr leid.«

Paul sagte später noch etwas anderes. »Ich könnte auch sagen, es tut mir leid um das, was du bei mir gelernt hast. Im Gesangsunterricht, meine ich. Aber ich glaube, du wirst noch Gebrauch davon machen.«

»Ich wüßte nicht, wann und wo«, sagte ich aggressiv.

Er grinste. »Na, vielleicht, wenn du deinen Kindern Wiegenlieder vorsingst.« Und dann: »Schade.«

»Schade was?«

»Daß ich nicht mehr mit dir schlafen kann.«

Ich gab etwas von mir, das ein Hohnlachen sein sollte. »Sieh mal an. Du bist schon lange sehr gut ohne mich ausgekommen. Oder willst du vielleicht behaupten, daß du mir auf deinen verschiedenen Reisen im letzten Jahr treu warst?«

»Nein. Bin ich ein Eunuch?«

»Und was bin ich?«

»Du bist eine Frau, das ist etwas anderes.«

»Mal 'ne ganz neue Meinung.«
»Warst du mir denn treu?«
»Bis vor kurzem, ja.«
Paul lachte. »Weißt du, ich bin kein Illusionist. Vermutlich hat dir bloß die richtige Gelegenheit gefehlt. Na ja, dann heirate eben mal. Das wollt ihr ja alle. Bevor ihr das nicht hinter euch habt, ist mit euch nichts anzufangen. Später werden wir weitersehen.«
»Wer – wir? Du vielleicht?«
»Vielleicht ich nicht mehr. Aber ich bin kein Egoist, Musette. Das habe ich dir wohl oft genug bewiesen. Paß nur auf, daß du kein Kind bekommst.«
»Und warum nicht?«
»Kriegst du schon eins?«
»Nein. Nicht, daß ich wüßte. Marja hat mich in der Beziehung ganz gut aufgeklärt, vor Jahren schon.«
»Kluge Person, diese Marja. Von mir kannst du im Notfall auch mal eine Adresse haben.«
»Danke.«
»Bitte.«
Ich war erbost und ein wenig gekränkt. Ich dachte, er würde irgendwie verzweifelt sein. Aber Paul war eben ein Lebenskünstler. Er nahm, was sich bot. Wenn ich es nicht war, würde es eine andere sein.
Damals hielt ich viel von richtig treuer Liebe, so mit allem Ernst und allen Konsequenzen. Das war Bertholds Einfluß.
Und darum ging es mit meiner Ehe trotz aller Skepsis zunächst auch ganz gut. Ich war die Frau eines Studienrates in Berchtesgaden. Und das war's auch schon. In den Läden sprachen sie mich mit Frau Doktor an. Ich kam mir sehr wichtig vor und gab mir alle Mühe, eine

gute Ehefrau zu sein. Ich war eine glückliche Frau. Berthold liebte mich, er erfüllte mir jeden Wunsch, den er erfüllen konnte.
Eine Weile turtelten wir als verliebtes junges Ehepaar durch die Gegend, nachsichtig betrachtet von unserer Umwelt. Manchmal holte ich ihn von der Schule ab, seine Kollegen lächelten mich an, zogen den Hut, der eine oder andere brachte sogar ein Kompliment zustande, besonders als der Frühling kam und ich aus den Hosen herauskam und mit langen Beinen und kurzen Röcken vor der Schule herumtänzelte. Die Schüler aus den Oberklassen grüßten mich, mit der Zeit kannte ich den einen oder anderen mit Namen, sprach ihn auch mal an und freute mich, wenn der Junge rote Ohren bekam.
Wirklich, ich fand das alles höchst unterhaltend. Auch daß man in Berchtesgaden davon sprach, der neue Lehrer habe eine besonders hübsche Frau. Nicht immer gewann ich dadurch die Zuneigung der anderen Frauen, aber das kümmerte mich nicht sonderlich.
Berthold hatte viel Arbeit, die Schule war überbesetzt. Viele Flüchtlingskinder waren ja auch hier zu versorgen, und Lehrer fehlten. Aber er arbeitete gern, die Schüler mochten ihn. Damals waren sie noch gutwillig, nicht so aufgehetzt wie heute. Mit den Kollegen kam er gut aus, hier und da gab es mal kleine Intrigen oder Querelen, aber Berthold hatte in der Beziehung ein glückliches Naturell: Entweder er bemerkte sie gar nicht, oder er ging gerade darauf zu, suchte ein offenes Gespräch, gab eine gelassene Erklärung dazu ab.
Wenn er zu Hause Arbeiten korrigierte oder sich auf den Unterricht vorbereitete, war ich ganz leise, ich las

sehr viel, dazwischen machte ich ihm Kaffee oder Tee, manchmal hielt er mich fest, wenn ich ihm die Tasse hinstellte, und ich setzte mich neben ihn, den Kopf an seine Schulter gelehnt, und träumte vor mich hin.
Er wollte mich immer spüren; meine Nähe, mein Körper, meine Haut waren für ihn täglich neu erlebtes Wunder. Er saß da, korrigierte mit der rechten Hand die Hefte, die linke hatte er um mich und auf meine Brust gelegt, und ich mußte die Seiten umblättern. Vielleicht ein seltsames Verhalten für einen Lehrer, aber wie ich zuvor schon gesagt hatte: Auch ein Lehrer ist ein Mann. Und Berthold war einer, er liebte mich sehr viel und sehr ausführlich, und jede Nacht schlief ich in seinem Arm ein. Solange es Winter war, ein recht angenehmes Gefühl, denn es war kalt in unserem Schlafzimmer, wir konnten gerade das Wohnzimmer notdürftig heizen.
Die beiden Zimmer hielt ich tadellos in Ordnung, ich war von Marja zu Ordnung und Sauberkeit erzogen worden, nichts von Bohèmewirtschaft. Zum Kochen durfte ich die Küche der Hausbesitzerin benutzen, sie war eine mittelalterliche, etwas derbe Frau mit einem nie stillstehenden Mundwerk, mit der ich jedoch ganz gut auskam. Menschen zu gewinnen war mir nie schwergefallen. Ich hörte mir bereitwillig ihre Geschichten an, sie stammte aus einer Familie, die seit ewigen Zeiten in Berchtesgaden lebte, und wußte so ziemlich über alles Bescheid, was einst, kürzlich und heute in diesem Städtchen geschah und geschehen war. Genauso bereitwillig hörte ich auf ihre Ratschläge, wie es einer so blutjungen, unerfahrenen Ehefrau zukam, und befolgte sie, soweit es mir angebracht erschien. Ich lernte

Rohrnudeln backen und Knödel machen, doch was die Suppen und Soßen betraf, blieb ich bei Marjas Rezepten.
Der Mann war Schreiner und hatte die Werkstatt hinter dem Haus. Und das war natürlich ein großes Glück, so nach und nach bekamen wir von ihm das, was zu unserem jungen Hausstand noch fehlte. Das allerbeste aber an unserer Wirtin war ihr Bruder. Der besaß in Nonnbrunn eine Gastwirtschaft, fuhr nebenbei ein Mietauto und war ein Schlitzohr ersten Ranges. Alteingesessen, Gastwirtschaft, Mietauto – letzteres fuhr fast ausschließlich für die Amerikaner –, nur wer jene Zeit gekannt hat, kann verstehen, was für eine überragende Persönlichkeit so ein Mann war.
Von ihm konnte man so ziemlich alles bekommen, was es auf dieser Welt gab, einen schwarzen Markt in München brauchten wir nicht. Natürlich hatten wir nicht das Geld, seine Preise zu bezahlen, aber ich hatte mein Lächeln, meine Blicke, gelegentlich auch mal mein Knie unter dem Tisch, dafür bekam ich Kaffee, Tee, Butter, Zigaretten, mal eine Flasche Wein oder Schnaps, sogar hier und da ein Paar Strümpfe und dann sogar einen Kleiderstoff zu erschwinglichen Preisen.
Wir aßen manchmal in seiner Gastwirtschaft, und wenn er da war, setzte er sich mit einem Glas Bier zu uns an den Tisch, sah uns herzlich erfreut zu, wie es uns schmeckte, denn natürlich bekamen wir Sonderportionen und das ohne Marken.
Berthold tadelte mich manchmal hinterher in sanftem Ton.
»Gar so brauchst du ihm ja auch nicht den Kopf zu verdrehen!«

»Warum denn nicht? Es macht ihm doch Spaß. Und es lohnt sich. Oder nicht?« Und ich breitete befriedigt auf dem Tisch aus, was ich mit nach Hause gebracht hatte.
»Du machst den armen Mann ja ganz verwirrt.«
»Den? Du hast eine Ahnung! Die Frau muß erst noch geboren werden, die den aufs Kreuz legt. Natürlich würde er gern mal mit mir schlafen, aber du bist ein Lehrer, da hat er Respekt. Und seine Alte paßt höllisch gut auf ihn auf, das merkst du ja.«
Berthold verzog schmerzlich das Gesicht. »Du sollst so nicht reden.«
»Na, wie rede ich denn? Ist doch so. Passiert ja weiter nichts. So klopft er mir mal auf den Popo oder streift mal zufällig meine Brust, wenn er mir die Hand gibt und ...«
»Tut er das?« fragte Berthold maßlos erstaunt.
»Klar doch. Macht ja nichts. Dafür zahlen wir halbe Preise, und die Büchse Nescafé hat er mir heute sogar geschenkt.«
»Also unter diesen Umständen ...«, begann Berthold im Pädagogenton, aber ich schnitt ihm das Wort ab.
»Spar dir die Spucke. Ich kann sehr gut auf mich selber aufpassen, und hier wird nichts überbezahlt. Sei bloß nicht spießig.«
Das war das Wort, mit dem ich ihn immer wieder stoppte, wenn mein manchmal loses Mundwerk und meine nun einmal für ihn zweifellos oft ungewöhnliche Art, Menschen und Dasein zu betrachten, ihn zu Widerspruch oder Empörung reizten.
»Du bist ja ein Spießer!« Das wollte er nicht hören. Nebenbei: Er war auch keiner.
Alles in allem war das rundherum sehr hübsch, so ein

richtiges jungverheiratetes Idyll, aber natürlich konnte es nicht ausbleiben, daß es irgendwann anfing, mir langweilig zu werden. Keine Arbeit mehr, kein Training, keine Gesangsstunden – das bißchen Hausarbeit war kein Ersatz dafür. In diesem Haus befand sich keine große Diele, auf der ich hätte tanzen und trainieren können, außerdem hätte unsere Hausfrau mich wohl für verrückt angesehen. Klavier besaßen wir nicht, überhaupt kein Instrument, und laut zu singen traute ich mich auch nicht. Blieb nur das Radio, das ich allerdings ständig laufen hatte, wenn Berthold nicht zu Hause war. So hörte ich wenigstens Musik.

Als es Frühling wurde, was lange dauerte, als der Boden endlich trocken wurde, fand ich eine Wiese im Wald, die einigermaßen eben war, und machte dort ein paar Übungen. Die Quittung für das lange Faulsein bekam ich sofort. Ich brach bei einem Salto ein und fiel so hart auf den Rücken, daß ich, atemlos vor Schmerzen, nach Luft schnappend, eine Weile liegenblieb. Ich spürte es noch tagelang, und es dauerte eine Weile, bis ich – diesmal vorsichtiger – wieder mit leichten Übungen anfing. Wie recht hatte Marja gehabt, wenn sie mich immer zum Training anhielt!

Andererseits – wozu brauchte ich es jetzt noch? Ich würde nie wieder tanzen. Aber singen vielleicht? Ich sang, wie früher auch im Wald, begann systematisch mit Atemübungen und Scalen, dachte an alles, was ich bei Paul gelernt hatte. Und wozu brauchte ich das? Gar nicht, sagte ich mir selbst, nur so eben, zum Spaß.

Marja schrieb ich regelmäßig, hatte sie auch oft gebeten, uns einmal zu besuchen, aber sie kam nie. Und Antwort auf meine Briefe bekam ich auch selten, und dann

schrieb meist Enrico. Marja läßt grüßen, stand darunter. Sie hatte mir nicht verziehen.
Bertholds Mutter kam einmal zu Besuch, beäugte mißtrauisch mich, das Aussehen ihres Sohnes, unsere beiden Zimmer, fand aber nichts auszusetzen.
Als es warm wurde, kam bei Berthold eine zweite Leidenschaft zum Ausbruch: bergsteigen. Die erste Verwundung, die er im Krieg davongetragen hatte, war ein Oberschenkeldurchschuß gewesen, worauf er mehrere Jahre nur schlecht laufen konnte, da noch Splitter im Bein waren. Das war auch der Grund, daß er so lange vom Militär freigestellt worden war und sein Studium fortsetzen konnte.
Eine geringe Behinderung war zurückgeblieben, das eine Bein war etwas dünner als das andere, bei feuchtem Wetter hatte er Schmerzen und hinkte ein wenig. Aber er konnte und wollte wieder auf die Berge steigen. Ich erfuhr, daß das schon früher sein höchstes Glück gewesen sei. Ich konnte diese Begeisterung nicht teilen. Für kleinere Touren war ich gerade noch zu haben, aber als er mich einmal auf den Watzmann mitschleppte, war ich ziemlich ungehalten.
»So ein Quatsch«, sagte ich, »erst 'rauf und dann wieder 'runter. Ich finde, die Berge sehen von unten viel schöner aus.«
Ich hatte Blasen an den Füßen. Man muß bedenken, wie sehr ich meine Füße liebte und immer gepflegt hatte.
»Einmal und nie wieder«, erklärte ich. »Mich bringst du nicht mehr dazu, auf so einen riesigen Berg zu latschen.«
Also gingen wir am Sonntag nur in den Wäldern spa-

zieren, oder wir fuhren mit der kleinen Bahn zum Königssee hinunter, dessen Ufer allerdings für Deutsche Off Limits war, dort hatten sich die Amerikaner etabliert, alle Hotels beschlagnahmt, und die einheimische Bevölkerung mußte auf Umwegen an den See gelangen, der Weg zum Malerwinkel war frei.

Amerikaner gab es nach wie vor jede Menge in Berchtesgaden. Fast alle Hotels waren von ihnen besetzt.

Hitlers Berghof war immer noch der große Anziehungspunkt für sie, der ›Berchtesgadener Hof‹ noch immer ihr vornehmstes Domizil, und wenn ich daran vorbeikam, blickte ich neugierig zum Portal hinauf. Ulkig, daß ich da mal drin gewesen war. Ob die gute Band noch spielte?

Und wo mochte wohl Bill, der erfolglose Verführer, geblieben sein? Wieder zu Hause bei Momy und Daddy, vielleicht sogar bei einer Ehefrau. Das geschah ihm recht.

Ich hatte Berthold die Geschichte erzählt, auch welch helden- und tugendhafte Rolle ich dabei gespielt hatte, es war eine der wenigen Gelegenheiten, wo von Heide die Rede war.

Heide – ich dachte anfangs oft an sie, später seltener. Ich hatte keine Freundin mehr. Ich würde nie wieder eine haben.

Weiblichen Umgang hatte ich überhaupt so gut wie keinen, außer unserer Hausfrau. Die Frauen der anderen Lehrer waren mir nicht so gewogen. Ein einziges Mal war ich zu einem Nachmittagskaffee eingeladen worden und wurde offenbar nicht für gut befunden. Aber daran war ich sowieso nicht interessiert.

Doch – eine Frau gab es noch, die ich damals kannte

und reichlich verrückt machte, eine junge Berlinerin, die hier gelandet war nach dem Krieg, eine Schneiderin, das heißt, sie hatte in der Engros-Konfektion gearbeitet. Nun verdiente sie sich hier ihren Unterhalt mit Schneiderarbeiten, was zu jener Zeit hauptsächlich Änderungen und Ausbesserungen betraf. Sie war eine vergnügte, sehr patente junge Frau, ihr Mann war gefallen, sie hatte einen aufgeweckten Jungen von zwölf Jahren, der in Bertholds Schule ging und einer der besten war, wie ich erfuhr.

Zu ihr schleppte ich meine spärliche Garderobe, denn wenn es einen heißen Wunsch in jenen Tagen für mich gab, dann lautete er: neue Kleider. Neue Kleider, neue Schuhe, schicke Sachen endlich einmal.

Von meinem Gastwirtsverehrer bekam ich einen Stoff, und ich brachte Wanda – so hieß die Berlinerin – bald zur Verzweiflung, was ich alles davon haben wollte – einteilig? zweiteilig? einen Rock und zwei Oberteile? Oder ein Kleid und vielleicht noch eine Bluse extra? Spitzer Ausschnitt, runder, eckiger? Weiter Rock, enger Rock, kurze Ärmel, gar keine Ärmel, oder lieber halb lang? – Und natürlich den Rock bis zur Wade; denn das trug man jetzt, es hieß New Look und hatte die kurzen Röcke der letzten Jahre abgelöst. – Wenn man den Rock in der modischen Länge machte, gab Wanda zu bedenken, verbrauchte man natürlich mehr Stoff damit. Egal – nach neuester Mode mußte es sein.

Es wurde ein Kunstwerk, der Rock in der richtigen Länge, weit und glockig, die Taille ganz schmal, ich kam mir todschick vor. Und ein ärmelloses Blüschen hatte Wanda auch noch herausgeschneidert, dazu änderte sie meinen grauen Rock, das gab noch einen neuen Anzug.

Und dann becircte ich meinen neuen Freund in Nonnbrunn so lange, bis er mir Schuhe organisierte, graue Wildlederschuhe mit riesenhohen Korkabsätzen.
»Ich bin die eleganteste Frau in Berchtesgaden«, erklärte ich Berthold hochbefriedigt, und er meinte gutmütig, das hätte er sowieso schon immer gefunden.
Kam der Juni und mit ihm die Währungsreform, was für uns eine relativ geringe Erschütterung bedeutete, denn Vermögen, das entwertet werden konnte, hatten wir sowieso nicht, Bertholds Gehalt aber war nun immerhin eine hübsche runde Sache, mit der sich etwas anfangen ließ. Als ersten Luxus leisteten wir uns eine Reise nach München, nachdem die großen Ferien angefangen hatten.
München im Sommer 1948 — von heute aus gesehen war es ein trostloses Trümmerfeld, eine armselige, heruntergekommene graue Stadt. Für mich damals war es eine atemberaubende, hochinteressante Großstadt, verlockend jeder Pflasterstein. Wir wohnten in Schwabing bei einem Studienfreund Bertholds, ebenfalls Studienrat an einem Münchener Gymnasium, er war verheiratet mit einer, meiner Meinung nach, unbeschreiblich doofen Frau, die mich vom ersten Augenblick an nicht leiden mochte. Er war ganz nett und fand mich faszinierend. Ich gab ganz schön an — das neue Kleid, ich schminkte mich, wenn auch mit Maßen, aber es gab das eine oder andere wieder zu kaufen, auch hatte ich Marja schließlich ein paar alte Schminkkästen abschmeicheln können, Wimperntusche, Rouge, Lidschatten, manchmal sogar ein wenig Teint, damals war das noch nicht allgemein üblich, Berthold hatte sich schon daran gewöhnt, er sah es gar nicht mehr. Der Münchner

Kollege war hingerissen, seine Frau rümpfte deutlich sichtbar die Nase.
Wir bummelten viel in der Stadt herum, ich kannte sie ja bereits ganz gut, ich wußte die Namen einiger guter Lokale, Schwarzwälder zum Beispiel, Torggelstuben, und brannte darauf, dorthin zum Essen zu gehen.
»Das können wir uns nicht leisten«, sagte Berthold.
»Klar können wir. Das Geld ist doch jetzt wieder ganz reell, hast du gesagt. Und du verdienst doch jeden Monat welches. Wir brauchen doch nichts aufzuheben.«
»Nun, man muß doch ...«
»Gar nichts muß man«, fiel ich ihm ins Wort. »Leben muß man, solange man lebt. Sei doch froh, daß der Krieg zu Ende ist. Vielleicht kommen morgen schon die Russen, dann ist es ganz aus« — denn die Berliner Blockade hatte begonnen, die Kriegsfurcht war wieder sehr lebendig geworden.
Wir gingen also während der Woche, die wir uns in München aufhielten, dreimal sehr vornehm speisen. Ich hatte schon immer einen sechsten Sinn für gute Restaurants, und es war gemessen an heutigen Preisen geradezu lächerlich billig, so kurz nach der Währungsreform gingen die Leute sehr vorsichtig mit dem spärlichen Geld um, und jeder Gast wurde mit Freuden begrüßt; wir gingen zweimal ins Theater und einmal ins Konzert, und ich ging dafür auch bereitwillig mit ins Deutsche Museum.
Ich genoß diese Tage aus vollem Herzen und sagte zu Berthold: »Ich möchte in München leben.«
»Aber das geht doch nicht.«
»Warum nicht? Du kannst dich doch hierher versetzen lassen.«

Das wollte er gar nicht. Berchtesgaden gefiel ihm, die Arbeit dort auch, er hatte seine Berge, und in die Stadt wollte er nicht. »Gefällt es dir denn draußen bei uns nicht?« fragte er erstaunt.

»Doch, schon. Aber ich habe jetzt so lange auf dem Lande gelebt. Ich möchte wieder in die Stadt.«

Schließlich mußte er mir versprechen, daß wir in Zukunft öfter nach München fahren würden.

»Aber dann will ich nicht mehr bei denen wohnen, sondern in einem Hotel. Und sag nicht wieder, das können wir uns nicht leisten. Dann wenigstens in einer Pension.«

»Aber sie sind doch sehr nett.«

»Mir paßt es aber nicht, bei jemand im Wohnzimmer auf der Couch zu schlafen.«

Ich glaube, seit diesem Besuch in München, Anfang August, hatte ich den Wunsch, eigenes Geld zu verdienen.

Vierzehn Tage blieben wir dann noch bei seinen Eltern. Das war nicht gerade amüsant, ich radelte wieder viel durch die Gegend, war oft am See, ruderte, schwamm, zu Bertholds Ärger meist ohne Badeanzug, und die übrige Zeit verwendete ich darauf, Marjas Herz zurückzugewinnen. Was so schwer nicht war, denn sie liebte mich ja, ich fehlte ihr.

»Bist du denn glücklich?« fragte sie mich.

»Natürlich. Mir geht's prima. Ich muß Berthold nur dazu bringen, daß er eine Stellung in München bekommt.«

»Geht denn das so einfach?«

»Das wird schon gehen. Wenn er ernsthaft will ...«

»Du meinst, wenn *du* ernsthaft willst.«

»Eben. Und dann werde ich auch arbeiten.«

»Was wirst du arbeiten?«

»Singen.«

Sie sah mich lange an. »Und du denkst, er wird erlauben?«

»Wenn ich es will.«

Ich war Bertholds sehr sicher, seiner Liebe, seiner Geduld, seiner Güte.

Die Schule begann. Berchtesgaden hatte mich wieder. Die beiden kleinen Zimmer, der Alltag, die Langeweile, keine Arbeit – und irgendwo in mir begann die große Unruhe.

Im Oktober sah ich Andy auf der Straße.

Begegnete einem Mann, in dem ich sofort Andrew erkannte, den Bandleader damals aus dem ›Berchtesgadener Hof‹. Ich blieb stehen und sah ihm nach. Er war vorbeigegangen, den Blick abwesend ins Nichts gerichtet.

Ob er noch im ›Berchtesgadener Hof‹ spielte? Ob er vielleicht eine Sängerin brauchte?

»Ich möchte gern ein Klavier«, sagte ich abends zu Berthold.

»Ein Klavier?« Er sah sich in unserem kleinen Wohnzimmer um, das sowieso bis zur letzten Ecke vollgestopft war, sein Schreibtisch, seine Bücher, Tisch, Stühle, Sofa, der Schrank mit dem Geschirr.

»Kein Platz, ich weiß. Aber vielleicht kriegen wir mal eine größere Wohnung.«

»Aber wir wohnen hier doch sehr gut.«

»Du bist immer zufrieden mit dem, was du hast, nicht?« Meine Stimme klang gereizt.

»Ich wüßte nicht, worüber ich mich beklagen sollte. Wenn ich an die Zeit denke, die hinter uns liegt ...«

Der Krieg, die Nachkriegszeit, natürlich, so gesehen war alles wunderbar. Aber mir hatte der Krieg nicht viel getan, ich hatte ihn kaum als Realität empfunden. Er hatte Mama und Papa umgebracht, aber das war mehr ein Unglücksfall gewesen, so wie man mit dem Auto verunglückte oder mit dem Flugzeug abstürzte.

Nein. So war es doch nicht. Einmal dachte ich sehr gründlich darüber nach, an einem Tag Anfang November, ein grauer, trüber Tag, ich langweilte mich schrecklich. Sie hatten eine Veranstaltung in der Schule, irgend jemand Wichtiges war da, und Berthold kam am Nachmittag nicht nach Hause und war auch am Abend noch nicht da.

Ich ließ das Radio spielen, sobald nur irgendwoher Musik kam, tanzte leise zwischen Tisch und Stühlen herum, machte einen Handstand an der Tür und stauchte mir die Zehe, als ich beim Spagat an das Sofa stieß.

»Maldito!« fluchte ich; das war Papas stärkster Kraftausdruck gewesen, wenn mal etwas nicht klappte.

Und plötzlich saß ich auf dem Boden und weinte um Papa. Wenn er nicht tot wäre, dann säße ich jetzt nicht hier in einem engen Zimmer, das mir auf einmal wie ein Käfig vorkam. Wäre keine Lehrersfrau in Berchtesgaden, sondern stände auf einer Bühne und könnte singen und tanzen. Maldito, ja, verflucht noch mal!

Als ich das gedacht hatte, blieb ich immer noch auf dem Boden sitzen und dachte nun über das nach, was ich eben gedacht hatte.

»Bist du glücklich?« hatte Marja gesagt. »Natürlich. Mir geht's prima.« — Oder etwa nicht? Nein, maldito, verflucht! — Ich wollte nicht mehr bei Frau Blasinger in der Küche in Töpfen rühren, meinem Mann zusehen, wenn

er die Aufsätze seiner Schüler korrigierte, und sonntags mit ihm in der Kirche sitzen oder im Wald herumspazieren. Jetzt kam auch noch der ewig lange Winter, im Schlafzimmer würde es wieder eiskalt sein, und so sensationell war es auch nicht mehr, die Nächte mit einem Ehemann zu verbringen.
Irgendwo fand das Leben statt. Ich saß hier und wurde alt. Uralt, häßlich, steif und ungelenkig. Eines Tages würde ich so doof sein wie die Frauen von Bertholds Kollegen, wie die von seinem Freund in München zum Beispiel. Ich würde nie teure Kleider besitzen, Pelze, in einem Luxushotel wohnen und von tausend Männern geliebt werden.
Nie mehr auf einer Bühne stehen.
Nie mehr auf einer Bühne stehen!
Ich saß auf dem Boden und sagte das immer wieder laut vor mich hin — diesen einen Satz.
Darauf weinte ich wieder ein bißchen, anschließend begann ich mich selbst zu verspotten.
»Kinstlerblut fängt zu brodeln an — Marja wäre entzückt«, erklärte ich laut und massierte meine Zehe.
Dann stand ich auf, suchte alle Schminkutensilien zusammen, die ich besaß, stellte mir den Spiegel auf den Tisch, brannte alle Lichter an und begann mich kunstgerecht zu schminken, bühnengerecht, entblößte meine Schultern, drapierte ein grünes Tuch schräg darüber, und so, am Tisch sitzend, mich im Spiegel betrachtend, sang ich halblaut alle Songs, die ich kannte, die von früher, die von heute.
Das war genaugenommen der allererste Anfang vom Ende. Vom Ende meiner Ehe.
Meine Liebe zu Andy war es nicht allein.

Tanz ... ich hatte ihn eigentlich nur das eine Mal gesehen, dann nie wieder, obwohl ich nach ihm Ausschau hielt.
Einmal gelang es mir sogar, nach ihm zu fragen. Ich kam am ›Berchtesgadener Hof‹ vorbei, ich ging manchmal dort vorbei. Obwohl er so weit draußen lag und ich eigentlich dort gar nichts verloren hatte. Ein paar Amerikaner standen vor der Tür, einer quatschte mich an. Ich wurde öfter angesprochen, das war ich gewöhnt.
Diesmal blieb ich stehen. »This bandleader, Andrew«, ich wußte seinen vollen Namen nicht, ob er noch bei ihnen spiele?
Ich sprach jetzt sehr gut Englisch, das war Bertholds Werk, der pausenlos um meine Bildung bemüht war. Geschichte, deutsche Literatur, Englisch, das alles lernte ich bei ihm. Latein wie Heide brauchte ich glücklicherweise nicht auch noch zu lernen.
Nein. Die Amis kannten ihn nicht.
»Andrew? Never heard of him.«
Sie wollten mich einladen, ich wies ihnen meinen Ehering. Sie lachten. »What a pity!«
Später erfuhr ich von ihm, daß sein Engagement damals nur bis zu Beginn des Jahres 1947 gedauert hatte. Ab

und zu wollten die Amis eine andere Musik. Er war vorübergehend in München, es ging ihm sehr schlecht, und er kam nach Berchtesgaden zurück, lebte wieder bei Marie-Ann. Ich haßte sie, ich war rasend eifersüchtig auf sie, viel zu groß war die Rolle, die sie in seinem Leben spielte.

Sie wohnten droben in Berchtesgaden-Schönau, in einem niederen alten Bauernhaus, sie hatten drei Zimmer, Marie-Ann, er, die Kinder. Aber das wußte ich ja alles noch nicht, ich hatte nur mal gefragt nach dem Bandleader Andrew, der mit hochmütigem, abweisendem Blick an mir vorbeigegangen war und der ›Smoke gets in your eyes‹ für mich gespielt hatte. Das war zweieinhalb Jahre her.

Warum liebte ich Andy so sehr, warum bedeutete er mir so viel?

Ein Mensch, der so emotionell veranlagt ist wie ich, kann so etwas schwer erklären. Berthold sah viel besser aus, war groß und blond, ein sehr ansehnlicher Mann, einer, der einer Frau gefallen mußte, nicht nur Heide und mir.

Andy war kleiner; wenn ich hohe Absätze trug, war ich immer ein wenig größer als er. Sein Haar war irgendwie bräunlich, seine Augen dunkelgrau, sein Gesicht immer so blaß und leblos. Manchmal konnte er richtig unscheinbar aussehen. Er wirkte eigentlich nur, wenn er Musik machte. Er war weder charmant noch sehr geistreich im Gespräch, er konnte von geradezu unhöflicher Zurückgezogenheit sein, unverbindlich, abweisend.

Er hat sich eigentlich kaum verändert. Als ich ihn vor zwei Jahren auf dieser Party sprach, kam er mir vor wie damals. Ein paar Falten – na ja, ein bißchen Grau an den Schläfen, aber er wirkte immer noch so stumm, so wehrlos, so verletzlich.

Es war so dumm von mir, daß ich an jenem Abend nicht die Initiative ergriff, ich kenne ihn doch – er wußte, daß ich mit Sandor zusammen lebte, nie hätte er gesagt: Komm zu mir zurück. Ich liebe dich doch. *Ich* hätte es sagen müssen. Hätte sagen müssen: Ich will dich wiedersehen. Morgen. Ich muß mit dir sprechen, Andy!

Dann hätte ich es ihm sagen können. Es kann doch nicht so schwierig sein für zwei erwachsene Menschen, einmal vernünftig miteinander zu reden, wenn sie sich gern haben und verstehen.

Gerade dann ist es schwer. Weil es ja auch so nicht stimmt für Andy und mich. Was heißt gern haben und verstehen, so ein bißchen wischiwaschi – bei uns war es Liebe und darum eben so schwierig. Mit ein bißchen Verliebtheit, ein bißchen Spaß und Spiel kann man leichter über die Runden kommen. Aber wenn irgendwo der Todesernst dahintersteckt, da wird es maßlos kompliziert. Erst recht bei einem wie Andy. Und darum klappte es auch nie mit dem Verstehen so richtig. Ich verstand ihn, und er verstand mich, und bei allem Verständnis redeten wir mit Leidenschaft aneinander vorbei, quälten uns und verletzten uns, zerstörten alles und saßen dann da und weinten über den Scherben.

Ob es jetzt anders geworden wäre? Wenn ich an jenem Abend vor zwei Jahren gesagt hätte: Ich möchte dich sprechen, Andy. Morgen?

Denn eins weiß ich ganz gewiß: Er liebt mich noch. Er wird mich immer lieben. So wie ich ihn liebe. Es gibt Dinge, die weiß man einfach.

So wie ich weiß, daß der liebe Gott da ist, auch wenn ich ihn nie gesehen habe. Das ist gar nicht nötig. Wozu denn auch?

Tulpano zum Beispiel, der hat es auch gewußt. Als ich ihn das letztemal besuchte, zwei Tage vor seinem Tod, er wußte, daß er sterben würde, er lag da, reglos und ganz klein und arm, in seinem Bett und sah mich an, er konnte kaum mehr sprechen – da sagte er zu mir: »Er wird dich behüten.«

Mehr war nicht nötig. Ich wußte, was er meinte.

Und was ist nun? Heute nacht? Behütet er mich da auch? Doch, warum nicht? Der Tod gehört dazu. Und daß *ich* darüber bestimme, wann ... das versteht er.

Das weiß ich auch.

Genauso sicher weiß ich um die Verbundenheit zwischen Andy und mir. Ob wir zusammen sind oder nicht ändert nichts daran.

Ich kenne Andy so gut. Und er ist keiner, der sich verändert. Da war der Bruch in seinem Leben, der kam in seiner Jugend, und der blieb. Es gibt Wunden, die heilen nie. Das jüdisch-russische Blut seiner Mutter war immer vorherrschend in ihm.

Sie war in Moskau geboren. Er selbst war nie in Rußland gewesen, aber er sprach ein wenig Russisch, und er spielte wunderbar die Balalaika. Als ich ihn das erstemal hörte, weinte ich wie ein kleines Kind. Obwohl ich mit der südamerikanischen Musik aufgewachsen war, hatte ich immer eine Neigung zu slawischer Musik, durch ihn lernte ich sie lieben und verstehen.

Ich hatte sogar ein paar russische Lieder in meinem Programm gehabt, er brachte mir die richtige Aussprache und den Ausdruck bei. Nur war das damals nicht ge-

fragt. Rußland war nicht Mode wegen der Kommunisten. Heute könnte ich damit ankommen. Rußland ist schick, und Kommunisten erst recht.
Ich liebte die Russen damals schon, weil seine Mutter Russin war und er ein halber. Und aus demselben Grund liebte ich die Juden. Ich bin so.
Ich bin keine mütterliche Frau. Ich wollte nie Kinder haben, und ich habe immer verhindert, ein Kind zu bekommen. Weil ich finde, man soll sich nicht zu einer Rolle zwingen, die einem nicht liegt. Nicht jede Frau ist zur Mutter geeignet, es ist nur wichtig, sich rechtzeitig darüber klarzuwerden.
Andy wollte auch keine Kinder.
»In dieser Welt und in dieser Zeit – nein«, sagte er und hatte sein schwermütiges blasses Gesicht dabei.
Jetzt hat er ein Kind. Die Frau, mit der er in Amerika verheiratet war, hat sich nicht darum gekümmert, was er von der Welt und der Zeit hielt. Ob er es liebt, sein Kind? Sicher. Aber er wird nicht viel damit anfangen können.
Vielleicht, wenn ich doch ... nein, es hätte nichts geändert. Was in mir vielleicht doch an mütterlichen Instinkten vorhanden war, das verwendete ich bei Andy. Ich hatte immer das Gefühl, ich müsse ihn behüten und beschützen und gut auf ihn aufpassen.
»Mach einen Schal um, Andy, es ist kalt heute.«
»Bitte iß das auf. Du hast wieder viel zuwenig gegessen.«
Nachts lag er manchmal wie tot an meiner Seite, ganz reglos, ich hörte ihn kaum atmen. Doch dann träumte er, etwas Böses, Quälendes, ich hörte ihn stöhnen, manchmal weinte er im Traum. Ich nahm ihn fest in

die Arme, deckte ihn zu, und er schmiegte sich wie ein Kind an mich, und ich schlief erst wieder ein, wenn er ruhig war, ruhig, warm und behütet.
Andy, du kannst es nicht vergessen haben. Sowenig wie ich.
Es wurde Mai, bis ich ihn wiedersah. Der Winter war schrecklich gewesen, ich hatte mich zu Tode gelangweilt. Manchmal war ich unfreundlich zu Berthold. Und manchmal hatte ich das Gefühl, ich müsse aus dem Fenster springen, weil dieses Leben unerträglich war.
Zweimal fuhr ich nach München, wohnte in einer kleinen miesen Pension, lief durch die Straßen der Stadt, betrachtete die Schaufenster, es gab schon wieder einiges zu betrachten, und ich gab alles Geld aus, das Berthold mir mitgegeben hatte.
Einmal ging ich zu einer Agentur.
Was ich denn machen wolle, fragten sie mich.
»Singen.«
»Liebes Kind, singen kann heute jeder.«
Ich war Fräulein Niemand, keiner kannte mich. Ich ging zum Funkhaus, ich sollte einen Zettel ausfüllen und daraufschreiben, was ich wollte. Da verließ mich der Mut, und ich kehrte wieder um.
Berthold, sehr zufrieden mit seinem Leben und seiner Arbeit, bekam das gar nicht mit. Er hätte merken müssen, wie rastlos ich war. Er war schließlich zehn Jahre älter als ich, ein erwachsener Mann.
Als es Frühling wurde im Jahr neunundvierzig, kamen schon wieder Feriengäste nach Berchtesgaden, auch Wochenendbesucher. Das Leben normalisierte sich erstaunlich rasch. Viele Leute hatten schon ein Auto, in den Läden gab es allerhand zu kaufen, in den Restau-

rants markenfrei zu essen, in den Cafés Kuchen und besten Bohnenkaffee.

Es wurden Filme gedreht, Theater gespielt, Platten gemacht, ich las davon, ich kannte jeden Namen, der im Geschäft war, alte Namen, neue Namen. Ins Kino ging ich sehr viel, manchmal mit Wanda, der Schneiderin, die aber an dem Umgang mit mir nicht mehr so interessiert war, sie hatte einen Freund und sprach vom Heiraten.

Früher hatte sie immer davon gesprochen, sie wolle um jeden Preis nach Berlin zurück, nur dort könne sie leben. Davon sprach sie nicht mehr. Berlin war eine verlorene Stadt, eine verlassene, aufgegebene Insel, auf der man hungerte und fror, immer noch – als wir schon wieder satt und angenehm lebten.

Im Mai hatte Berthold Geburtstag, und ich sagte: »Wir gehen groß aus.«

Er lachte gutmütig. »Wo willst du denn hingehen? Ich dachte, wir laden Willy und seine Frau zum Abendessen ein.«

»Das können wir ja tun, aber nicht hier bei uns. Wir gehen aus.«

Willy war ein Kollege, mit dem Berthold sich angefreundet hatte, etwa in seinem Alter, auch im Krieg gewesen, er gab Chemie und Biologie. Ich mochte ihn ganz gern, auch seine Frau war nett, er stammte aus Franken, sie war Berchtesgadenerin. Sie hatten zwei Kinder und wohnten bei ihren Eltern. Manchmal unternahmen wir gemeinsam etwas. Ausflüge oder einen Abendschoppen, und bei Willys Geburtstag im März waren wir eingeladen gewesen.

Zu jener Zeit gab es in Berchtesgaden ein recht gutes

Hotel, das einzige bessere Hotel, das die Amerikaner freigegeben hatten. Dort wollte ich hingehen abends zum Essen, ich war noch nie dort gewesen.
Es war originellerweise an Bertholds Geburtstag, als ich Andy wiedersah.
Das Hotel besaß eine breite, geschlossene Veranda, die etwas erhöht über der Straße lag, und dahinter war das Restaurant, ein großer schöner Raum, fast ein Saal, dort spielte Musik, es wurde getanzt.
Berthold hatte auf der Veranda sitzen wollen, aber dort war kein Platz mehr frei gewesen, es war Samstag. Also saßen wir im Restaurant an einem gut placierten Tisch an der Seite, und als um acht die Band zu spielen begann, wir waren noch nicht mit dem Essen fertig, hatte ich einen guten Blick zum Podium und erkannte ihn sofort. Hier spielte er also jetzt.
Sie machten nichts Besonderes, ganz alltägliche Tanzmusik, aber erstklassig gespielt, kein Pfusch.
»Wir werden tanzen«, sagte ich und starrte zu der Band.
Spielte er schon länger in diesem Hotel, und warum wußte ich das nicht?
»Klar«, lachte Willy, »wir tanzen. Endlich wieder einmal. Ich hab' ewig nicht getanzt. Tanzen Sie gern, Frau Kronacker?«
»Ich habe Ihnen neulich schon gesagt, Willy, Sie sollen mich Lore nennen. Wenn Sie Frau Kronacker zu mir sagen, komme ich mir vor wie meine eigene Schwiegermutter. Und ich tanze leidenschaftlich, leidenschaftlich gern!«
Meine Stimme mußte wild geklungen haben, sie blickten mich alle etwas erstaunt an.

Ich konnte es kaum erwarten, bis Berthold den letzten Bissen in den Mund gesteckt hatte.
»Los, komm!« sagte ich.
»Aber es tanzt noch kein Mensch.«
»Das macht doch nichts. Einer muß anfangen.«
Aber erst bei der nächsten Nummer stand er endlich auf, ich bebte vor Ungeduld. Es war ein English Waltz, bestimmt nichts Schwieriges. Berthold tanzte nicht schlecht, aber auch nicht gut, nicht so, wie ich tanzen wollte, er war zu steif, zu gemessen, es war keine Musik in seinem Körper.
Eine Weile waren wir das einzige Paar auf der ziemlich großen Tanzfläche, das machte ihn befangen. Dann kam Willy mit seiner Frau, dann noch ein anderes Paar, da ging es besser.
Ich dirigierte ihn in die Nähe des Podiums und blickte hinauf zu den Musikern. Geige, Klavier, Baß, Schlagzeug, Trompete, zwei Sax. Eine Klarinette war auch da, im Moment spielte sie aber keiner. Eine altmodische Besetzung, selbst für damalige Begriffe, aber sie machten gute Musik. Nach dem Waltz kam ein Slowfox, dann ein Foxtrott.
Der Mann, der da oben stand, blickte genau wie damals über alle und alles hinweg. Ich fand ihn etwas enttäuschend, ich hatte ihn interessanter in Erinnerung gehabt.
»Es ist wunderbar«, sagte ich begeistert, als wir wieder am Tisch waren, »ich bin so glücklich, daß wir hier sind.« Sie lachten, und Berthold sagte: »Was für ein Kindskopf du bist!«
Willy tanzte besser, er war kleiner als Berthold, beweglich, sehr musikalisch.

Er sagte: »Sie tanzen großartig, Lore. Ich habe noch nie mit einer Frau getanzt, die so gut tanzen kann.«
Ich lachte, legte den Kopf in den Nacken und liebte Willy in diesem Augenblick. Unter seiner Hand ließ ich meine Rückenmuskeln spielen und berührte ihn leicht mit meinem Körper.
»Danke. Aber sagen Sie es nicht, wenn Ihre Frau dabei ist.«
»Warum? Evi ist nicht so.«
»Seien Sie nicht so naiv, Willy. Alle Frauen sind so. Keine hört es gern, daß eine andere etwas besser kann als sie. Es genügt, wenn Sie es mir sagen. Und Sie können es mir ruhig öfter sagen. Ich habe Komplimente gern.«
Willy faßte mich ein wenig fester, und seine Stirn rötete sich leicht. Er versuchte es schulmeisterlich. »Das sollten Sie nicht sagen. Komplimente können auch oft fauler Schwindel sein.«
»Das macht ja nichts. Komplimente sind auch dann noch hübsch. Aber ich würde nie auf die Idee kommen, daß es Schwindel ist, wenn Sie mir ein Kompliment machen. Wenn Sie mir sagen, ich tanze gut, oder ich gefalle Ihnen, oder Sie mögen mich gern, das würde ich immer für Wahrheit halten. Und das wäre es ja auch, nicht?«
Ich blickte ihn unter halbgesenkten Lidern an, er kam etwas aus dem Takt und räusperte sich. Flirten war er nicht gewohnt. Aber es beflügelte seinen Tanz. Wir legten eine Rumba hin, so gekonnt, als tanzten wir seit Jahren miteinander.
Nun war auch der Mann auf dem Podium aufmerksam geworden. Ich sah, daß er auf uns blickte.
Dann mußte ich Salzburger Nockerl essen, die Berthold

inzwischen bestellt hatte, dann redete er ewig mit Willy über irgendwelchen Schulkram, während ich auf meinem Stuhl bald verzappelte.

»Berthold!«

»Ja, gleich.«

Tango. Das konnte er nicht. Ich gab mir alle Mühe, ihn zu führen, und am liebsten hätte ich ihn stehenlassen und allein getanzt.

»Wir müssen öfter tanzen gehen. Ich werde es dir beibringen.«

»Ich kann's wohl nicht gut?«

»Du wirst es lernen. Jetzt, paß auf, schieb dein Bein zwischen meine, und nun stop, und nun seitwärts ...«

»Lore!«

»Ach, entschuldige. Aber wir gehen öfter tanzen, ja? Versprichst du mir das?«

Später kam ein Walzer, ein richtiger, voll ausgespielter Walzer, sie hatten auf einmal drei Geigen da oben. Die meisten trauten sich nicht, Walzer zu tanzen, Willy und ich und nur noch ein anderes Paar waren allein auf der Tanzfläche.

Glücklicherweise konnte Willy Walzer tanzen. Und wie er es konnte, rechts herum, links herum, mit einem jähen Halt dazwischen, daß mein weiter Rock um mich flog. Ich bog mich zurück in seinem Arm, ich hatte die Lippen geöffnet, ich war im siebenten Himmel. Ein bißchen Johann Strauß, dann ›Wie ein Wunder kam die Liebe über Nacht‹, dann noch eine andere Filmmelodie, dann wieder Strauß.

Der da oben hörte gar nicht auf, er stand ganz vorn auf seinem Podium, er spielte wie der Teufel, er hatte eine Zaubergeige, jetzt hörte ich es zum erstenmal, und ich

spürte, daß er uns zusah. Und nun sah er auch anders aus, lebendig das Gesicht, die Oberlippe hochgezogen, berauscht auch er, weiter ... weiter ...
Als er schließlich aufhörte, stand Willy der Schweiß auf der Stirn. Wir waren dicht vor den Musikern, ich hob die Hand. »Danke!« rief ich leise zu ihnen hinauf. »Ihr habt wunderbar gespielt.«
Willy war das ein bißchen peinlich. Er zog mich fort.
Der oben hatte sich verneigt, er hatte gelächelt. Ein rasches, fast zärtliches Lächeln.
»Mein Gott, du schwitzt ja«, sagte Evi vorwurfsvoll zu ihrem Mann. Ihr Blick, der mich streifte, war nicht gerade liebevoll.
Ich versuchte es mit Charme. »Haben Sie ihm das Tanzen so gut beigebracht, Evi?«
Ich nahm mein Weinglas, trank es mit einem Schluck leer und hielt dann Berthold das leere Glas hin.
»Es ist ein herrlicher Abend, findest du nicht? Ein schöner Geburtstag.«
Er lächelte gutmütig und legte seine Hand auf meine.
Ich wußte, wie ich aussah: schön. Die Augen leuchtend, die Wangen gerötet, lebendig, so lebendig. Ich hatte einen Auftritt gehabt.
Und dann kam es. Als die Musik wieder einsetzte, spielten sie ›Smoke gets in your eyes ...‹
Er hatte mich also erkannt, der Mann mit der Zaubergeige. Es war fast drei Jahre her.
Ich hatte mein Kinn in die Hand gestützt und blickte zu den Musikern hin. Zu ihm.
› ... when your heart's on fire, you must realise smoke gets in your eyes ...‹
So fing es an.

Nebel ... die Novembernacht ist voller Nebel, damals war es Mai. Jetzt ist es dunkel, auch in mir ist Nebel, ich bin ein wenig betrunken, erst das Konzert, die Aufregung, die Anspannung, die Enttäuschung, nichts gegessen, der Whisky; es ist gut, ein wenig betrunken zu sein. Es wird Zeit für die Tabletten. Denn erst kurz bevor ich sterbe, will ich an dich denken, Andy.

Es war eine lange Zeit. Jener Abend im Mai, und dann dauerte es fast zehn Jahre. Zehn Jahre Liebe. Zehn Jahre Szenen, Eifersucht, auch Streit. Unvernunft. Ich war unvernünftig, ich war eifersüchtig, ich stritt mit dir.

Du wolltest Marie-Ann nicht verlassen, auch nachdem ich Berthold schon verlassen hatte. Ich lebte in einem kleinen Zimmer in Schwabing, in der Herzogstraße, meine Wirtin hieß Frau Huber, du nanntest sie Herzogin, und sie mochte dich, sie war immer nett zu uns, hatte viel Verständnis. Unsere Romanze war für sie spannender als der schönste Film. Morgens brachte sie das Tablett mit dem Frühstück, klopfte an die Tür und rief: »Zeit is. Frühstück!«

Ich kletterte aus dem Bett und nahm ihr das Tablett ab.

Du hattest die Augen fest geschlossen und fragtest: »Ist es schon Tag?«
»Tag mit Sonne.«
»Ich will, daß es Nacht bleibt.«
»Ich nicht.«
»Muß ich aufstehen?«
»Wenn du gefrühstückt hast.«
»Dann frühstücke ich nicht.«
Ich fütterte dich wie ein Kind. Und sprach von meinen Plänen. Ich hatte so viele Pläne. Und gar kein Geld. Du auch nicht. – Du spieltest eine Weile in einem Schwabinger Lokal, dann liefen dir zwei davon, die bessere Engagements bekommen hatten; besonders um Fred, den Trompeter, war es schade, er war gut. Die ersten Aufnahmen machten wir im Hinterzimmer einer Schwabinger Gastwirtschaft. Bald kannten wir viele von den Schwabingern, und sie kannten uns. – Damals war es noch gemütlich in Schwabing, irgendwie intim. Kein Kommerz, wirklich noch echte Boheme und sogar Kunst dazwischen.
Einen kannten wir, der hieß Egon. Der machte zwar keine Musik, er schrieb Bücher, aber er verstand etwas von Musik. Der brachte eines Tages Jack mit.
Jack kam aus Berlin, hatte seinen kleinen Stall auch noch nicht lange, war aber bereits gut im Geschäft. Damals hatte er Gitta und Wladimir und Benton unter Vertrag. Alles gute Leute. Von Gitta und Wladimir weiß heute kein Mensch mehr etwas, aber Benton kam später groß im Film heraus, verdiente viel Geld und ist auch heute noch manchmal zu hören, auf Platten oder in einer Fernsehshow.
Jack hatte einen viereckigen eigensinnigen Schädel,

dicke schwarze Brauen und einen scharfen Blick. Er hörte uns schweigend zu.
»Das ist nicht schlecht, was du machst«, sagte er zu mir, »du hast es. Laß das Vibrato auf dem letzten Ton, halt den Ton ganz gerade, ganz hart, und dann brich ab. Und die Wiederholung müßt ihr um eine Terz transponieren, das gibt mehr Wirkung her. Macht noch mal!«
Noch einmal. Und noch einmal. Probieren hatte ich bei Papa gelernt. Es konnte nur besser werden, das wußte ich.
»Nun komm schon«, kommandierte Jack, »gib was drauf! Du hast doch Material. Steig ein!«
Meine Stimme war großartig zu jener Zeit, ich konnte alles mit ihr machen.
Jack brachte den ersten Vertrag mit einer Plattenfirma. Und sagte eines Tages: »Zäum dich auf! Wir fahren nach Geiselgasteig. Ich stell' dich bei der Bavaria vor.«
»Film? Ich?«
»Klar, Mensch. Wer sonst? So ein Vollblutweib wie du, sowat haben die nich. Gestern hab' ich ein Drehbuch gelesen, da wär 'ne Rolle für dich drin. – Zucker! Daß du mir keene Flöhe in Kopp kriegst, keine Hauptrolle natürlich. Aber 'ne gute Sache. Und ein Song! Eine Wucht von einem Song! Wenn wir das kriegen, hast du's geschafft. Ich hab' schon zwei Reporter auf dich scharf gemacht. Zieh den engen blaugrünen Fummel an.«
»Dazu ist es heute zu kalt.«
»Quatsch nich, du fährst ja im Auto. Kannst ja unterwegs einen Mantel drüberziehen.«
Die Probeaufnahmen waren ein voller Erfolg. Ich war wieder ich.

»Tanzen kann die ja auch«, sagte der Produzent maßlos erstaunt.
»Die kann alles, die kann noch viel mehr«, sagte Jack. »Die Frau ist eine Wucht. Haltet euch ran, nächstes Jahr verkaufe ich sie für teures Geld, wohin ich will.«
Ob man die Tabletten in Whisky auflöst oder lieber in Wasser?
Zum Teufel, ich will gar nicht sterben. Wenn ich denke, was ich alles kann. Ich kann noch genausogut singen wie damals, genausogut tanzen, genausogut spielen, ich spiel' sie alle noch an die Wand – wenn sie mich nur ließen. Oh, maldito, verflucht!
Das Glas zerklirrt an der Wand, der Whisky rinnt über Sandors goldfarbene Couch. Sieht man kaum, wenn es trocken ist. Und wennschon. Spielt keine Rolle mehr.
Ihr könnt alles von mir haben, was ihr wollt. Ich kann ohne Liebe leben, ohne Andy, ohne Geld – nur nicht ohne meine Arbeit.
Wenn ihr mich nicht singen laßt ...
Eine stumme Sängerin ist eine tote Sängerin. Also bin ich sowieso schon tot.
Los! Hol Wasser! Tu endlich die verdammten Tabletten hinein und schluck sie 'runter.
Jack, du verdammter Schuft, du hast mich im Stich gelassen. Andy, du hast mich im Stich gelassen. Es wird euch leid tun.
L'amour est mort, das ist nicht wahr, und du weißt es. Du wirst mich immer lieben. Du in deinem Schneckenhaus, das ich nie zertrümmern konnte.
Du wolltest nicht, daß es Tag wird, wolltest in meinen Armen liegenbleiben, stumm, still, geborgen, nur du und ich, und draußen die Welt.

Ich mach' dir jetzt vor, wie so was geht. Für mich wird es nicht mehr Tag. Nie wieder. Für mich bleibt es Nacht. Ich werde im Nebel ersaufen. Verschwinden im Nebel für immer und alle Zeiten.

»Du bist ein Sonnenmensch«, hast du einmal zu mir gesagt. »Ich dagegen bin ein Nachtmensch. Wir passen nicht zueinander.«

Passe ich jetzt zu dir, wenn mich der Nebel der Nacht verschlungen hat?

So what… zunächt passierte gar nichts, und das machte mich ganz verrückt. Natürlich war Berthold nicht geneigt, nun jeden dritten Tag mit mir zum Tanzen zu gehen, erstens hatte er keine Zeit, zweitens war er ein sparsamer Mann, und genaugenommen wollte ich auch gar nicht mit ihm gehen.

Einmal überredete ich Wanda mit ihrem Freund, abends mit mir in dieses Hotel zu gehen, es sei so hübsch dort, erklärte ich ihr, gute Musik. Berthold sagte ich, ich gehe mit Wanda ins Kino.

Aber der Abend war eine Enttäuschung. Wandas Heiratskandidat war ein schwerfälliger, langweiliger Mann, ziemlich spießig. Er mochte nicht tanzen und keinen Wein trinken, er fand es in dem gepflegten Rahmen des Hotels ganz und gar nicht gemütlich, er wollte lieber in einem Gasthaus an einem Holztisch sitzen.

»Wollen Sie denn nicht mal tanzen?« fragte ich hoffnungsvoll.

»Nee«, lehnte er ab und sah mich träge an, »ich tanze nie.«

Ich verstand nicht, warum sie den partout heiraten wollte, was sie an ihm fand. Aber damals waren die Frauen alle von einer Art Männermangelpsychose befallen. In allen Zeitungen und Zeitschriften lasen sie immerzu, die Männer seien so knapp, die meisten Frauen würden keinen abbekommen, da nahmen sie denn, was sie kriegen konnten.

Wanda war ganz hübsch und sehr fesch, auch nicht dumm und eine gute Schneiderin dazu, mußte sie unbedingt heiraten? Aber sie wollte um jeden Preis.

Diesmal saßen wir auf der Veranda, sie waren schon da, als ich kam, ich konnte die Kapelle nicht sehen, ich kam nicht einmal zum Tanzen, es war eine Pleite.

Ich schmiedete die verwegensten Pläne. Einfach mal hinzugehen und zu fragen: Braucht ihr keine Sängerin? Daß das nicht ging, wußte ich. Als Bertholds Frau konnte ich nicht abends mit einem Tanzorchester auftreten. Also schön – dann eben nicht auftreten. Bloß mal so mit ihnen arbeiten, ein paar Sachen einstudieren. Aber wie kamen sie dazu?

Ich trieb mich öfter untertags in der Nähe des Hotels herum, sie mußten doch mal Probe haben, mußten doch mal neue Nummern einstudieren. Vielleicht traf ich sie zufällig. So gut wie die zusammen spielten, das ging nicht ohne Proben.

Eines Tages faßte ich mir ein Herz und ging während der Mittagszeit in das Restaurant und fragte einen der Ober, wann denn die Band, bitte schön, probierte.

»Was für eine Band?«

»Na, die Kapelle, die abends hier spielt. Wann proben sie denn?«

Das wußte er nicht. Hier jedenfalls nicht. Vormittags frühstücken unsere Gäste, nachmittags wollen sie schlafen, da mußte Ruhe im Haus sein.

Sie konnten kaum das Klavier, den Baß und das Schlag-

zeug zu Proben hin und her schleppen, sagte ich mir. Sie *mußten* einfach manchmal proben.
Sie hatten, so erfuhr ich später, in Schönau droben eine Scheune, in der Nähe des Hauses, in dem Andy wohnte, dort stand auch ein Klavier, und das Schlagzeug nahmen sie manchmal in ihrem alten Auto mit. Aber richtige Probierer waren eigentlich nur Andy, der Klavierspieler, der Trompeter und der eine Saxophonist. Andy spielte außer Geige noch Klavier, die Klarinette und Gitarre. Der Klavierspieler war ebenfalls ein guter Gitarrist. Ich hörte sie später in der Scheune, das war ein Hochgenuß.
Andy verbrachte dort ganze Tage, oft allein. Er spielte nicht nur Tanzmusik, er spielte Chopin und Schumann, und vor allem komponierte er. Damals schrieb er doch wahrhaftig an einer Symphonie. Ach, Andy!
Anfang Juli gelang es mir, Berthold wieder einmal zum Tanzen zu überreden, wir gingen am Abend hin, wir tanzten, es war ein Sonntag, das Lokal gut besucht, ich weiß gar nicht, ob der Mann auf dem Podium mich sah. ›Smoke gets in your eyes‹ spielte er jedenfalls für mich nicht.
Ich sagte mir, daß ich mich albern benehme und daß ich aufhören müsse, so einen dämlichen Musiker anzuhimmeln, bloß weil er leidlich Geige spielte. Das alles lag doch hinter mir.
Was willst du denn, Lore Kronacker? Du bist verheiratet und hast einen lieben Mann und wolltest doch so gern ein bürgerliches Leben haben.
Nein, Lorena, du kannst so nicht leben.
Ich kann so nicht leben.
Ich will so nicht leben.

Dann traf ich eines Tages den Trompeter auf der Brücke, lie über die Gleisanlagen hinter dem Bahnhof führte. Er kam mir entgegen, langsam schlendernd, im offenen Hemd, die Zigarette im Mundwinkel.
Ich blieb stehen – direkt vor ihm.
Er war ein hübscher Junge mit einem leichtsinnigen Zug um den Mund.
»Mademoiselle?«
»Ach, entschuldigen Sie, gehören Sie nicht zu der Band, die oben im Hotel spielt?«
»Sie sagen es.« Er grinste mich an und betrachtete mich sehr genau.
Ich lächelte. »Ihr spielt sehr gut.«
»Ach!« rief er. »Jetzt erkenne ich Sie. Die rasante Tänzerin. Wir haben Sie vermißt, Mademoiselle. Es gibt selten so erfreuliche Anblicke auf dem Parkett.«
»Leider habe ich keinen Tänzer, der mich öfter ausführt.«
»Aber Sie hatten doch damals einen Burschen dabei, der konnte es ganz gut.«
»Das war ein Bekannter. Und der ist verheiratet.«
»Pech! Tja, wenn ich nicht spielen müßte, würde ich Sie mal sehr gern zum Tanzen einladen.«
»Spielen Sie noch länger hier?«
»Na, ich denke, den Sommer über, bis Mitte September vielleicht. Das Geschäft geht ja ganz gut.«
»Und dann?«
Er war amüsiert. »Dann? Schönes Kind, wer kann das wissen? Die Engagements wachsen nicht auf den Bäumen. Vielleicht versuchen wir es mal in München.«
»Ich möchte ...«
»Ja?«

»Ach, nichts.«
»Sprechen Sie sich nur aus bei mir. Ich habe es gern, wenn kleine Mädchen mir ihr Herz ausschütten.«
Kleines Mädchen nannte er mich. Ich trug mein Dirndl, das Haar zu einem Pferdeschwanz zusammengebunden, meine Beine waren nackt. Die Frau Studienrat sah man mir nicht an.
Er lümmelte sich mit den Armen übers Geländer, warf seinen Zigarettenstummel auf die Schienen und blickte schräg zu mir auf. »Na, Goldkind, was hast du auf dem Herzen?«
Was der wohl dachte? Daß ich vielleicht Anschluß suchte oder mit ihm poussieren wollte?
Ich lümmelte mich ebenfalls auf das Geländer und sagte in genauso lässigem Ton wie er: »Ich möchte mal 'ne Nummer mit euch einstudieren.«
»Was möchtest du?«
»Hörst du schwer?«
Der Ton stimmte. Wir erkannten uns.
»Bist du vom Fach?«
»Ja. Nur ein bißchen aus der Übung. So ein paar Jungs wie ihr bräuchte ich gerade, um wieder mal 'reinzukommen.«
»Na, das is'n Ding. Was kannst du denn?«
»Singen.«
»Das kann jeder sagen.«
»Ich kann's aber trotzdem.«
»Wie heißt du denn?«
»Lorena.«
»Und?«
Lorena Kronacker ...? Das ging nicht.
»Nichts und. Ich bin nur unter Lorena aufgetreten.«

So hatte mich Papa damals als halbes Kind unter die Leute gebracht.

»Du bist aufgetreten? Wo denn?«

»Ach, das ist lange her.«

»So lange kann's ja kaum her sein. Hast du bei den Amis gearbeitet?«

»Nein. Schon vorher.«

»Na, hör mal . . .« Er richtete sich auf und musterte mich von Kopf bis Fuß. Ich war jetzt ganz sicher und ganz unbefangen.

»Ich sag' dir doch, ich bin vom Fach. Ich bin aufgewachsen mit einem Orchester.«

»Das mußt du mir erzählen.«

Wir gingen in die Bahnhofswirtschaft. Und ich erzählte ihm. Von Papa und Mama, von unserem Orchester, seinen Erfolgen, von meinen ersten Auftritten.

Nur von Berthold erzählte ich nichts. Nicht, welche Rolle ich *jetzt* spielte.

»Dann bist du ja wirklich ein alter Hase«, sagte er nicht ohne Respekt. »Und du willst wieder ins Geschäft?«

Ohne zu wissen, was ich sagte, antwortete ich: »Ja.«

»Nicht so leicht heutzutage.«

»Ich weiß. Drum möchte ich ja gern mal mit jemandem arbeiten. Mir fehlt jede Möglichkeit.«

»Verstehe. Was machst du denn jetzt hier?«

»Ich wohne hier. Bei . . . na eben, mit Familie, nicht? Aber ich möchte . . .«, ich verstummte. Ein heller Julitag, mein Mann war in der Schule, in einer Woche begannen die Ferien, er freute sich darauf, sprach von Wanderungen, Ausflügen, vom Urlaub am Chiemsee, vom Schwimmen, Rudern, in der Sonne liegen. – Und hier saß ich und verriet ihn.

Ich nahm mich zusammen. »Es ist bloß so eine Idee von mir. Ich würde gern mal ein oder zwei Nummern mit euch einstudieren, bloß so zum Spaß. Um zu sehen, ob ich es noch kann. Vielleicht lacht ihr mich aus.«
»Das kann passieren. Wenn du mir was vorgeschwindelt hast. Aber wenn du willst, hören wir dich mal an. Ich werd' mit Andreas darüber sprechen.«
Seinen Namen kannte ich inzwischen: Andreas Ellwin. Vor dem Hotel hing ein Plakat.
Plötzlich bekam ich es mit der Angst.
»Wenn Sie meinen ...«
Er grinste.
»Wenn du willst, Lorena. Komm mal nächster Tage abends im Hotel vorbei. Um acht fangen wir an. Vorher essen wir. So Viertel vor acht, das wär' die beste Zeit.«
»Und wo seid ihr da?«
»Du wirst uns schon finden. Beim Empfang sagen sie dir schon, wo wir sitzen.«
Bis ich nach Hause kam, war ich natürlich fest entschlossen, nicht hinzugehen. Ich mußte verrückt sein. Es gab Dinge, die tat man nicht. Nicht mehr, wenn man mit Berthold verheiratet war.
Am nächsten Tag ging ich in den Wald und übte. Ich war ziemlich eingerostet. Ich legte die Hand auf mein Zwerchfell und begann mit Atemübungen.
Was konnte ich am besten? Ich entschied mich für drei Schlager, die ich absolut sicher hatte, die Texte und die Musik. Und dann entschied ich, daß das alles Unsinn sei. – Vergiß es, Lorena.
Denk nicht mehr daran, Lore Kronacker.
Die nächsten Tage waren wohl die unruhigsten meines Lebens. Ich wachte damit auf und schlief damit ein. Ich

malte mir alles vorwärts und rückwärts aus. Ich ließ die Mehlschwitze anbrennen, tat Zucker in die Suppe und verbrühte mir die Hand mit kochendem Wasser.

»Du bist so zerfahren. Was ist denn los mit dir?« fragte Berthold besorgt.

»Ich weiß auch nicht. Das Wetter ...«

»Das Wetter ist doch sehr schön.«

»Der Föhn ...«

»Von Föhn kann gar keine Rede sein.«

»Na irgendwas eben«, sagte ich patzig.

Er betrachtete mich prüfend. Ich wußte, was er dachte. Ob ich wohl ein Kind bekam. Er wollte gern Kinder haben, das wußte ich. Er sprach nicht oft davon, nur manchmal, nur in ganz vorsichtigen Andeutungen, er war ein sehr taktvoller Mensch.

Ich sagte jedesmal: »Nein – ich will nicht.« Und feige fügte ich hinzu: »Noch nicht. Die Zeiten ...«

»Uns geht es doch ganz gut.«

»Na ja, aber man weiß doch nicht. Die Russen ...«

»Die Russen tun uns nichts, die haben mit sich selber genug zu tun.«

Es war ulkig. Berthold mochte die Russen und Rußland. Er hatte Land und Menschen während des Krieges kennengelernt, und im Gegensatz zu vielen anderen, auch im Gegensatz zur damaligen öffentlichen Meinung, war sein Urteil sehr verständnisvoll, sehr tolerant. Er war ein guter Kenner der Geschichte, nicht nur der deutschen. Er war der Meinung, daß Rußland, oder die Sowjetunion, wie es offiziell hieß, nur gewonnen hatte durch das veränderte System.

Obwohl konservativ und katholisch erzogen und obwohl er seine Jugend im Dritten Reich verbracht hatte, war Berthold in einer Ecke ein kleiner Sozialist. Er träumte von einer besseren Menschheit, von einer besseren, gerechteren Welt. Die Wege dazu waren, seiner Meinung nach, verschiedener Art, er dachte nicht doktrinär. Und für Rußland sei der eingeschlagene Weg nicht der schlechteste.

Natürlich war Stalin kein herziger Opa und die jüngste Geschichte Rußlands voll von Blut und Tränen.

»Aber wann«, so sagte Berthold, »war Geschichte das nicht. Und wir wären die letzten, uns darüber den Mund zu zerreißen.«

Er war sechzehn gewesen, als das Naziregime begann, alt genug, um zu urteilen, um Distanz zu wahren. Aber auch wieder jung genug, um von den Elendsjahren, die davor lagen, nicht allzusehr berührt gewesen zu sein, schon gar nicht in seiner Umwelt.

Sein Vater war kein Nazi gewesen, streng katholisch, wie gesagt, aber ein sehr gerecht und gradlinig empfindender Mensch, dem zudem alle Phrasen zuwider waren. Sie hatten in ihrem Dorf einfach gelebt, auf eine geradezu rührend altmodische Weise – ja, wie sollte man das nennen? –, rechtschaffen wäre vielleicht das passende Wort. Der Lehrer, seine brave Frau, die beiden Kinder. Der Sohn war in Rosenheim zur Schule gegangen und später in München auf die Universität. Und nichts, was in der Zeit geschah, in der sie lebten, hatte ihren geraden Sinn verbiegen können.

Übrigens war von diesem Blickpunkt aus zu verstehen, und ich hatte es immer verstanden, sogar damals – so jung ich war –, daß sie über die Ehe ihres Sohnes nicht gerade glücklich waren. Denn ich paßte nicht zu ihnen. In gewisser Weise war ich in ihren Augen von fragwürdiger Herkunft. Das einzige, was für mich sprach: Ich war wenigstens richtig katholisch, und wir waren auch in ganz hergebrachter Weise getraut worden. Um so schwerer wog dann später die Scheidung.

Arbeitsdienst, Militärzeit, der Krieg hatten Berthold viele Jahre seines Lebens gestohlen. Hätte er nicht die Verwundung gehabt, wäre er zu jener Zeit noch nicht mit seinem Studium fertig gewesen.

»Ich muß also praktisch dafür dankbar sein, daß man mir mein Bein zerschossen hat«, sagte er einmal, »sonst wäre ich heute noch Student.«

Dieser Punkt war es, an dem Berthold gelegentlich zu seinen Kollegen – zu manchen seiner Kollegen – in Widerspruch geriet, wo er sogar Gegner im Lehrkörper der Schule hatte, die ihm ablehnend gegenüberstanden. Denn natürlich gab es unter den Lehrern etliche, die man als Nazis bezeichnen konnte und die es auch im Innern geblieben waren.

Berthold scheute sich nie, seine Meinung zu sagen. Er sprach nicht gern vom Krieg, eigentlich nie. Das taten die Männer alle nicht, die draußen gewesen waren. Damals jedenfalls noch nicht. Erst mit einem gewissen Abstand, mit den Jahren – wurde der Krieg lustiger. Erzählenswert. Zur Unterhaltung geeignet.

Aber zu dem Deutschland von gestern sagte Berthold ungeniert seine Meinung. Er haßte Unrecht, er haßte Grausamkeit, er verabscheute die Bestie im Menschen, zu viel hatte er gesehen und erlebt und nach dem Krieg vieles noch erfahren, von dem er nichts gewußt hatte.

Ich war einmal an einem Abend dabei, bei einer Abschlußfeier, als er mit einem Kollegen in eine recht heftige Kontroverse geriet.

»Und die Russen?« fragte der andere. »Haben die keine Menschen gequält und getötet? Haben die keine Lager, keine Gefängnisse, keine Geheimpolizei? Ich glaube, von denen hätten unsere noch etwas lernen können. Bloß mit dem Unterschied, in Rußland gibt es das heute noch. Mir können Sie nichts erzählen, Herr Kollege, ich war selbst in Rußland.«

»Ich kann ein Unrecht, das ich tue, nicht entschuldigen mit dem Unrecht, das andere tun«, antwortete Berthold. »Ich kann mein Volk nicht freisprechen von vergossenem Blut, weil andere Völker auch Blut vergießen.«

Solche Sätze sprach er selten. Nur wenn er erregt war, wurde er pathetisch. Aber er meinte, was er sagte.

Ja, Berthold war aller Liebe wert. Vielleicht hätte ich ein glückliches, erfülltes Leben gehabt, wenn ich bei ihm geblieben wäre.

Nein. *Ich* brauche in meiner letzten Stunde nicht pathetisch zu werden, mir nicht etwas vorzumachen und sentimentalen Gefühlen nachzugeben. Ich konnte nicht bei ihm bleiben. Kein Mensch kann gegen sich selbst leben.

Das ist das einzige, was ich in diesem Fall zu meiner Entschuldigung sagen kann. Daß ich es nicht klar erkannte, als ich so jung war – man ist eben töricht, wenn man jung ist. Es ist das Vorrecht der Jugend, Torheiten zu begehen. Ich wußte damals nicht, was ich tat, als ich Berthold heiratete.

Marja wußte es. Auch Paul. Ich erkannte es später.

Ich weiß nicht, was aus Berthold geworden ist. Er wird mich nicht vergessen haben, nicht ganz. Ich hoffe, er hat wieder geheiratet, hat die Frau gefunden, die er verdient, hat Kinder und ist nach wie vor glücklich in seinem Beruf. Vielleicht ist er inzwischen Rektor einer Schule, sicher hat er sich bewährt.

Ich hätte mich ja einmal darum kümmern können, wo er ist und wie er lebt. Ich habe es nie getan. Mein Leben mit ihm, die Ehe, war eine kurze Episode, die irgendwie zu meinen ländlichen Mädchenjahren gehörte und die ich rasch und endgültig abschloß, als mein wirkliches Leben begann. Man könnte sagen, modern ausgedrückt, ich habe diese Zeit verdrängt aus meinem Bewußtsein — schon allein darum, weil ich ein schlechtes Gewissen hatte.

Mein Leben spielte sich auf einem anderen Stern ab. Erst heute, in dieser letzten Nacht, sind sie alle wieder da. Ist es nicht seltsam, daß mir auch Heide heute — gerade heute — wieder begegnete? Auch nach ihr habe ich nicht gefragt, obwohl sie mir später zwei- oder dreimal schrieb. Ich habe nie geantwortet.

Aber in einigen Tagen, wenn sie in der Zeitung lesen werden, daß ich tot bin, werde auch *ich* wieder für sie da sein. Nein, für Heide war ich heute schon vorhanden.

Was wird sie gesagt haben, als sie mit ihrem Psychiater-Mann nach Hause fuhr?

»Jetzt hast du sie mal gesehen. Gefällt sie dir?«

»Nicht besonders. Eine hektische, überspannte Person.«

»Sie hatte das Konzert; schließlich müßtest du verstehen, daß sie erregt war.«

»Nach der Pleite, ja.«

»Sie wird unglücklich sein.«

»Es ist in diesem Beruf nicht anders. Eines Tages ist es zu Ende, das wird sie schließlich wissen.«

»So wie ich Lore kenne, fällt es ihr schwer abzutreten.«
»Meinst du, du kennst sie so gut? Heute noch?«
»Ja.«
Das wäre eine Möglichkeit.
Oder aber:
»Gefällt sie dir?«
»Nicht besonders.«
»Ich fand auch, sie sieht nicht mehr sehr gut aus. Früher war sie ja mal ganz hübsch. Sie ist alt geworden. Und so überspannt. Na ja, das war sie schließlich schon immer. Sehr egozentrisch. Alles mußte sich um sie drehen. Ihre Singerei war mäßig, nicht?«
»Sehr mäßig.«
Nein. Das erste Gespräch paßt besser zu Heide. Ich kenne sie auch sehr gut. Heute noch.
Und dann sitzen sie also alle am Frühstückstisch, Heide und ihr Mann, Berthold und seine Frau, Jack, Andy, dieser und jener und jener und dieser, Sandor nicht zu vergessen, und lesen in der Zeitung, daß Lorena Rocca sich das Leben genommen hat.
Tabletten. Das Übliche. Die Haushälterin fand die Leiche bei ihrer Rückkehr in das leere Haus, es war ein schwerer Schock für sie. Unser Reporter fragte sie ...
Ach, zum Teufel!
Ich will nicht sterben.
Vielleicht steht auch gar nicht so viel in der Zeitung, wie ich mir einbilde. Vielleicht nur zwei Zeilen. Vielleicht gar nichts. Möglicherweise eine Story in einer Illustrierten. – Vielleicht auch nicht.
Lorena Rocca? Kennst du die noch?
Klar, ich erinnere mich gut an diesen Film mit ihr, wie hieß er doch gleich? – ach ja, ›Der Mond war schuld‹,

also weißt du, ein großartiger Film, frech und spritzig und doch irgendwie poetisch. Hast du ihn nicht gesehen? Das war, warte mal, so siebenundfünfzig oder achtundfünfzig.

Eigentlich sollten sie den im Fernsehen wieder aufführen, möchte ich direkt gern mal wieder sehen.

Hat das was mit Mondfahrt zu tun?

Ach wo, wer dachte damals an Apollo 14, wenn vom Mond die Rede war. Nee – es war so eine romantische Geschichte, bißchen verrückt. Sie war eine Frau, die mal irgendeine große Enttäuschung in der Liebe erlebt hatte und von Liebe nichts mehr wissen wollte. Sie war so ein richtiges Karriereweib geworden, warte mal – was machte sie gleich? Na, weiß ich nicht mehr genau, irgendeine große Firma hatte sie von Vatern geerbt, und nach ihrer geplatzten Ehe leitete sie die Firma und machte ein dolles Weltunternehmen daraus, na ja, typisch Film eben, kommt auf Wahrscheinlichkeit nicht so an. Jedenfalls ist sie so ein ehrgeiziges Frauenzimmer, reist in der Welt herum, eine Konferenz nach der anderen, macht Geld, ist kalt und unnahbar, und dann läuft ihr ein junger Mann über den Weg, sie macht irgendwo Urlaub, ist total mit den Nerven fertig, muß ausspannen, ist in einem einsamen Haus auf dem Lande, und da sitzt einer abends am Bach mit einer Laute und singt den Mond an. War eigentlich so eine Art Hippie, wenn ich es mir richtig überlege. Damals gab es das zwar noch nicht. Aber es war so eine Art Hippie. Und in den verliebt sie sich.

Ja – so ähnlich war das ...

In den verliebte ich mich. Es war ein süßer Film. Sehr verspielt, manchmal ein bißchen irreal. Ich will den jungen Mann bekehren zu einem seriösen Lebenswandel, biete ihm einen Job an in meinem Mammutunternehmen, alles vergebens. – Statt dessen bringt er mir das Singen bei, ich sitze mit ihm im Gras, er spielt auf seiner Laute, und ich singe: ›Der Mond war schuld, er schien, als ich dich zum erstenmal gesehn ...‹. Ich bin sehr glücklich, habe alles andere vergessen. Eines Tages verläßt mich der junge Mann, er zieht weiter, er war doch schon so eine Art Hippie. Aber ich bin weder traurig noch enttäuscht, ich bin eine andere Frau geworden, gelöst, fröhlich, ich kehre zurück an meinen Schreibtisch, die Direktoren kommen, ich höre mir geduldig alles an, was mit dem Betrieb los ist, dann sehe ich mir meine Herren sehr genau an, einen nach dem anderen, und zu dem, der mir am besten gefällt, sage ich: »Wir werden das alles heute abend besprechen. Kommen Sie zu mir hinaus, wir können auf der Terrasse essen, es wird wunderschöner Mondschein sein heute abend, ich verspreche es Ihnen.«

Meine Direktoren machen alle ein blödes Gesicht, und am verdattertsten ist der von mir Angesprochene. Solche Töne kannte man bisher bei der kühlen Chefin nicht.

Ich stehe auf, ich gehe, lächelnd, vor mich hinsummend, und als letztes Bild sieht man mich dann mit dem auserwählten Favoriten auf der Terrasse sitzen, ein dicker silberner Mond steigt über der Sommerlandschaft auf, wird größer und immer größer und füllt am Schluß die ganze Leinwand. Dazu die Titelmelodie, aus.

Es war ein Farbfilm, breit und prächtig, mit viel Musik. Eine charmante, ein wenig leichtfertige Filmkomödie, mit einigen recht pikanten Liebesszenen, jedenfalls für damalige Begriffe.

Der Film hat mir Spaß gemacht. Und einer meiner größten Erfolge war er auch. Andy hatte die Musik geschrieben. Das Mondlied war monatelang ein Hit, Tag und Nacht konnte man es hören, auf sämtlichen Wellen.

Während der Dreharbeiten hatte ich einen ausgedehnten Flirt mit dem Drehbuchautor – es war der, den ich später heiratete – und mit dem jungen Mann, der meinen Liebhaber spielte.

Es war der letzte Film, in dem Andy für mich die Musik schrieb. Kurz darauf kam die Trennung. Und damit die zweite große Wende in meinem Leben.

Erst wollte ich das nicht wahrhaben. Ich verbot es mir selbst, zu leiden. Alles hat einmal ein Ende, nicht wahr? Zehn Jahre sind lang genug.

Ich hatte ein Verhältnis mit Marcel, der den jungen Liebhaber gespielt hatte, er war fünfundzwanzig, ich zweiunddreißig. Zu jung, um schon jüngere Liebhaber zu haben.

Es dauerte auch nicht lange. Marcel war ein netter Junge, er drehte noch zwei Filme, dann hat man nie wieder von ihm gehört.

Auch das war – gestern.

Neunundfünfzig war es, als dieser Film gedreht wurde. Ich war auf dem Höhepunkt meiner Karriere, ich verdiente sehr viel Geld, ich gab sehr viel Geld aus. Und ich war von Männern umschwärmt, wo ich ging und stand, ich galt als unerhört erotische Frau. Albern, so etwas von sich selbst zu denken, aber in gewisser Weise stimmte es.

Ich war so lebendig damals, ich sprühte vor Lebensfreude und Arbeitslust, und da gehört das einfach dazu.

Kam dazu, es war alles so glattgegangen in den ver-

gangenen Jahren. Wie geschmiert. Erfolg, Geld, Andys Liebe, das Leben war ein Kinderspiel.
Seit fast zehn Jahren lebte ich mit Andy zusammen. Geheiratet hatten wir nie, wozu auch? Wir waren beide unabhängige, freie Menschen und nicht spießig.
Andy hatte mit meinem Erfolg nicht Schritt gehalten, ich war viel berühmter als er. Hauptsächlich komponierte er damals, meist die Musik zu meinen Filmen und meine Songs. Er stand ein wenig in meinem Schatten. Ihn störte das nicht, er war nicht ehrgeizig.
Nicht immer war mit mir leicht auszukommen, jeder Mensch wird von Erfolg mehr oder weniger verdorben. Wir hatten oft Streit – *ich* stritt mit ihm, aus irgendeinem läppischen Anlaß. Dumme, überflüssige Szenen. Ich war ständig eifersüchtig, was vollkommen blödsinnig war, denn er betrog mich nicht, und ich wußte das. Aber ich hatte ihn betrogen, und das wußte er.
Dann trennten wir uns, und kurz darauf ging er nach Amerika.
Von diesem Zeitpunkt an begann, so ganz allmählich, mein Abstieg.
Meine zweite Ehe, sie dauerte nur ein knappes Jahr, und im Laufe der sechziger Jahre kam dann die neue Welle in der Unterhaltungsmusik, die mich langsam in den Hintergrund drängte.
Wieviel Freunde ich damals hatte! Freunde, Bewunderer, Liebhaber! – Und wie allein ich heute bin!
Freunde! Was heißt das schon. Es ist überhaupt kein Sammelbegriff. Ich kann, genaugenommen, Leute nicht leiden, die immer von ihren Freunden sprechen. Man hat *einen* Freund. *Eine* Freundin. *Einen*, den man liebt. Es ist immer etwas faul, wenn man anfängt, im Plural

zu sprechen. Bestenfalls hat man Bekannte. Man hat sie heute, und morgen nicht mehr. Und sie sind auch nicht wichtig. Wichtig ist immer nur der eine oder die eine. Und das stimmt genau bei mir.

Einen, den ich liebte: Andy. Eine Freundin: Heide. Einen Freund: Jack.

Und nur diese drei beschäftigen mich heute nacht.

Es gab noch Berthold, den Ehemann. Aber das gilt eigentlich nicht. Das war ein Fehlgriff, eine Torheit, die ich bereue.

Mein zweiter Mann – na ja, das war sowieso lächerlich. Ich weiß gar nicht mehr, wie er aussieht. Ein damals gefragter Drehbuchautor, eitel, egozentrisch, kalt. Ich heiratete ihn eigentlich nur, weil ich über die Trennung von Andy nicht hinwegkam. Andy sollte weg sein aus meinem Leben – vergessen werden. Als wenn eine Ehe, eine abermals unbedacht geschlossene Ehe – bloß daß ich nicht mehr die Ausrede hatte, jung und töricht zu sein –, das fertigbringen konnte.

Wir ließen uns wieder scheiden, kurz und schmerzlos, ohne Krach und ohne Ärger. Er schrieb später Illustriertenserien und machte weiterhin ganz gutes Geld, dann ging er nach dem Libanon, warum, weiß ich auch nicht, und später heiratete er eine reiche, sehr reiche Witwe aus dem Rheinland, und das war das Klügste, was er tun konnte. Auch von ihm habe ich seit Jahren nichts gehört, auch nichts mehr gelesen, und also wird er wohl nicht mehr schreiben, sondern vom Geld seiner Frau leben.

In meinem Leben gab es dann eine Reihe von Männern, unnötig, sich ihrer zu erinnern, sie wechselten rasch, keiner bedeutete mir viel.

Der einzig ruhende Pol blieb Jack. Und dann war es Sandor, der irgendwie doch eine gewisse Rolle spielte, allein deswegen, weil ich länger mit ihm zusammen war. Nicht weil ich ihn liebte, sondern weil ich erfolglos geworden war, ein wenig müde, ein wenig überdrüssig. Und ganz brutal gesagt, auch weil ich jemanden brauchte, der meine Rechnungen bezahlte.
Ich brauche mir da selber gar nichts vorzumachen.
Keine Platten. Keine Rollen, keine Engagements – der letzte Ausweg ein Mann.
Der vorletzte!
Der letzte – die Tabletten.
Gut, ich habe es akzeptiert. Ich beklage mich nicht. Ich habe gelebt, intensiv gelebt. Ich habe mein großes Stück von dem Kuchen gehabt. Und nun ist es aufgegessen.
So what!

MAN NENNT ES LIEBE ... kein Wort, kein Begriff in dieser Welt, mit dem mehr Mißbrauch getrieben wird als gerade damit.

Jeder redet davon, jeder meint zu wissen, was es ist, jeder stellt sich im Grunde etwas anderes darunter vor – Romantik, Zärtlichkeit, Ehe und Kinder, Geborgenheit – alles läuft unter dem Etikett Liebe. Die Dichter besingen und besangen es und erst recht die Schlagertexter. Ich habe in allen Variationen darüber gesungen und nicht nur davon gesungen.

Albert, der Klavierspieler, dichtete damals: ›Man nennt es Liebe, es ist nur ein Traum‹ – und dann suchte er verzweifelt nach einem Reim auf Traum, den einzigen, den er fand, war kaum, es war ein holpriger Text, aber die Musik war gut. Es war das erste Lied, das Andy für mich schrieb, ich sang es in der Scheune, und wir fanden es alle sehr gut.

In München fanden wir dann einen, der machte einen besseren Text, ein bißchen besser, es hieß dann ›Du nennst es Liebe, ich höre dir zu, sag es noch einmal, keiner sagt es wie du‹ – na ja, Schlagertexte, das ist ein Kapitel für sich, sie sind auch heute noch nicht besser geworden, die Amerikaner haben es leichter, ihre Spra-

che ist geschmeidiger und nicht so kitschig, sie gehen unbekümmerter mit Worten um, vielleicht kommt es uns auch nur so vor. Ich habe jedenfalls immer lieber englischsprachige Texte gesungen, aber damals war das noch nicht so in Mode wie heute.
Am Anfang aber stand erst einmal mein Problem: Soll ich oder soll ich nicht?
Nach drei Tagen war ich zu dem Entschluß gekommen, nicht zu den Musikern zu gehen.
Am vierten Tag begann ich erneut zu überlegen. Was war denn dabei? Das bedeutete gar nichts, wenn ich mal eine Nummer mit ihnen probierte.
Am Abend vor Ferienbeginn traf sich Berthold mit einigen Kollegen zu einem Abendschoppen, ich war allein zu Hause. Es war sehr heiß gewesen an diesem Tag, jetzt waren dunkle Wolken über dem Watzmann aufgezogen, es würde ein Gewitter geben.
Ich war aus dem Haus gelaufen, in der Wohnung war es drückend warm, rastlos und unruhig lief ich hinunter zur Ache, blickte in den pechschwarzen Himmel über dem Königssee-Winkel. Als ich auf der Brücke über den Gleisen war, blieb ich stehen. Wo wollte ich eigentlich hin? Ich drehte mich um, zögernd, unsicher, ein greller Blitz zackte drüben über die Berge. Besser, ich beeilte mich, nach Hause zu kommen. Ich konnte genausogut oben durch den Ort gehen, der Weg war auch nicht weiter.
Und dann stand ich plötzlich vor dem Hotel. Inzwischen war es ganz dunkel, fast schwarz, kein Mensch auf der Straße, es blitzte und donnerte wie verrückt, und da fielen auch schon die ersten Tropfen.
Kein Mensch konnte von mir verlangen, daß ich auf

der Straße blieb. Mein Heimweg war ziemlich weit. – Also dann konnte ich ja auch ...
Wie im Traum ging ich hinein. An der Rezeption fragte ich nach Herrn Ellwin, ich hätte ihm was auszurichten. Ich war scheu und befangen wie ein kleines Kind. Ich sah wohl auch so aus. Ich trug halblange Hosen, Hosen bis zur Wade, das war damals Mode, und dazu eine offene karierte Bluse.
Der Portier sah mich kaum an. »Den Gang da hinter, die zweite Tür rechts.«
Es war ein kleines düsteres Zimmer, ein Tisch, ein paar Stühle, ein paar saßen noch am Tisch mit den abgegessenen Tellern. Sie rauchten, einer sprach, Andreas sah ich zunächst gar nicht.
»Grüß Gott!« sagte ich schüchtern, als ich unter der Tür stand.
Der Trompeter lachte erheitert auf. »Ach, da bist du ja. Kinder, das ist die Sängerin, von der ich euch erzählte. Na, schaut euch das mal an.«
Ich wurde mir jetzt erst richtig bewußt, wie ich aussah. Wie so eine halbwüchsige Göre vermutlich. Zu meinem Ärger bemerkte ich, wie ich errötete. Also, so was Blödes, ich benahm mich, als sei ich eben auf die Welt gekommen.
»Hallo, Jungs«, sagte ich und bemühte mich, keß und erwachsen zu wirken. »Ich kam gerade vorbei, fängt an zu regnen.«
Ein gewaltiger Donnerschlag dröhnte, das Licht flakkerte.
»Da hast du wohl Angst gehabt, Puppe, was?« sagte einer.
»So was in der Art. Störe ich?«

Andreas Ellwin saß allein in einer Ecke. Er rauchte und hatte einen Block in der Hand, in dem er eifrig schrieb. Er schrieb immer und überall Noten, wo er ging und stand. Mir schenkte er nicht die geringste Beachtung.
»Ist sie nicht niedlich?« fragte der Trompeter. »Hab' ich zuviel gesagt?«
Sie guckten mich alle an, amüsiert, neugierig, und einer sagte: »Bist du wirklich die Tochter von José de Santander?«
»Ja.«
»Dein Vater war ein Prachtkerl. Ich kannte sein Orchester, Mensch, die konnten spielen.«
Plötzlich würgte es mich im Hals. Die Anspannung der letzten Tage, meine Zweifel, meine geheimen Wünsche, vielleicht auch die Spannung, die durch das Gewitter in der Luft lag — und nun sprach noch einer von Papa.
Ich nickte. Ich konnte kein Wort mehr herausbringen, meine Augen füllten sich mit Tränen.
»Mäuschen, komm«, sagte der, welcher Papa erwähnt hatte, »nu laß man. Hätt' ich nicht sagen sollen — das von deinem Vater. Tut mir leid.« Er stand auf, kam zu mir, schob mich zu den anderen, setzte mich auf einen Stuhl, steckte mir eine Zigarette in den Mund, und ein anderer schob mir ein Glas Bier hin. »Da, trink mal.«
Donnerschlag, daß die Wände zitterten.
Ich hätte mich ohrfeigen können. Großartig und selbstsicher hatte ich hier auftreten wollen — wenn überhaupt —, und nun saß ich hier, wie ein Straßenjunge anzusehen, ungeschminkt, die Haare zerzaust, und heulte auch noch.
»Andreas«, sagte der Trompeter, »das ist die Kleine, mit der ich neulich geredet habe.«

Andreas sah mich an. »Ja, ich kenne sie.«
Er lächelte plötzlich auf diese warmherzige, fast zärtliche Art, in der er manchmal lächeln konnte – ich sollte es noch kennenlernen.
»Smoke gets in your eyes – scheint eine Spezialität von ihr zu sein.«
Dann stand er auf, trat zu mir, machte eine kleine Verbeugung und sagte: »Ellwin.«
Ich blickte zu ihm auf, und da war eigentlich alles schon passiert. Ich liebte ihn.
Als ich nichts sagte, fragte er: »Was kann ich für Sie tun?«
Ich schluckte. »Ich hab's –« ich sah den Trompeter an, seinen Namen wußte ich nicht –, »ich hab's ihm schon erklärt. Wenn es möglich wäre, ich weiß ja nicht, aber ...«
»Ja?«
»Ich finde Ihre Band so gut. Ich meine, Sie spielen ausgezeichnet, alle. Und Sie sind ein großartiger Geiger. Ich kann das wirklich beurteilen. Mein Papa – er – «, ich sah wieder den Trompeter an, »er hat's Ihnen ja erzählt ...«
»Ich heiße Fred«, warf der Trompeter ein.
»Ja, Fred hat's Ihnen erzählt, nicht?«
»Sie sind wirklich die Tochter von José de Santander?«
»Ja. Glauben Sie mir nicht?«
»Warum sollte ich Ihnen nicht glauben? Ich habe Ihren Vater nie gehört. Aber er hatte einen guten Namen. Sie sind bei ihm aufgetreten?«
»Ja.«
»Aber Sie sind doch noch so jung?«
»Ich bin mit fünfzehn schon aufgetreten. Nicht lange natürlich. Wir mußten dann aufhören. Aber ich habe

Gesangsunterricht gehabt in den letzten Jahren. Nur jetzt ...«

»Ja?«

»Mir fehlt jede Möglichkeit zum Singen zur Zeit. Ich würde so gern mal ein paar Nummern einstudieren. Aber ich weiß nicht, mit wem.«

Er lächelte wieder. Er stand vor mir, sah mich an, es ging etwas Vertrauenerweckendes von ihm aus, ja, etwas Liebes. Einfach etwas Liebes.

»Sie wissen es doch offenbar sehr gut. Mit uns wollen Sie etwas einstudieren.«

Ich lachte verlegen. »Es war so eine Idee von mir. Als ich Sie kürzlich spielen hörte, da dachte ich ...«

»Sie haben doch oben bei den Amis auch mal verkehrt, im ›Berchtesgadener Hof‹, nicht?«

»Ich war nur dreimal da. Das erstemal per Zufall. Und dann kam ich noch zweimal, nur um Sie zu hören.«

Er schwieg, betrachtete mich nachdenklich.

Einer sagte: »Wie so'n Amimädchen sieht sie eigentlich nicht aus.«

Ich blickte den Sprecher kühl an. Es war der Klavierspieler.

»Gebt bloß nicht so an. Im ›Berchtesgadener Hof‹ waren sehr nette Frauen. Ich hab' damals gestaunt, wer da alles war. Beste Gesellschaft und so. Man kann ja ausgehen, mit wem man will. Oder gibt es da eine Vorschrift?«

Sie lachten. Einer sagte: »Die ist richtig.«

»Der Ami, den ich kannte, hieß Bill. Ich hab' ihn auf dem Chiemsee kennengelernt. Damals wohnte ich nämlich am Chiemsee. Ich bin dreimal mit ihm ausgegangen, und er benahm sich ganz manierlich.«

Von dem nächtlichen Stop in Bayrisch Gmain brauchte

ja keiner was zu wissen. – »Wir waren dreimal zum Tanzen, und das war's auch schon.«
Der Klavierspieler stand auf und machte eine tiefe Verneigung: »Entschuldigen Sie, gnädiges Fräulein, ich wollte Ihnen nicht auf den Schlips treten.«
Ich lachte. Alle anderen lachten auch, und Andreas Ellwin sagte: »Kinder, wir müssen!« – Und dann zu mir: »Und wie stellen Sie sich das also vor?«
»Ich hab' mir gar nichts vorgestellt.«
Fred meinte: »Soll sie uns eben mal was vorsingen. Vielleicht kann sie wirklich. Und wenn sie's nicht kann, werden wir ihr raten, sie soll 'nen anständigen Beruf erlernen.«
Andreas blickte etwas ratlos von mir zu den anderen. »Wie stellt *ihr* euch denn das vor?«
»Laß sie doch mal 'raufkommen in den Schuppen. 'n nettes Mädchen ist sie auf jeden Fall. Wenn sie nicht singen kann, kann sie vielleicht was anderes.«
Solche Worte berührten Andreas nie. Ich sollte es später noch erfahren, er hörte so etwas gar nicht, nahm es nicht zur Kenntnis.
»Kennst du Schönau?« fragte Fred. Ich nickte.
»Also paß auf«, er skizzierte mir auf einem Zettel den Weg, »da steigst du aus dem Bus, nicht? Dann gehst du bis zur nächsten Ecke, da ist ein Kramladen, und dann ...« Ich hörte aufmerksam zu, besah seine Skizze, hörte auf die ergänzenden Hinweise der anderen. Andreas beteiligte sich nicht an der geographischen Erklärung.
»Hast du's kapiert?«
»Ich werd's schon finden. Und wann soll ich kommen?«

»Na, morgen am besten gleich. Nicht, Andreas, kann sie morgen kommen?«

Sie akzeptierten ihn als Boß. Auf seine stille, zurückhaltende Art hatte er viel Autorität, ich sollte auch das später erfahren.

»Morgen nachmittag, so um vier 'rum, was?« fragte mich Fred.

Morgen war der letzte Schultag. Nachmittags würde Berthold zu Hause sein. Den letzten Schultag feierten wir immer so ein bißchen, mit Kaffeetrinken, Kuchen und Plänen, was wir in der freien Zeit beginnen würden.

»Vormittags ging's nicht?«

»Na – vormittags, so elf, halb zwölf, ging vielleicht auch, nicht, Andreas?«

Herr Ellwin nickte und blickte mich immer noch nachdenklich an.

Das würde bedeuten, daß ich nicht kochen konnte. Aber das machte nichts, ich würde Frau Blasinger bitten, für Berthold mitzukochen. Eine Ausrede würde mir schon einfallen.

Dann gingen sie. Ich war allein in dem rauchgefüllten Zimmer, in der Hand die Skizze von dem Weg in Schönau. Die Skizze für meinen neuen Weg. Den Weg, den ich oft gehen würde in den kommenden Monaten. Aber das wußte ich noch nicht.

Draußen regnete es in Strömen. Ich stand unter dem Hoteleingang, hörte die Musik aus dem Lokal, starrte eine Weile blicklos in den grauen Vorhang aus Wasser, und dann lief ich los. Lief los wie eine Schlafwandlerin. Ich war im Moment bis auf die Haut durchnäßt, und mein Heimweg war noch lang.

Dann fiel mir ein, daß ich mich erkälten könnte und morgen vielleicht heiser sein würde. Ich begann zu rennen. Ich rannte den ganzen Weg bis nach Hause, durch den Ort, über den Markt, durch den Torbogen zum Kloster und dann die Stufen hinab zum Hasensprung.

Zu Hause kam ich atemlos an, zog mich sofort nackt aus und rubbelte mich mit einem Handtuch trocken. Mein Gott, wenn ich morgen heiser war!

Dann sollte es eben nicht sein. Das war Schicksal. Dann willst du nicht, lieber Gott, daß ich es tue. Wenn ich morgen erkältet bin, weiß ich, daß du es nicht willst.

Ich war nicht heiser am nächsten Tag. Ich sang großartig. Nur der Klavierspieler begleitete mich, die anderen saßen herum und hörten zu. Sie waren alle gekommen, bis auf Fritz, den Schlagzeuger, der schlief immer bis mittags ein Uhr.

Zum Schluß sang ich ›Smoke gets in your eyes‹ – sie hatten mir den Text auf einen Zettel geschrieben, die Melodie kannte ich sowieso. Wir probierten es dreimal, beim viertenmal klappte es.

Es war heiß in der Scheune, dunkel, aber sie war erfüllt von Musik, meine Stimme füllte sie bis zum letzten Winkel, meine Stimme, voll, stark, musikalisch und gut geführt, und das, was ich sonst noch konnte, was ich noch dazugab – Temperament, Leidenschaft, Hingabe.

»Mensch, Andreas«, sagte Fred, als ich fertig war, »wenn wir die mitnehmen, könnten wir allerhand mit ihr anfangen.«

»Wenn wir ihr noch 'n bißchen was beibringen, kann die werden«, sagte der Klavierspieler.

»Wenn wir die mitnehmen und ihr noch was beibrin-

gen, werden wir sie nicht lange behalten«, sagte Andreas Ellwin.
Wir gingen alle hinaus – vor der Scheune war eine Wiese. Ich legte mich lang ins Gras, die Männer rauchten, in der Scheune durften sie nicht rauchen, ich lag still und reglos mit geschlossenen Augen, ich war glücklich, ich war zufrieden, mein Körper war naß, ich hatte mich angestrengt, mich so richtig hineingekniet, in der Scheune war es heiß gewesen – aber ich hatte es gut gemacht, das wußte ich. Paul wäre zufrieden gewesen. Papa auch. Marja auch. – Sie waren alle um mich. Papa, Paul, Marja. Nur an Berthold dachte ich nicht.
Bis Herr Ellwin mich fragte.
»Wo leben Sie hier, Fräulein de Santander? Und bei wem?«
»Eh, ich – in Berchtesgaden unten natürlich. Bei meiner Tante.«
Ich sagte es rasch und bestimmt, ich hatte keine Sekunde überlegt.
Verrat an meinem Mann. Verrat an dem Mann, der mich liebte und mich geheiratet hatte.
Und auch dich belog ich von Anfang an, Andy.
Aber das dachte ich damals nicht. Ich war sehr stolz, daß ich so geistesgegenwärtig geantwortet hatte. Eine Tante war gut. Angenommen, ich hätte noch mit Marja zusammen gelebt, war die nicht so etwas Ähnliches?
Auf der Heimfahrt im Bus lachte ich vor mich hin, aufgeregt, hektisch, nervös und irgendwie glücklich.
Sie hatten mich gut gefunden. Fräulein de Santander hatten sie mich genannt, wie komisch. So hatte ich nie geheißen. Papa hieß Piñero. Ich war also Lorena Piñero. Und jetzt Lore Kronacker. Wenn die das wüßten, daß

ich verheiratet bin. Mit Dr. Kronacker, dem Studienrat ... Nein, es war zu komisch. Ich gackerte albern vor mich hin, die Frau, die neben mir saß, blickte mich strafend von der Seite an.

Wir hatten nichts Bestimmtes ausgemacht. Aber ich solle wiederkommen. Ich könne ja im Hotel vorbeikommen, und dann würden wir etwas ausmachen.

Als ich heimkam, am Nachmittag, war Berthold natürlich da, und ich schwindelte ihm irgend etwas vor, von Einkäufen, Wanda, und wen ich sonst noch getroffen hätte.

Die Ferien verliefen wie im vergangenen Jahr. Eine Woche München, vierzehn Tage Chiemsee, dann wieder zu Hause.

Am Chiemsee hatte ich Glück, Paul war da. Und wenn ich nicht mit Berthold zum Baden ging, radelte ich nach Gstadt und nahm Gesangsstunden. Paul war überrascht von meinem neu erwachten Eifer.

»Was hast du denn vor?« fragte er mißtrauisch.

»Ach, Paul, ich werde singen.« Ich fiel ihm um den Hals und küßte ihn. Und dann erzählte ich ihm alles, *einem* mußte ich es endlich sagen.

»Aha«, sagte er, »es überrascht mich nicht. Das mußte so kommen. Und dein Mann?«

»Das macht ihm doch nichts aus, wenn ich ein bißchen singe. Ich hab' doch viel Zeit.«

»Warum erzählst du's ihm dann nicht?«

»Ich werd's ihm schon erzählen. Erst mal sehen, wie es geht. Und ob die überhaupt richtig mit mir arbeiten wollen. Lange dauert es sowieso nicht. Wenn sie im September aufhören und nach München gehen – dann ist es ja sowieso vorbei, nicht?«

»Gilda!« sagte er mit strenger Vaterstimme. »Was hast du vor? Weißt du eigentlich, was du da tust?«
»Wieso? Was tue ich denn schon groß?«
»Was soll daraus werden? Hast du dir das überlegt?«
Hatte ich nicht. Marja erzählte ich nichts davon. In mein Verhältnis zu Marja war ein Bruch gekommen, wir redeten nicht mehr so vertraut wie früher. Vielleicht wäre das der richtige Moment gewesen, ihren Rat zu erbitten, ihr Vertrauen wiederzugewinnen. Aber ich wußte ohnedies, was sie sagen würde. Eine Ehe nahm sie sehr ernst. Und offenbar hatte sie sich damit abgefunden, daß ich ein anderes Leben lebte, als sie es sich für mich vorgestellt hatte. Sie verstand es nicht, und deshalb hatte es sie von mir entfernt.
Ich fand auch, daß sie alt geworden war, alt und streng und unzugänglich. Von ihrem Temperament, ihrer Heiterkeit war nicht mehr viel zu spüren.
Sie fand beides wieder, und sie wurde auch wieder jung, als sie später zu mir kam. In den Jahren meiner Erfolge war sie die Marja von früher. So als hätte sie einfach ein Stück aus ihrem Leben hinausgeworfen und da angeknüpft, wo es damals aufgehört hatte.
Sie mochte Andy sehr gern. Die beiden verstanden sich vom ersten Augenblick an. Vielleicht spielte auch der slawische Grundcharakter eine Rolle.
Marja – die Russin, Andy – der Halbrusse, die Tonart stimmte. Sie nahm immer seine Partei, wenn es Streit zwischen uns gab. Und sie sorgte für ihn, genauso wie für mich.
Am liebsten hatte sie es, wenn er ihr auf der Balalaika vorspielte.
Ich erinnere mich an eine Szene. Ich kam ziemlich spät

von Aufnahmen nach Hause, ich war müde und verärgert, es hatte eine Auseinandersetzung mit dem Regisseur gegeben, ich war zwar eine disziplinierte Arbeiterin, aber gelegentlich hatte ich Starallüren.
Damals hatten wir ein Haus in Grünwald gemietet. Schon von draußen hörte ich die schwermütigen Klänge der Balalaika.
Sie saßen im Dunkel, nur zwei Kerzen brannten, auf dem Tisch stand der Samowar – summte der Samowar, so sagt man wohl stilgerecht. Denn natürlich besaß Marja wieder einen Samowar. Andy spielte und sang mit halblauter Stimme russische Lieder, und manchmal summte Marja leise mit.
Ich platzte ins Zimmer wie ein Ungewitter. Da saßen sie und hatten es still und gemütlich, und ich mußte mich abplagen und Geld verdienen. War ihnen ganz egal, wie es mir ging.
»Störe ich?« fragte ich gereizt.
Sie hatten beide Verständnis dafür, wenn ich Launen hatte. Sie wußten, daß das die Arbeit, die ich tat, mit sich brachte.
Andy zog mir die Schuhe aus, Marja brachte mir einen Morgenrock und goß mir Tee ein, dann massierte sie sacht meine Schläfen und meinen Nacken.
»Nun, nun, Täubchen, nun«, murmelte sie dabei. »Sei ganz still, mach Augen zu. Denk eine Weile nicht daran, und dann wirst du uns erzählen.«
Ich bin ein mitteilsamer Mensch. Ich muß immer reden, immer erzählen. Von meinem Ärger, meinen Zweifeln, meinen Freuden, meinen Triumphen. Sie verstanden es beide zuzuhören. Und auch richtig zu antworten.
In den vergangenen Jahren hat mir keiner zugehört.

Keinem konnte ich alles sagen. Jack, ja, ihm schon, wenn er gerade Zeit hatte und da war. Sandor interessierte sich nicht für meine Kümmernisse. Und es gab ja auch nichts mehr zu erzählen, ich kam aus keinem Atelier mehr, aus keinem Studio. Höchstens mal von einer albernen Tournee. Und dann war ich sowieso immer gereizt. Und Sandor nicht geneigt, meine schlechte Laune zu ertragen. Er nicht.
Aber damals ...
Nach einer Weile war ich besänftigt und entspannt. Meine Füße lagen in Andys Schoß, der Tee war heiß und stark, Marjas Hände geschickt.
»Ich liebe euch!« sagte ich. »Spiel weiter, Andy.«
Was für ein wunderbares Leben es war mit den beiden!
Marja ist tot. Andy hat mich verlassen.
Es ist unerträglich, so allein zu sein. Auf der ganzen Welt gibt es nicht einen Menschen für mich, nicht einen. Ich sterbe hier, so allein und verlassen – so allein – so verlassen ... so, nun weine ich also. Weine um mich selbst. Weine über mein Leben, über meinen Tod ...
Nein. Stop. Hör auf! Du sollst nicht häßlich aussehen, wenn du tot bist, Lorena. Und nun brauchst du auch nicht mehr zu weinen. Nun nicht mehr. Bald ist alles gut.
Denke daran, wie Andy dich ansah. Wie er dich das erstemal in die Arme nahm und küßte.
Wir wußten beide, wie ernst das war.
Aber es dauerte ziemlich lange, bis es soweit war. Für Andy war Liebe keine leichtfertige Sache.
Nur zwei Menschen hatten ihm bis dahin in seinem Leben etwas bedeutet: seine Mutter. Marie-Ann.
Aber mit mir, er und ich, das war auch für ihn ein großes

Ereignis. Und eigentlich hatte er es gar nicht gewollt. Er war so verletzbar, so empfindlich. So ein Mensch wie er muß die Liebe fürchten.

Ihr Engagement war verlängert worden. Sie hörten im September nicht auf, sie spielten im Oktober auch noch. Im Januar hatten sie dann ein Engagement in München, denn im Fasching wurden in München viele Bands gebraucht.

Aber erst war es noch hoher Sommer, als ich mit meinen regelmäßigen Ausflügen nach Schönau begann, als mein Doppelleben anfing.

Solange Berthold Ferien hatte, war ich natürlich sehr behindert. Glücklicherweise hatte sich Willy auch zum Bergsteiger entwickelt – Berthold zuliebe. Vielleicht entfloh er auch gern gelegentlich seinem familienreichen Haushalt.

Sie machten nun zusammen oft größere Touren und waren manchmal mehrere Tage unterwegs, übernachteten auf Hütten. Berthold hatte immer noch Schwierigkeiten mit seinem Bein, so durfte das Tagespensum nie zu anstrengend gewählt werden.

Evi sagte zu mir: »Komm zu uns, wenn du dich langweilst.« Wir duzten uns seit neuestem.

»Ich langweile mich bestimmt nicht, ich habe immer so viel zu tun. Aber danke, ich komme gern.«

Ich ging nie. Mir war da zu viel Familie: Evi, ihre Eltern, ihre Schwester, eine Großmutter, die beiden Kinder. Lieber ging ich allein spazieren.

Und nun hatte ich ja auch wirklich zu tun. Wenn Berthold eine Tour machte, verbrachte ich den ganzen Tag in Schönau in der Musikscheune. Sie arbeiteten sehr intensiv mit mir, vor allem Andreas und Albert, der

Klavierspieler. Wenn ich nicht sang, hörte ich zu, wenn sie probten.

Ganz hingerissen war ich, wenn sie echten Jazz machten, improvisiert, da waren sie einfach toll. Sie hatten einen Saxophonisten, einen blutjungen Menschen, der ein bißchen kränklich wirkte, er hatte als Junge noch eine Kriegsverletzung gehabt, Flakhelfer oder so was Ähnliches war er gewesen, und diese Verletzung war offenbar nicht ganz ausgeheilt. Wenn er sein Sax blies, vergaß er alle Schmerzen. Aber es kam vor, daß er hinterher schweißgebadet umkippte. Er war ein großer Künstler. Die anderen bemutterten ihn alle so ein bißchen, er war ganz allein, hatte keine Angehörigen und war sehr labil.

Ich blieb auch da, wenn Andreas allein für sich spielte. Ich hatte ihn gefragt, ob es ihn störe.

Er betrachtete mich auf seine nachdenkliche Art und sagte: »Nein, ich glaube nicht.«

Es freute ihn, daß auch ich ganz leidlich Klavier spielte und mit der Gitarre umgehen konnte. Er hörte mir immer sehr aufmerksam zu, gab mir manchen nützlichen Rat. Einmal sagte er: »Du hast Musik im ganzen Körper.«

War Berthold zu Hause, konnte ich natürlich oft nicht zu ihnen hinauffahren, dann schwindelte ich ihnen etwas vor.

Das Lügen lernte ich notgedrungen. Erst recht, als die Schule wieder anfing. Ich mußte schließlich Mittagessen kochen und meinen kleinen Haushalt besorgen. Und Berthold war auch oft am Nachmittag zu Hause.

Ich log hier, und ich log dort, ich fand es mühsam. Ich war keine sehr geschickte Lügnerin, total ungeübt.

Marja hatte ich selten belogen, es hätte wenig genützt, sie durchschaute mich doch.
Andreas konnte ich auch nicht lange täuschen.
»Was ist eigentlich mit dir los?« fragte er mich einmal, als wir allein waren. »Irgend etwas stimmt mit dir doch nicht.«
»Wieso? Was soll mit mir nicht stimmen?«
»Du bist manchmal so nervös, kommst abgehetzt hier an oder stürzt plötzlich weg, als ob es brennt. Weiß denn deine Tante nichts davon, daß du hier bist?«
»Maldito!« murmelte ich und biß mir auf der Unterlippe herum.
»Bitte?«
»Nö, nicht direkt. Ich hab's ihr nicht erzählt. Sie würde sonstwas denken. Sie ist ein bißchen altmodisch«, sagte ich zögernd. Ich war nahe daran, ihm die Wahrheit zu sagen.
Zu dieser Zeit war noch nichts zwischen uns, gar nichts. Wenn man von dem absieht, was unausgesprochen, unbeschreibbar eben doch da ist zwischen zwei Menschen, die aufeinander zugehen, weil sie eben zusammengehören. Dies Gefühl hatte ich von Anfang an, und das war es viel mehr, was mich nervös und unruhig machte, als meine heimlichen Fahrten nach Schönau und die Hetze, die oft damit verbunden war.
Ich hatte mich so schnell an ihn gewöhnt, an sein Aussehen, das blasse, hochmütige Gesicht – und blaß mußte er ja sein, er ging nie an die Luft, verbrachte fast den ganzen Tag in der dunklen Scheune –, an seine leise, eindringliche Stimme, an seinen Blick, der auf mir lag, wenn ich sang, sein Kopfschütteln, wenn es nicht so war, wie er es sich vorstellte.

Ich war von Papa her an sehr temperamentvolles Proben gewöhnt. Andreas schüttelte nur den Kopf. Ich brach mitten im Ton ab.
»Nicht?«
Dann erklärte er mir sehr ruhig, aber immer auch sehr anschaulich, wie *er* sich diese Phase, diesen Takt, die Tonführung, den Ausdruck oder was auch immer vorstellte. Manchmal widersprach ich, aber meist mußte ich zugeben, daß er recht hatte. Ich begriff sehr schnell, ich wiederholte, wiederholte vielleicht noch einmal, und dann nickte er. Sein Nicken war ein Lob. Manchmal genügte es mir nicht.
»War es gut so?« fragte ich, wenn ich fertig gesungen hatte.
Er lächelte auf seine liebe, zärtliche Art. »Ja, es war gut, Lorena.«
Das genügte mir dann schon. Es machte mich stolz und glücklich.
Daß er nicht allein lebte, wußte ich ziemlich bald. Ich kannte das Haus, in dem er wohnte, aber ich war noch nie darin gewesen, immer nur in der Scheune oder auf der Wiese davor.
Ich fragte Fred, was für eine Frau das sei, mit der er zusammen lebte.
»Was ganz Feines. Eine Baronin. Marie-Ann mit dem Madonnenblick.«
»Sie sind nicht verheiratet?«
»Nein. Bis jetzt nicht. Und heiraten wird sie ihn wohl auch nicht. Ich sag' doch, sie ist was Vornehmes.«
»Willst du damit sagen, er ist nicht gut genug für sie?« fragte ich empört.
Fred lachte. »Ich sage das nicht. Sie würde so etwas auch

nicht sagen, sie ist eine wirkliche Dame. Aber ich glaube kaum, daß sie einen Musiker heiraten würde. Ihr Mann war Offizier, was ziemlich Hohes.«

»Mensch, das ist ja wohl heute vorbei. Wer fragt denn danach! Offizier – daß ich nicht lache.«

»Es gibt Leute, die fragen auch heute noch danach, täusche dich nicht.«

»Ist ihr Mann gefallen?«

»Gefallen nicht. Soviel ich weiß, hat Hitler ihn erschießen lassen. Vielleicht auch aufhängen. Sie spricht nicht darüber. Andreas auch nicht.«

»War er denn ein – so ein ... ich meine, war er gegen Hitler?«

»Muß er wohl gewesen sein. Er war einer vom 20. Juli, du weißt ja.«

Ich nickte. Ich wußte nicht viel davon, aber immerhin genug, um beeindruckt zu sein.

Sie war auch eingesperrt gewesen, damals, und sie hatte zwei Kinder. Das erfuhr ich noch von Fred, aber viel mehr nicht. Nicht, woher die beiden sich kannten, ob sie sich sehr liebten, wie lange sie schon zusammen waren und warum sie denn wirklich nicht heirateten.

Fred und die anderen kamen offenbar sehr selten in dieses Haus. Obwohl die Baronin Marie-Ann, die so vornehm war, mit Andreas Ellwin zusammen lebte, schien sie wenig Anteil an seinem Leben zu nehmen. Andreas sprach niemals von ihr. Soweit es ihn betraf, hätte ich gar nicht gewußt, daß sie existierte.

Fred fragte noch: »Bist du etwa in Andreas verknallt?«

»Wie kommst du denn auf die blöde Idee?« fragte ich empört. »Ich frag' halt bloß. Ist mir doch Wurscht, was er macht.«

Fred sah mich von der Seite an, ich merkte, daß ich ihn nicht überzeugt hatte.

Fred hatte mich schon einige Male geküßt, auch die anderen poussierten ein bißchen mit mir, das bedeutete alles nichts, ich tat das mit einem Scherz ab, gab einen Kuß zurück, ohne mir viel dabei zu denken.

Andreas berührte mich nie. Meist gab er mir nicht einmal die Hand, wenn ich kam oder ging. Es sei denn, ich streckte sie ihm hin.

Wenn ich in die Scheune kam, hatte er die Hände sowieso nicht frei, er spielte Klavier, er hatte ein anderes Instrument in der Hand, oder er schrieb Noten. – Wenn er am Klavier saß, hörte er mich oft gar nicht kommen. Ich trat hinter ihn, tippte ihn auf die Schulter. »Ich bin da.«

Er blickte seitwärts zu mir hoch und lächelte.

Das war alles. Es war wenig.

Nie ein privates Wort. Nie eine Frage nach meinem Leben. Nie eine Mitteilung aus seinem Leben.

Darum war ich so überrascht, als er das eines Tages sagte: »Was ist eigentlich los mit dir? Irgend etwas stimmt mit dir doch nicht.«

Ich fing an, irgend etwas von der imaginären Tante zu erzählen, aber ich hörte gleich wieder auf. Verdammte Lügerei! Außerdem interessierte es ihn ja doch nicht. Er stellte weiter keine Fragen, und das nahm ich ihm beinahe übel. Obwohl ich hätte froh sein müssen, daß er nicht fragte. Ich war ihm total gleichgültig, das war deutlich zu erkennen. Ob er diese Vornehme da drüben in seinem Bauernhaus so sehr liebte?

Manchmal versuchte ich ihn ein wenig herauszufordern, stand sehr dicht neben ihm, wenn er spielte und ich sang, oder ich beugte mich über ihn und blätterte die Noten um und streifte ihn dabei – er schien es gar nicht zu bemerken.

Oder ich alberte mit den anderen herum, ließ mich umarmen, der Bassist zum Beispiel, ein großer, kräftiger Mann, hob mich gern hoch und trug mich wie ein Kind über die Wiese, aber Andreas sah dies alles mit gleichgültiger Gelassenheit, wirklich so, als ob Kinder spielten, deren Treiben man nicht weiter beachtete.

Apropos Kinder – die Kinder von Marie-Ann kannte ich. Es waren zwei Buben, der eine fünf, der andere sieben, der ältere kam in jenem Jahr gerade in die Schule, und die kamen manchmal zur Scheune. Besonders der Kleine hörte gern Musik. Er saß ganz artig da und lauschte.

Es waren hübsche, sehr wohlerzogene Kinder. Andreas konnte gut mit ihnen umgehen, man merkte, daß sie ihn gern hatten. Niemals gab er irgendeine Erklärung dazu – mir gegenüber. Was das für Kinder seien, wem sie gehörten, wie er zu ihnen stand. Hätte Fred mir nichts erzählt – auch nur auf meine Fragen hin –, hätte ich genausogut annehmen können, er sei der Vater der Kinder oder ihr Onkel, oder sie wohnten ganz einfach nur im gleichen Haus.

Sie nannten ihn Andy. Und wenn ich an ihn dachte, nannte ich ihn auch Andy. Es klang lieb und zärtlich, der Name paßte zu ihm.

Ich dachte sehr viel an ihn. Es kam die Zeit, da dachte ich überhaupt an nichts anderes mehr.

August, September, Oktober – die Monate vergingen so schnell, es war gar nicht viel Zeit vergangen, aber Andy gehörte bereits zu meinem Leben, so als sei er immer

dagewesen. Ein Leben ohne ihn konnte ich mir gar nicht mehr vorstellen.
Das Kriterium der Liebe – nicht wahr?
Man lernt einen Menschen kennen, es ist ein ganz Fremder, aber es ist, als ob er einen leeren Platz ausfüllt, auf dem er immer schon gefehlt hat. Es ist ganz selbstverständlich, daß er da ist, er war immer da, wird immer da sein, es wäre eine schreckliche Öde, wenn er nicht mehr da wäre. – So ist es doch. Ich weiß nicht, wie es bei anderen Menschen ist. Aber ich glaube, so ist es bei den meisten, wenn es um das geht, was man Liebe nennt. Der vertraute Fremde. Einer, der einem nicht unbekannt ist, weil man ihn immer schon kannte.
An irgend etwas muß man Liebe doch erkennen. Das – was man Liebe nennt. Daran?
Ich habe es bei keinem Mann sonst erlebt. Die anderen? Sie kamen und gingen, sie waren bei mir, schön, es konnte nett sein, aber wenn sie nicht mehr da waren, blieb kein leerer Platz zurück.
Es ist sehr schwer zu erklären, was Liebe ist. Richtige Liebe eben, nicht bloß, daß man ganz gern mal mit einem ins Bett geht oder einige Zeit gemeinsam verbringt oder sich gut unterhalten kann.
Bing Crosby hat einmal gesungen: ›I'm a one-girl-guy ...‹
Warum soll es das nicht geben? Ich bin eben das typische One-man-girl.
Jeder, der mich kennt und der meine Gedanken jetzt lesen könnte, würde sich totlachen. Ausgerechnet Lorena! Mit ihren Flirts, mit ihren Liebhabern, mit ihrem Sex-Appeal! Doch wer kennt mich schon wirklich? Wer? Keiner.

Nicht einmal Andy kennt mich. Sonst wäre er damals nicht nach Amerika gegangen, wäre er vor zwei Jahren nicht von dieser Party gegangen, ohne mich mitzunehmen.
Sexy – was heißt das schon! Natürlich kann ich einem Mann einen großen Feuerzauber vormachen. Natürlich kann ich das Spiel mit ihm beginnen und durchspielen. Welche normale Frau kann das nicht? Es ist eine Art Selbstbestätigung, da wollen wir uns doch nichts vormachen. Wenn es nicht funktionieren würde, müßte ich mich fragen, was stimmt mit mir nicht?
›What's wrong with me that you can't love me ...‹ war auch eine gute Nummer von mir.
Mit Liebe hat das alles nichts zu tun. Liebe, das ist ... na ja, eben Andy und ich, once and forever, daran ist nicht zu rütteln, und wenn ich jetzt sterbe, sterbe ich auch ein bißchen deswegen.
Ob er das weiß?
Andy, wirst du das denken, wenn du hörst, daß ich tot bin? Oder hast du es immer noch nicht begriffen? Ich könnte dir einen Brief schreiben, einen sogenannten Abschiedsbrief. Aber das tue ich nicht. *Das* würde ich sowieso nicht hineinschreiben, denn wenn du es nicht von selbst weißt, ist es sinnlos.
Es ist so still hier. Die Nebelnacht draußen, das leere Haus ... ich muß noch etwas trinken, noch eine Platte auflegen. Aber erst gehe ich in die Küche und hole Wasser. Ich kann die Tabletten ja immer schon mal auflösen. Dann brauche ich nur das Glas in die Hand zu nehmen, zu trinken, zu schlucken, und dann ist es geschehen. Dann schlafe ich eben ein.
Schlafen ... vielleicht auch träumen ... o Gott, Lorena,

hör auf, dich selbst zu beweinen, dazu ist es zu spät. Es ist schade um dich, ich weiß, du könntest noch vieles leisten, aber es sind andere Menschen gestorben, um die war es auch schade, denke an Papa und Mama. Meinetwegen denke auch an Andys Frau in Amerika, die mit dem Flugzeug abgestürzt ist, ich kannte sie nicht, aber sie war noch jung, jünger als ich, und sicher war sie auch schön und lieb und liebenswert, er hätte sie sonst nicht geheiratet. Und er hat sie geliebt. Vielleicht hat er sie mehr geliebt als mich.

Nein.

Doch. Warum nicht? Kann ich das wissen?

Ich fühle mich nicht alt. Ich würde mich nicht alt fühlen, wenn ich arbeiten könnte. Wenn ich drin wäre.

Ich fühle mich nur alt, weil ich draußen bin.

Natürlich ist es eine Gemeinheit, daß man älter wird. Es ist eine große Ungerechtigkeit. Eine Demütigung ist es.

Ich habe es nicht verdient, lieber Gott, daß du mich so demütigst. Man arbeitet, man gibt sich Mühe, man will gut sein, klug sein, erfolgreich sein, man lernt und schuftet, man baut auf, Stück für Stück, man kriegt immer ein wenig mehr dazu, man bildet sich ein, nun besser, klüger, erfahrener zu sein und alles entsprechend besser zu machen – und dann ist das alles nichts wert, taugt nicht mehr, nur weil man älter wird. Und man weiß, daß das so weitergeht, jedes Jahr ein Jahr dazu, der unbarmherzige Computer Zeit zählt dir deine Jahre vor.

Du kannst ihn nicht abstellen. Nicht zertrümmern. Du kannst alles, alles haben, Geld, Erfolg, Macht und Ruhm, aber der Computer rechnet unbeirrt weiter. Er

addiert nur noch. Nichts anderes kann er, nur addieren. Du weißt heute schon, wo er in fünf Jahren stehen wird, wo in zehn, wo in fünfzehn, du kannst seine Zahlen genau vorausberechnen. Er irrt sich nie – er rechnet präzise. Du bist ihm ausgeliefert, er ist stärker und mächtiger als alles, was es sonst gibt auf der Welt. Er ist der Größte. Der Herrscher über alle Menschen.
Der übelste Diktator, den es je gab und je geben wird. Er tritt dich und mißhandelt dich und demütigt dich, und kein Gott und kein Teufel kann ihn abstellen.
Weglaufen kann man. Es so machen, wie ich es jetzt mache. Es gibt nichts mehr zu zählen, Computer Zeit! Ich bin nicht mehr da. Du läufst leer. Ich stell' dich ab. Du wirst sehen, daß ich es kann. Es gibt nichts mehr zu zählen, keinen Tag, keine Woche, keinen Monat, kein Jahr. Ich lasse mich nicht weiter von dir erniedrigen. Lasse mich nicht demütigen.
Werde nicht mehr in den Spiegel starren und nach jeder Falte suchen. Du kannst zählen, was du willst, aber nicht meine Jahre, die nehme ich dir weg. Die nehme ich mit, verstehst du! Diese ungezählten Jahre nehme ich mit. Weg sind sie. Der Käfig wird leer sein, in dem ich jetzt sitze und auf dein Ticken höre. Lorena ist nicht mehr darin. Du kannst zählen, was du willst, nur nicht mehr meine Jahre. Du wirst nicht der Sieger sein über mich. Eins zu Null für mich, Computer Zeit!
›Die Zeit, die ist ein sonderbar Ding ...‹, gewiß, Marschallin, das ist sie. Sehr milde ausgedrückt haben Sie das, Madame – sehr freundlich. Die Zeit, sie ist ein teuflisch Ding, eine Erfindung des Teufels.
Wir brauchen keine Hölle mehr, wenn wir tot sind. Wir waren Sklaven der Zeit, solange wir lebten, ihre Gefan-

genen, zum Tode verurteilt von der ersten Stunde an. Sie hat uns in ihrem Käfig und läßt uns nie, nie frei. Wir sind in den Käfig hineingeboren — ist das nicht Hölle genug?
So. Jetzt sind sie im Wasser, die Tabletten. Eine trübe Brühe. Wird gräßlich schmecken. Aber bis ich es trinke, werde ich so betrunken sein, daß ich es gar nicht merke.
Whisky also. Puh! — Die Tabletten werden auch nicht viel schlimmer schmecken.
Eine Platte noch. Keine Lorena-Rocca-Platte, was anderes, irgend etwas. Was spielte Andy immer? Die Appassionata von Beethoven. Er spielte sie meisterhaft. Aber das hat Sandor natürlich nicht in seinem Plattenschrank.
›Pathétique‹, die Sechste von Tschaikowsky, auch ganz schön. Das ist eine gute Musik für diese Stunde.
Wenn die Platte zu Ende ist, werde ich das Glas austrinken.

SPIEL ... bei Paul hatte ich Opern und Lieder kennengelernt. Durch Andy machte ich die Bekanntschaft zunächst mit Klaviermusik, später mit den großen Orchesterwerken. In der Scheune spielte er alles – Beethoven, Schumann, Schubert, Chopin, auch Bach, das meiste konnte er auswendig. Aber er besaß auch viele Noten, die er sich in der Nachkriegszeit auf umständliche Weise beschafft hatte. Jetzt gab es ja schon wieder einiges zu kaufen.

Chopin lag ihm gut, diese Musik entsprach dem schwermütig-slawischen Grundton seines Wesens. Er machte keine Schau daraus, wenn er spielte, er saß ganz ruhig, den Kopf leicht seitwärts nach vorn geneigt, er lauschte in die Musik hinein. Ich hörte ihm nicht nur zu, ich sah ihn auch an – sein stilles, gesammeltes Gesicht, nicht mehr hochmütig dann, seine Hände, schlanke, feste Musikerhände mit beweglichen, kräftigen Fingern, seinen Nacken, wenn ich hinter ihm stand – ich weiß nicht, wie man einen Männernacken beschreiben soll, aber seit ich Andy kannte, habe ich Männernacken immer nach Andy beurteilt.

Ob mir der Nacken gefiel oder nicht – schmal, fest, gut geformt, zur Liebkosung herausfordernd. Nebenbei ein

Grund, warum ich keine Freundin der modernen Haarmode bin, das lange Haar verbirgt den Nacken des Mannes, wie soll man feststellen, ob man ihn mag – den Nacken und den Mann.

Übrigens war dies die erste intime Berührung. Ich legte einmal vorsichtig, ein wenig ängstlich und doch magisch angezogen, meine Finger um seinen Nacken, als er spielte. Er ließ sich nicht stören, gab nicht zu erkennen, ob er es überhaupt spürte. Nach dem letzten Ton ließ er die Hände auf den Tasten liegen, ich zog meine Hand zurück, er blickte zu mir auf. Stumm.

»Entschuldige«, sagte ich und errötete sogar ein wenig. »Aber du hast so einen hübschen Hals, Andy.«

Ich nannte ihn Andy, wie ich es von den Kindern gehört hatte.

Er lächelte. Neben seinem hübschen Hals und seiner Musik liebte ich sein Lächeln, es machte sein oft starres Gesicht lebendig, erhellte es auf seltsame Weise. Es war ein sehr wissendes Lächeln, er wirkte viel männlicher, wenn er lächelte, war mir näher.

»Vielen Dank für dieses ausgefallene Kompliment. Nur zu deiner Orientierung: Dies ist nicht mein Hals, sondern mein Nacken.«

»Na ja, ich weiß schon«, sagte ich ein wenig ärgerlich, denn es kam öfter vor, daß er mich verbesserte. Und einen Schulmeister hatte ich schließlich zu Hause.

Dies war, noch bis Ende Oktober, der Höhepunkt aller persönlichen Gespräche. Obwohl der Stromkreis zwischen uns schon geschlossen war, das wußte auch er.

Es war schon manchmal sehr kalt in der Scheune, und ich fragte, wie das im Winter sein würde.

»Nichts«, sagte er. »Da kann man hier nicht arbeiten.«

»Und dann? Darf ich dann zu dir ins Haus kommen?«
Er nickte. Sagte aber nichts. Er hatte mich noch nie aufgefordert, ihn zu Hause zu besuchen. Ich fragte mich, ob diese Frau, mit der er lebte, nicht neugierig auf mich war. Sie würde ja wohl von meiner Existenz wissen.
Da kannte ich Marie-Ann noch nicht. Sie war niemals neugierig. Sie war nicht eifersüchtig. Und sie machte auch später nie den Versuch, ihn zu halten, sie ließ ihn gehen, wohin er wollte, auch zu mir. Er war es, der sich lange nicht von ihr lösen konnte. Es war nicht Liebe, wie er mir erklärte – später –, nicht die Art Liebe, die er für mich empfand, es war ein gewisses Zusammengehörigkeitsgefühl. Sie hatte ihm eine Heimat gegeben, er hatte keinen Menschen, der zu ihm gehörte, sie und die Kinder waren eine Art Familie für ihn.
Ab und zu redeten sie davon, was sie im Winter machen würden, er weniger, aber die anderen. Fred besaß ein paar gute Beziehungen in München, erzählte er jedenfalls. Sie würden ohne weiteres ein Engagement in einem Münchener Lokal bekommen.
Zu der Zeit hatte ich schon begriffen, daß Andy genug hatte von seinem Leben als Bandleader, er hätte lieber etwas anderes gemacht. Aber was? Das war damals alles sehr schwierig. Ein richtiges Orchester, große Musik, das war es, wovon er träumte. Orchester gab es genug in München, Dirigenten gab es genug. Das wußte er. Und das, was er bisher gemacht hatte, stand ihm im Weg, würde ihm immer im Weg stehen – das sollte sich noch zeigen.
An einem Tag Anfang November lernte ich Marie-Ann kennen. Es war trüb und kalt, in der Scheune war es sehr ungemütlich, und als ich zum Bus lief, fing es an

zu regnen. Andy wollte mich begleiten, ich sagte, es sei nicht nötig, ich würde rennen, vielleicht erreichte ich noch den Bus.
Ich schaffte es nicht, aus der Ferne sah ich ihn wegfahren. Andy war mir langsam nachgekommen, ich blickte mich um – da stand er, trug keinen Mantel und hatte den Kragen seiner Jacke hochgeschlagen, er winkte mir, und ich lief zu ihm zurück. Es regnete jetzt ziemlich heftig.
»Zu blöd«, sagte ich. »Der nächste fährt erst in einer Stunde.«
»Hast du es eilig?«
Und ob ich es eilig hatte! Berthold war zu Hause, ich wußte es, ich mußte noch einkaufen zum Abendessen, und überhaupt hatte Berthold mich jetzt schon einige Male so komisch angesehen, wenn ich spät kam. Keine direkten Fragen gestellt, aber immerhin so kleine Bemerkungen gemacht.
»Wo kommst du denn her?« Oder: »Wo steckst du denn eigentlich?«
Ich hatte die Lügerei so satt. Satt bis obenhin. Genaugenommen mußte ich froh sein, wenn das endlich aufhörte. Wenn sie wirklich nach München gingen und ich wieder eine ordentliche, brave Hausfrau sein konnte, die auf ihren Mann wartete.
»Komm mit«, sagte Andy. »Du kannst nicht auf der Straße stehen, bis der nächste Bus fährt.«
So kam ich also ins Haus, so sah ich zum erstenmal die Baronin.
Ich war ein wenig eingeschüchtert, als ich vor ihr stand. Sie war sehr schön. Schlank, groß, ein schmales, stilles Gesicht, dunkles glattes Haar, sanfte dunkle Augen.

»Das ist Lorena«, sagte Andy.

Sie lächelte verbindlich. »Ich habe schon viel von Ihnen gehört. Wie gut Sie singen können.«

»Wirklich?« fragte ich. »Hat Herr Ellwin das gesagt? Zu mir sagt er das nie.«

Ich sagte Herr Ellwin und machte auf artiges Schulmädchen.

Sie mußte älter sein als er, Mitte dreißig vielleicht. Eine eindrucksvolle Erscheinung. Und sehr sicher. Marie-Ann mit dem Madonnenblick – hatte Fred gesagt, das paßte gut. Ich hatte etwas gegen Madonnenblicke. Ich war eifersüchtig von der ersten Minute an.

Genaugenommen war ich es vorher schon gewesen. Doch nachdem ich sie kannte, wurde dieser Zustand akut.

Sie servierte uns Tee, plauderte ein wenig mit mir, stellte ein paar geschickte Fragen, ich wich ebenso geschickt aus. Andy sprach nicht viel, aber ich wußte, daß er mich sehr genau beobachtete, deswegen bemühte ich mich, ebenso vornehm und zurückhaltend zu wirken wie Marie-Ann, keine kessen Bemerkungen, nicht zu laut sprechen, nur gemessen lächeln.

Als er mich zum Bus brachte, sagte er auch nichts. Ich war irgendwie verstört. Maldito, liebte er diese Frau? Na, warum nicht? Es mußte ja doch wohl so sein.

Ich beugte mich vor, ehe ich in den Bus stieg, und küßte ihn leicht auf die Wange. Das erstemal.

»Danke, für die Rettung vor dem Regen. Es ist sehr nett bei euch. Morgen kann ich nicht kommen.«

»Sonntag?«

»Nö, Sonntag auch nicht. Montag wieder.«

Sonntags kam ich nie. Das wußte er schließlich.

An diesem Tage endete mein Doppelleben.

Es war schon dunkel, es regnete, als ich mit meinen eilig besorgten Einkäufen nach Hause kam.

Berthold saß über Korrekturen und blickte mich nur stumm an.

»Gräßliches Wetter, nicht?« sagte ich mit forcierter Munterkeit und küßte ihn auch auf die Wange. »Wenn ich denke, daß uns wieder der Winter bevorsteht – also entsetzlich!«

»Wo kommst du denn her, so spät bei dem Wetter?«

»Na, ich war einkaufen, das siehst du ja.«

»Ich bin seit drei Uhr zu Hause. Du kannst unmöglich drei Stunden einkaufen gewesen sein.«

»Hab' mich verquatscht.« – Ich erzählte etwas von Frau Soundso, die ich getroffen hätte, und in welchen Läden ich noch gewesen sei, ach ja, und Kaffee hätte ich auch noch im Rottenhöfer getrunken.

Berthold sagte nichts. Ich brach meine Suada mitten im Satz ab. Es war so unwürdig, zu lügen. Für mich, für ihn.

Nach dem Abendessen, Berthold hatte wieder seine Hefte vor sich liegen, ich nähte einen Knopf an seine Jacke, ja – so etwas tat ich damals, hob er plötzlich den Kopf und sah mich an.

Nichts weiter. Sah mich nur an.

»Ist was?« fragte ich.

»Ich möchte gern wissen, Lore, wo du dich aufhältst, wenn du nicht zu Hause bist.«

»Aber ich ...«

»Und komm mir, bitte, nicht wieder mit dummen Ausreden!« Seine Stimme klang unerwartet streng.

»Ich frage Frau Blasinger nicht, das kannst du dir denken, aber sie hat nun schon einige Male so merkwürdige

Andeutungen gemacht. Ich habe sie überhört. Aber jetzt frage ich dich: Was treibst du eigentlich?«
Ich ließ die Nadel sinken, auf meiner Fingerkuppe erschien ein Blutstropfen, ich stach mich immer, wenn ich nähte. Ich steckte den Finger in den Mund und saugte das Blut weg. »Was soll ich denn treiben?«
Die Ausflüchte waren lächerlich. Ich wußte es. Berthold war endlich mißtrauisch geworden, es hatte sowieso lang genug gedauert, und ich mußte es ihm jetzt sagen. Er schwieg, sah mich an.
»Also gut, also ja, es stimmt, ich bin wo«, begann ich.
»Und wo?«
»Du wirst bestimmt schimpfen, deswegen habe ich nicht gewagt, es dir zu erzählen.«
»Hast du kein Vertrauen zu mir?« Das waren so Fragen, die nur er stellen konnte. Lehrerfragen nannte ich es bei mir, und das war bestimmt kindisch. Aber ich benahm mich manchmal kindisch ihm gegenüber.
»Doch. Natürlich.«
»Also?«
»Ja, es ist so ... ich habe doch viel Zeit, nicht? Und manchmal ist es mir langweilig, das wirst du ja verstehen. Und überhaupt ...«, nun kam ein wenig Trotz in meine Stimme, »ich bin schließlich daran gewöhnt.«
»Woran bist du gewöhnt?«
»An Arbeit. An meine Arbeit. Ich kann nicht bloß kochen und einkaufen und Zimmer aufräumen. Das ist kein Leben für mich.«
»Von was für einer Arbeit sprichst du?«
»Meine Arbeit, du hörst es doch. Das, was ich gelernt habe.«
»Das, was du gelernt hast. So. Tanzen also.«

»Tanzen, ja. Und singen. Wirklich, Bert, du mußt es verstehen, es fällt mir schwer, auf das alles zu verzichten.«
»Aha.«
»Kannst du das nicht begreifen?«
»Doch. Vielleicht. Aber kannst du mir jetzt sagen, wo du hier deine – Arbeit tust?«
Da erzählte ich es ihm. Im Grunde war ich heilfroh, daß ich es endlich sagen konnte. Ich stellte alles ganz harmlos hin, und das war es ja auch. Und ein großes Glück war es, daß ich ausgerechnet an diesem Tag Marie-Ann kennengelernt hatte, ich baute sie sehr ausführlich in die Geschichte ein, so als ob ich sie längst kenne und als ob sie meist zugegen sei. Das gab der ganzen Geschichte einen sehr honorigen Anstrich.
»Und warum hast du das verschwiegen? Warum belügst du mich?«
Ich sah ihn unglücklich an. »Weil du mich dann so angesehen hättest, wie du mich jetzt ansiehst. Ich wußte, daß es dir nicht recht sein würde.«
»Also hast du es lieber heimlich getan. Findest du das besser?«
Ich schwieg, unsicher und verbockt. Er hatte ja recht. Aber ich hatte auch recht. – Es war das erste Gespräch in einer Reihe von Gesprächen. Es war nun wirklich der Anfang vom Ende dieser Ehe. Es war eigentlich nie Streit, mit Berthold konnte man nicht streiten. Es waren immer nur Gespräche. Aber das war viel schlimmer als ein ordentlicher Krach, als eine schöne, dramatische Szene.
Zu meinem Erstaunen kannte er Marie-Ann. Nicht nur dem Namen nach.

Die Baronin Ortenau war eine bekannte Persönlichkeit in Berchtesgaden, auch wenn ihre Familie, beziehungsweise die ihres Mannes, nicht von hier stammte, sondern ursprünglich aus dem Salzburgischen kam. Er wäre schon zweimal mit ihr zusammengetroffen, sagte Berthold. Einmal bei einem Empfang des Bürgermeisters, ein anderes Mal bei irgendeiner Feier in der Gemeinde. Ihr Mann war wirklich von Hitler hingerichtet worden. Und sie war bis zum Ende des Krieges in Haft gewesen, erst in einer Strafanstalt, zuletzt in einem Lager.

Von Andy erfuhr ich später den Rest. Marie-Ann von Ortenau hatte Andys Mutter im Lager kennengelernt, sie war bei ihr, als sie starb. Und sie brachte Andy die letzten Grüße seiner Mutter, die er so geliebt hatte. Das war die Bindung zwischen Marie-Ann und Andy, das hatte sie zusammengeführt.

An jenem Abend meines ersten Gesprächs mit Berthold erwies sich die Baronin Ortenau jedenfalls als hilfreich. Natürlich hatte ich nicht erzählt, daß ich sie gerade an diesem Abend erst kennengelernt hatte, und auch nur, weil es regnete und ich den Bus verpaßte. Es hörte sich so an, als ginge ich in ihrem Hause aus und ein.

Nur über meine Heimlichtuerei kam Berthold nicht hinweg. »Ich kann das nicht begreifen. Habe ich es denn so an Verständnis für dich fehlen lassen?«

Er war richtig unglücklich, nicht über mich, sondern über sich selbst, und ich schämte mich, ging zu ihm, setzte mich auf seinen Schoß und küßte ihn.

Zu albern war ich! Schwärmte diesen Musiker an und hatte den liebsten, besten Mann der Welt. Ich war doch nicht wert, daß die Sonne mich beschien.

Und natürlich hatte Berthold nichts dagegen, wenn ich

gelegentlich zum Singen ging, wenn mir das so großen Spaß machte. Was ich denn dort singen würde?
»Na, nicht so Sachen wie bei Paul, Lieder und so. Mehr Schlager. Auch richtigen Jazz. Das liegt mir gut.«
Auch dafür hatte er Verständnis. Er wußte zwar selbst nicht viel über Jazz und moderne Unterhaltungsmusik, aber er war schließlich ein moderner Mensch. Er hörte, was man im Radio spielte – Fernsehen gab es ja damals noch nicht –, er wußte schließlich auch, was für Musik seine Schüler gern hörten oder auch selber machten, das taten die jungen Leute damals schon mit Hingabe. Diese Welle fing gerade an: Schülerbands mit Swing und Jazz.
Sehr erleichtert schlief ich an diesem Abend ein, in Bertholds Arm, den Kopf auf seiner Schulter. Keine Pläne, keine Wünsche im Augenblick, alles Unsinn, was ich mir da zusammengeträumt hatte. Ich war glücklich verheiratet, basta! Und daneben sang ich halt so ein bißchen zu meinem Spaßvergnügen. Andere Frauen strickten oder hatten ein Kaffeekränzchen oder bekamen Kinder. Ich sang eben. Na und?
Auch das war typisch für mich. Ich war immer ein Kind des Augenblicks. Ein Mensch, der hier und heute lebte. Der an das, was er eben gerade tat, glaubte und es gut fand. Ein Mensch, der die Stunde genoß. Falls sie genießenswert war.
Vielleicht kann ich mich deshalb nicht damit abfinden, nur noch mit dem Gestern zu leben. Gestern ist gestern und ist vorbei.
Ich habe mich immer leicht gelöst. Schließlich auch von Berthold und der Ehe mit ihm.
Nur bei Andy, da ging es nicht so ohne weiteres. Da

blieb die unsichtbare Bindung bestehen, auch wenn ich sie nicht wahrhaben wollte, wenn ich es mir selber nicht eingestand. Deswegen nahm ich mir andere Männer, deswegen heiratete ich noch einmal ... Andy? Wer ist das? Vergessen, vorbei.

Da fällt mir noch ein alter Song von mir ein – ›Geh fort und vergiß mich, denk nicht, ich vermiss' dich‹ –, na ja, Schlagertexte. Kommt eben immer auch darauf an, *wie* man sie bringt, da kann man manches retten. Und das Arrangement spielt natürlich auch eine große Rolle. Wenn man die Texte nur so nackt für sich aufsagen würde ... aber wer tut das schon? Das ist nicht der Sinn von Schlagertexten.

Aber wie das so geht im Leben – Duplizität der Ereignisse, die Stunde der Wahrheit hatte auch am anderen Ende geschlagen.

Am Montag wurde ich von Andy verhört. Ich kam am Nachmittag, sehr unbeschwert nun, denn ich kam ja mit Bertholds Genehmigung. Erst waren die anderen dabei, wir probten ein paar Nummern, dann probte die Band, ich hörte zu, hatte Zeit, keine Eile, keine Hast, ich konnte auch mit dem späteren Bus fahren.

Aber sie gingen dann alle auf einmal, auf der Wiese vor der Scheune konnte man nicht mehr sitzen, dazu war es zu kalt.

»Ich bringe dich zum Bus«, sagte Andy erstaunlicherweise.

Auf dem Weg sagte er: »Warum lügst du eigentlich?«

Ich war gar nicht überrascht. Die Erfahrung hatte ich schon gemacht, daß immer alles doppelt passierte.

»Ich lüge gar nicht gern«, sagte ich mißmutig. »Ich finde es sehr unbequem.«

Was wußte er?
»Es gibt keine Tante, und du bist verheiratet.«
Nicht schlecht. Er wußte alles.
»Woher weißt du das?«
Albert hatte seit neuestem eine Freundin drunten in Berchtesgaden. Die hatte er gestern vormittag mit dem Auto zu einem Ausflug abgeholt. (Sie besaßen alle zusammen einen Wagen, einen alten klapprigen Vorkriegs-Opel, den jeder, der ihn gerade brauchte, benutzen durfte.) Sie waren an uns vorbeigefahren und hatten uns gesehen, Berthold und mich, als wir aus der Kirche kamen. Albert hatte zum Fenster herausgewinkt, aber ich hatte es nicht bemerkt.
»Kennst du die Kronackers?« hatte Alberts Freundin gefragt.
Na ja – und so hatte Albert erfahren, wer ich war. Er hatte es nur Andy erzählt, sonst keinem.
Andy machte mir weiter keine Vorwürfe, aber ich merkte ihm an, wie wenig ihm meine Schwindeleien gefielen. »Weiß dein Mann, daß du zu uns kommst und was du hier tust?«
Ein Glück, daß ich mit allem Nachdruck sagen konnte: »Ja. Er weiß es.«
»Lorena!«
»Nein, wirklich, er weiß es. Am Anfang hat er davon nichts gewußt, aber jetzt weiß er es. Er hat nichts dagegen, bestimmt nicht.«
Andy schwieg.
»Komisch«, sagte er nach einer Weile, »auf die Idee wäre ich nie gekommen, daß du verheiratet bist. Ich habe manchmal schon gedacht, daß du uns allerhand Theater vormachst. Aber so etwas habe ich nicht vermutet.«

Ich wirkte eben nicht wie eine Ehefrau, das war es.
»Dein Mann ist wirklich Lehrer?«
»Ja. Und er ist sehr nett.«
Er fragte nicht, ob ich ihn liebe, meinen Mann. Solche Fragen stellte er nicht.
Aber er sagte: »Du hast doch öfter in letzter Zeit davon gesprochen, daß du auftreten möchtest. Daß du nach München gehen würdest, um ein Engagement zu suchen. Es war auch die Rede davon, daß du bei uns auftrittst, wenn wir in München arbeiten. Wie stellst du dir das vor?«
»Weiß ich nicht.«
»Würde dein Mann das auch erlauben?«
Ich hob die Schultern. »Maldito, nein, ich glaube nicht.«
»Und was dann?«
Wir waren bei der Bushaltestelle angelangt. Er sah mich an, und ich sah ihn an.
Und ich sagte ganz ruhig und ganz gelassen, ohne zu überlegen, einfach ganz von selbst: »Dann werde ich es ohne seine Erlaubnis tun.«
Andy begriff, daß ich es ernst meinte.
»Du müßtest mich verstehen, Andy. Ich habe mir das nicht so überlegt, als ich geheiratet habe. Ich bin jetzt fast zwei Jahre verheiratet. Aber ich kann so nicht weiterleben. Nicht hier draußen und nicht ohne meine Arbeit.«
»Und dein Mann?«
Auf einmal dachte ich an Heide. Ich hatte die beiden auseinandergebracht. Mit ihr wäre er glücklich geworden, sie wäre bei ihm geblieben, aber ich würde ihn verlassen.

Ich würde ihn verlassen ... Jetzt hatte ich es zum erstenmal richtig gedacht. Klar und deutlich.
Der Bus kam.
»Ich bin gemein. Aber ich kann nicht anders. Ich kann hier nicht mehr leben. Ich gehe fort.«
In der vergangenen Woche war alles noch ein Spiel gewesen.
Auf einmal war es Ernst.

ERNST ... die große Rastlosigkeit überkam mich, das Gefühl, alles zu verpassen. Ich war bald dreiundzwanzig Jahre alt, ich mußte anfangen, ich mußte sehen, daß ich einen Fuß auf den Boden bekam. Ich dachte gar nicht so sehr an Karriere und Geld, ich wollte einfach singen, ich wollte auftreten, eine Bühne haben, Publikum.

Über fünf Jahre hatte ich keine Bühne gehabt. Anfangs hatte ich es nicht vermißt. Immerhin wäre es möglich gewesen, daß ich es vergessen hätte, daß ich der Welt meiner Kindheit entwachsen wäre. Aber es war nicht so. Ich hatte nicht vergessen. Ich wollte zurück.

Ich glaube, Berthold begriff das früher als ich. Einmal sagte er: »Deine Marja hat mich gewarnt.«

»Marja?«

»Damals, ehe wir heirateten, sagte sie zu mir: ›Was Sie tun, ist nicht gut, Herr Kronacker. Nicht gut für Sie und nicht gut für Lorena. Sie hat es im Blut.‹«

Ich lachte unsicher. »Ach ja, Kinstlerblut, edles. Das ist ein Lieblingsthema von Marja.«

»Offenbar hat sie recht.«

Ich hob unbehaglich die Schultern. »Na ja, ich weiß nicht – vielleicht ein bißchen. Ich möchte beides.«

»Beides kann man nicht.«
»Warum nicht?« fragte ich eifrig. »Du könntest doch sehen, daß du in München an eine Schule kommst. Da könnte ich nebenbei arbeiten.«
»Kann man so etwas nebenbei tun? Und was willst du eigentlich tun?«
Wenn ich das nur selbst gewußt hätte! Ich hatte keine bestimmten Vorstellungen. Schön, die Band konnte ein Engagement in München bekommen, in einem Nachtlokal. Ich würde als Sängerin dabei sein. Dann mußte man versuchen, mit einer Plattenfirma einen Vertrag zu machen. Ich hatte nur sehr vage Begriffe, wie so etwas vor sich geht. Die Welt von Papas Showtheatern, die gab es nicht mehr. Und die Welt der Unterhaltungsmusik, wie sie sich heute etabliert hat, gab es damals noch nicht.
»Angenommen, es klappt, und die Jungs kriegen im Januar ein Engagement, Andy und Fred sind gestern nach München gefahren und verhandeln, würdest du mir da erlauben, bei ihnen aufzutreten? Mal so als Versuch? Ich weiß ja gar nicht, ob ich gut genug bin, ob ich es kann. Ob ich ankomme, nicht? Ich müßte ganz von vorn anfangen.«
»Was heißt erlauben? Ich kann es dir nicht verbieten, wenn du meinst, du mußt es unbedingt tun.«
»Es wäre ja erst mal für ein paar Wochen. Ein Versuch, Bert. Oder meinst du, es verträgt sich nicht mit der Würde einer Lehrersfrau?«
Da mußte er lachen. »Mit der Würde einer Lehrersfrau habe ich dich noch nie belastet, nicht? Ich wüßte gar nicht, was das ist. Du etwa?«
Ich lachte auch. »Ich fürchte, nein.«

Bei einem anderen Gespräch fragte er ziemlich ernst: »Was bedeuten dir die Jungs, wie du sie nennst?«
»Es sind Kollegen, Freunde. Weiter nichts. Das ist nicht so, daß da irgendwie – ich meine, daß man herumpoussiert oder so. Andy ist sowieso ein furchtbar ernster Mann. Der spricht nie ein persönliches Wort mit mir. Und er liebt ja auch die Baronin, nicht wahr? Und die anderen, mit denen albere ich halt herum. Wie man das so tut. Das denken die Leute immer nur, daß die alle so leichtfertig sind. Sieh mal, Mama und Papa haben eine ganz normale Ehe geführt. Mama hat nie einen anderen Mann angesehen.«
»Und Papa?«
»Oh, Papa war sehr charmant. Zu hübschen Frauen ganz besonders. Aber er liebte nur Mama.«
Über Mama und Papa wußte Berthold alles, was es zu wissen gab. Ich sprach gern von meiner Kindheit.
»Immerhin hatten sie beide den gleichen Beruf. Das ist ein Unterschied.«
»Ich würde ja nicht ewig auf Reisen sein. Nur halt manchmal mit der Band auftreten.«
Für Berthold war es eine fremde Welt. Er konnte sich absolut nichts darunter vorstellen.
In den zwanzig Jahren, die seit jenem Gespräch mit Berthold vergangen sind, hat sich vieles sehr gründlich geändert. Wir sind sehr freizügig, sehr großzügig geworden. Ich möchte wissen, ob es heute eine Schlagersängerin gibt, die mit einem Studienrat verheiratet ist.
Ich weiß es nicht, aber ich könnte mir vorstellen, daß es möglich wäre. Daß kein Mensch etwas dabei fände.
In gewisser Weise war ich natürlich nicht aufrichtig, trotz der Eindringlichkeit, mit der ich mit Berthold

sprach. Auch wenn wirklich nichts vorgefallen war zwischen Andy und mir, so war er doch zum Mittelpunkt meines Lebens geworden.
Wenn ich ihn einen Tag nicht sah, fehlte mir etwas.
Wenn ich ihn zwei Tage nicht sah, wurde ich unruhig.
Wenn ich ihn mit Marie-Ann sah, wurde ich krank vor Eifersucht.
Denn ich kam nun, als es Winter wurde und wir nicht mehr in der Scheune proben konnten, manchmal zu ihnen ins Haus. Selten. Und das war schlimm für mich. Sie bewohnten das Haus ja nicht allein, die Band konnte dort überhaupt nicht proben, und ich konnte nur manchmal und nur zu gewissen Zeiten dort singen.
Marie-Ann hörte uns einige Male zu.
Sie sagte: »Ich verstehe nicht viel davon.« Es klang sehr hochmütig, so als wolle sie sagen: Es interessiert mich nicht. Aber sie fügte hinzu: »Ich glaube, sie ist gut, Andreas.« Und zu mir: »Werden Sie mit nach München gehen?«
Ich nickte.
»Und Ihr Mann?«
»Er hat nichts dagegen.«
Sie blickte mich nachdenklich an. »Das ist sehr großzügig von ihm.«
Es *war* sehr großzügig von ihm. Denn Berthold liebte mich. Und er wußte, daß er mich verlor.
Drei Jahre später, als wir geschieden wurden, sagte er: »Es war mir klar, daß ich dich nicht halten konnte. Jeder Mensch lebt nach dem Gesetz, nach dem er angetreten ist. Wenn man ihm Gewalt antut, macht man ihn unglücklich. Es war mein Fehler. Ich bin soviel älter als du, ich hätte es wissen müssen.«

Er konnte es nicht wissen, als er mich traf. Da lebte ich in einem Dorf am Chiemsee, tanzte ein bißchen auf der Diele und sang zu meinem Vergnügen, beides brauchte er nicht ernst zu nehmen. Ich war ein junges Mädchen wie andere auch, vielleicht etwas bewußter und geschickter als die anderen.

Die Welt, aus der ich kam, war auch eine Welt von gestern. Damals – als er mich kennenlernte.

Marja, Enrico, unsere Erinnerungen – damals lebten in vielen Dörfern Menschen, die da nicht hingehörten. Gestrandete, vom Krieg Verwehte, Leute mit Erinnerungen an gestern.

Nur – ich war jung. Es war noch nicht *mein* Gestern. Ich hatte eine Zukunft.

In den Tagen zwischen Weihnachten und Neujahr fuhr ich nach München.

Am Silvesterabend trat ich das erstemal auf.

Sang das erstemal wieder vor Publikum.

MÜNCHEN GESTERN ... wenn ich noch Zeit hätte und wenn mir einer zuhören würde hier in Sandors schickem Haus im Herzogpark, inmitten des ganzen Highlife-Zubehörs der beginnenden siebziger Jahre, dann würde ich ihm gern erzählen, wie schön, wie wunderbar, wie unvergleichlich lebensfroh das München von gestern war.

Ich weiß nicht, ob es in diesem Jahrhundert schon einmal so eine glückliche Jahreszahl gegeben hat wie die Jahreszahl 1950. Ob die Menschen schon einmal so mit Schwung, Mut und Begeisterung gelebt haben wie *gestern,* als die zweite Hälfte dieses Jahrhunderts begann.

Möglicherweise war die Zeit vor dem ersten Weltkrieg auch eine schöne Zeit, man hört es jedenfalls immer. Aber das galt sicher nur für einen Teil der Menschheit, für viele war das Leben wohl doch recht mühsam und ihre Welt eng begrenzt.

Die zwanziger Jahre, die tanzenden, röhrenden, goldenen, und wie immer man sie auch genannt hat, waren zweifellos eine tolle Zeit, in der man intensiv und schwungvoll gelebt hat. Doch auch wieder eine Zeit mit vielen Schatten und Schwierigkeiten.

Die fünfziger Jahre dagegen waren einfach top. Für uns in München mal ganz bestimmt.
Denn für uns war München damals der Mittelpunkt der Welt. Berlin war eine geschlagene und gepeinigte Stadt, und alle, die früher dort gelebt, gearbeitet und gefeiert hatten, kamen nach München. Sofern sie überlebt hatten.
Theater, Film, Kabarett, Konzerte, man wußte gar nicht, wohin man zuerst gehen sollte; es wurde so viel geboten, so viel Gutes, Erstklassiges: Künstler mit großen und größten Namen traten in München auf, und ich glaube, sie wären ohne Gage aufgetreten, froh darüber, überhaupt leben und arbeiten zu können. Gute Filme wurden gedreht, und trotz all der Arrivierten hatte der Nachwuchs eine echte Chance.
Auch München war eine schwer zerstörte und kranke Stadt. Aber sie lebte.
Sie lebte, tanzte und sang in allen Ecken. Natürlich spielte die gewisse Euphorie eine Rolle, die damals jeder empfand, der den Krieg überstanden hatte. Dieses Gefühl: wir leben! war einfach überwältigend und ließ jede zeitbedingte Schwierigkeit zu einer Bagatelle werden.
Wir hatten kein Geld. Manchmal wenig, meist gar keines. Aber das schadete nichts. Geld war nicht wichtig. Nicht einmal Erfolg war wichtig. Es genügte, daß man dabei war, daß man mitmachen durfte.
Wir waren nicht verwöhnt, es gab keinerlei Luxus; keine teuren Kleider, keinen Schmuck, keine Pelze, kein Auto – aber wer brauchte das? Das alles war noch kein Statussymbol. Wir lebten von einem Tag in den anderen, und jeder Tag war herrlich.
Wir kannten uns alle, trafen uns auf Partys, auf denen

sich die Tische noch nicht unter Delikatessen bogen, wer brauchte das? Man trank Bier oder einen billigen Wein, aß ein paar belegte Brote, wer wollte mehr?
Die Honorare waren niedrig. Verdiente man einmal hundert Mark, so war das ein Fest wert. Und damals konnte man für hundert Mark ein rauschendes Fest feiern. Wir brauchten kein Rauschgift, um high zu sein – wir waren es sowieso ununterbrochen.
Wir waren eine Jugend, die lachen konnte, die feiern konnte, die glücklich war. Und die Jugend war kein Klub für sich, die Generationen mischten sich mühelos und verstanden einander. Die, die etwas älter waren, aus dem Krieg zurückgekehrt und ihn überlebt hatten, die oft keine Wohnung, kein Auskommen, keine Sicherheit hatten, lebten am intensivsten. Es gab so viel nachzuholen. Nitschewo – aber wir leben!
Schwabing, heute ein heruntergekommener Amüsierbetrieb, war wirklich noch eine Künstlerstadt, knüpfte noch einmal an seine große Tradition an, man bekam eine Ahnung davon, wie das Schwabing – das echte Schwabing der Jahrhundertwende – der Zeit vor dem ersten Krieg gewesen sein mußte.
Heute macht man einen Bogen um Schwabing. Oder bestenfalls geht man hin, wie man in den Zoo geht. Die Typen, die dort jetzt zu treffen sind, gehören nicht hin, es sind Wesen aus einer fremden und unheimlichen Welt. Als kämen sie von einem anderen Stern. Man fürchtet sich vor ihnen und will mit ihnen nichts zu tun haben. Und keiner ist mehr unbeschwert fröhlich, sie sind mürrisch und unfrei, leben nach einem Programm, von dem sie sich vergewaltigen lassen.
Wir hatten kein Programm, wir waren wirklich frei, wir

lebten, wir liebten, wie wir wollten, wir waren glücklich. Der Fasching bestand aus einer Reihe großer und kleiner Feste, und es waren Feste, die vor Lebenslust sprühten. Heute ist es ein kalter, unlustiger, kommerzieller Massenbetrieb.

Die Stadt hat ihr lachendes Gesicht verloren, ihre einmalige Atmosphäre, der Wohlstand hat sie langsam, aber sicher gemordet, hat sie nivelliert, eine Stadt wie alle anderen auch; der Konsum, wie man heute sagt, hat sie geschändet, das Auto sie entstellt.

Man saß damals nächtelang in den gemütlichen kleinen Kneipen, man ging ins Theater und sah wirklich Theater – gutes und großes Theater –, und man konnte ins Kino gehen und einen Film anschauen, den man verstand und der einem gefiel oder auch nicht gefiel – aber es war ein Film gewesen.

Im Sommer konnte man an die Seen fahren und baden. In frischem Wasser konnte man baden, nicht in einer Kloake. Heute bleibt man zu Hause. Weil alles keinen Spaß mehr macht. Weil es mühsam ist und unbefriedigend. Und so anstrengend. Es ist Arbeit und kein Vergnügen, wenn man heute ausgehen, tanzen oder baden will.

Alle hatten sie Pläne, alle hatten sie Ideen, und alle hatten sie ungeheure Lust, etwas zu tun. Bücher wurden geschrieben, Theaterstücke, Drehbücher, Songs, Musik wurde gemacht – ja, das vor allem – Musik. Die Stadt war voll von Musik. Musik, Tanz und Lachen.

Wer heute in München tanzen gehen will, hat es schwer. Es gibt keine Tanzlokale mehr. Ein paar teure Nightclubs, in denen der Lärm dröhnt, ein paar Diskotheken, in denen sie gelangweilt herumstampfen.

Die Theater haben sie so gründlich auseinander analysiert, daß sie steril wurden und keiner mehr hingehen mag. Theaterbesuch heute ist eine Pflichtübung. Der Film ist bereits ganz tot, man kümmert sich nicht um seinen lustlosen Kadaver. Die Leute sitzen zu Hause und starren in den Fernsehkasten, das ist die einzige Unterhaltung, die ihnen geblieben ist.
Es ist eine freudlose Zeit – kein Wunder, daß in ihr das Hasch Mode wurde. Wenn es nichts gibt, woran man sich freuen kann, wofür man sich begeistern kann, sucht man nach einem Ersatz.
Wir, die Erwachsenen, die mittlere Generation inzwischen, können diese Jugend von heute nur bedauern, der man alle Freude, jeden echten Genuß vorenthält, der man sogar die Liebe vermiest hat, nachdem sie von geschäftstüchtigen Leuten in Sex umfunktioniert wurde. Damals gab es noch Liebe. Wir liebten kreuz und quer, rundum gab es nichts als Verliebte. Fast jeder war pausenlos verliebt. Die Partner wechselten, sie suchten, fanden und trennten sich, manchmal fanden sich die richtigen und blieben beieinander. Aber es hatte immer mit Liebe zu tun. Wir waren vielleicht ein wenig leichtfertig, nicht so bieder wie heute. Liebe war noch voller Geheimnis, voller Unsicherheit, voller Spannung. Wir waren noch nicht aufgeklärt – theoretisch, von Sexexperten, wir machten unsere eigenen praktischen Erfahrungen, und dadurch wurde es nicht langweilig. ›Love was such an easy game to play ...‹
Seit die Liebe eine Wissenschaft geworden ist, ist sie ein toter Hund.
Wir, die Künstler, rutschten durch die Gegend, als hätten wir Feuer unterm Hintern. Die Engagements wech-

selten, die Kulissen, die Bilder, die Musik, der Rhythmus – aber immer war alles lebendig, immer bot sich Anregung, immer war Grund zur Aufregung, man war in Bewegung. Wir waren noch keine Kunstbeamten.
Wie ich damals das Leben genoß! Jeden Tag und jede Stunde. Ich war nicht blasiert und nicht verwöhnt, ich hatte keine Ansprüche. – Natürlich wünschte ich mir schöne Kleider, und es war ein Ereignis, wenn ich mir eins kaufen konnte.
Die Garderobe für meine Auftritte zu beschaffen war ein echtes Problem, bis wir die Opernsängerin ausbeuteten, die Albert aufgerissen hatte.
Es begann damit, daß er ein junges Mädchen beflirtete – er hatte ständig irgendeinen neuen Flirt –, die bei der Opernsängerin Gesangsstunde nahm.
Sie war eine ehemals sehr berühmte Opernsängerin. Wir lasen respektvoll in dicken Alben mit eingeklebten Kritiken, in denen die Diva in höchsten Tönen gepriesen wurde, besahen die Bilder, die sie in ihren Rollen zeigten – Elsa, Elisabeth, Isolde, Aida, Leonore. Schön war sie gewesen, eine prachtvolle Erscheinung, gefeiert, geehrt, ganz oben. Es war *ihr* Gestern.
Die alte Dame – das heißt, so alt war sie noch gar nicht, Anfang der sechzig vielleicht, aber mir Grünschnabel kam sie natürlich alt vor – erzählte gern aus ihrer großen Zeit. Sie war noch immer eine imponierende Erscheinung, trug gern lange Gewänder, frisierte sich kühn, schminkte sich noch kühner – und im Herzen war sie jung. So jung wie wir.
Auf unsere Jugend war sie niemals neidisch. »Jeder hat seine Zeit«, sagte sie. »Und er hat sie nur einmal. Er muß das Beste daraus machen. Ich habe es getan!«

Gelegentlich gab sie mir eine Gesangsstunde, gratis natürlich, und sie beschäftigte Andy als Korrepetitor, als er kein Engagement hatte. Wofür er zwar kein Geld bekam, aber eine Tasse Kaffee, eine Menge guter Ratschläge und auf einem guten Flügel spielen durfte.

Sie lebte natürlich auch in Schwabing, in einer großen Altbauwohnung nahe dem Englischen Garten. Die Wohnung war von Bomben verschont geblieben, und das betrachtete sie als ein persönliches Geschenk des lieben Gottes an sie. »Denn«, auch das sagte sie, »er hat mir immer geholfen und mich beschützt. Ohne seine Hilfe hätte ich keine Karriere gemacht. Lächeln Sie nicht, liebes Kind! Ich weiß, wovon ich rede.«

»Aber ich lächle nicht, weil ich Ihnen nicht glaube«, erwiderte ich eifrig. »Sondern weil ich mich freue, wenn Sie das sagen. Ich weiß, daß Sie recht haben. Marja sagte das auch.«

Ihre Schränke hingen voller Kleider. Gewänder, sollte man besser sagen. Teils Bühnengarderobe, teils Abendkleider aus ihrer großen Zeit – altmodisch natürlich, aber wundervolle Stoffe und gut erhalten.

Sie hatte kein Geld. Woher auch? Ihre Ersparnisse waren durch die Inflation und die Währungsreform futschgegangen. Sie gab also Gesangsunterricht und lebte davon. Sie hatte eine Menge Schüler, ihr Unterricht war gut, man lernte viel bei ihr, das merkte ich an mir selbst.

Nur leider hatten die Schüler oft auch kein Geld und konnten die Stunden nicht bezahlen. Sie verlangte zwanzig Mark für eine Stunde, das war gewiß nicht viel, aber sie bekam es selten.

An einen ihrer Schüler erinnere ich mich sehr gut. Ein

junger Mann, vielleicht zwei oder drei Jahre älter als ich, er besaß einen wunderschönen Bariton. Er war im Krieg gewesen, dann in Gefangenschaft, er stammte aus Dresden und hatte einen süßen sächsischen Akzent, den seine Lehrerin ihm mit Gewalt austreiben wollte. Er mußte nicht nur singen bei ihr, sondern die kompliziertesten Sprachübungen machen. Als ich vor Jahren ›My fair Lady‹ sah, mußte ich an ihn denken. ›Es grint so grin‹ – das hätte er vermutlich auch gesagt.

Wenn sie ihn lange genug malträtiert hatte und wenn er dann ein paar Sätze zu ihrer Zufriedenheit zustande gebracht hatte, wischte er sich den Schweiß von der Stirn und murmelte: »Ei verbibch nochemal. Der Kriech war'n Vergnijen dagegen.«

Aber er sang wie ein Gott. Er hatte eine Schlafstelle in der Gabelsbergerstraße, wo er sich nur nachts, eben zum Schlafen, aufhalten konnte, tagsüber trieb er sich in den Schwabinger Lokalen herum und bei seinen Bekannten. Oft genug saß er bei uns, obwohl meine Bude weiß Gott klein und mickrig war. Üben konnte er natürlich auch nicht. Bis er die Bekanntschaft einer feinen Dame mit Villa, Geld und einem Flügel machte. Eine Witwe – Witwen gab es damals besonders viel –, gut fünfzehn Jahre älter als er, aber bei ihr durfte er singen, soviel er wollte. Für ein bißchen Liebe natürlich.

»Was wollt'r denn?« sagte er. »Sin schon ganz andre Leute uffn Strich gegangen. Der Zweck heiligt die Mittel, ne wahr?«

Heute ist er ein Weltstar. Singt in Bayreuth, in der Scala, an der Met.

Ach ja, Isolde! Wir nannten sie Isolde, weil, wie sie

immer sagte, die Isolde ihre Lieblingspartie gewesen war. Manchmal sang sie uns den Liebestod vor, mit einer etwas dünn gewordenen, aber immer noch gut sitzenden Stimme.
In abermals zwanzig Jahren wäre ich in dem Alter, in dem sie damals war. Ich sitze hier und nehme mir das Leben. – Sie tat es nicht. Finanziell gesehen waren die Zeiten damals viel schwieriger als die Zeiten heute. Aber finanziell gesehen – das ist eben noch lange nicht die Hauptsache. Sicher gäbe es für mich Möglichkeiten genug, Geld zu verdienen. Aber ich habe resigniert, hier und heute. Diese Frau damals war voller Elan und Lebenskraft. Und voll von Begeisterung für ihre Kunst – ihre Musik, ihre Opern, ihre Lieder, für ihre Schüler. Für alles und jedes konnte sie sich begeistern.
»Kinder, heute abend wollen wir richtig lustig sein«, sagte sie. »Es ist zum Scheißeschreien, aber diesmal kann ich die Miete wirklich nicht bezahlen.«
Wir kratzten alle alles zusammen, was wir finden konnten, bis wir die Miete auf die Beine brachten, und dann redeten wir ihr die Sache mit den Kleidern ein. Sie brauche sie doch wirklich nicht mehr, sie hingen nur im Schrank und verschimmelten. Wie wäre es denn, wenn man das eine oder andere Stück für Lorena umarbeiten ließe? Die Kleider würden sich freuen, wieder Scheinwerfer, wieder Auftritt, wieder Applaus zu haben. Soweit Albert.
Sie trennte sich schwer von den Roben ihrer großen Vergangenheit. Stück für Stück, von Seufzern begleitet, landeten sie bei mir. Viel bezahlen konnten wir dafür nicht. Aber Fred besorgte ihr einen netten Amerikaner als Untermieter, der so viel bezahlte, daß Miete und Un-

terhalt gesichert waren. Zusätzlich hörte er noch gern Musik. Wenn er abends da war, saß er im Musikzimmer und hörte andächtig zu, wenn wir musizierten.
Musik, made in Germany, das imponierte ihm. Eine Weile flirtete er mit mir, aber ich war damals so mit Andy beschäftigt, mich interessierte kein anderer Mann. Dann wandte er sich Lilian zu, zierlicher blonder Koloratursopran, mit mehr Erfolg, später heiratete er sie.
»Bestens«, meinte Isolde. »Sie hätte es sowieso nicht geschafft.«
Franzi schickte mich zu einer Schneiderin, die mir die Kleider änderte. So kam ich zu einer prächtigen Bühnengarderobe; Brokat, Spitzen, schwarzer Seidensamt, ein Feuergewand aus rotem Taft, in dem ich mich nur vorsichtig bewegen konnte, denn der Taft war schon brüchig und riß hier und da knirschend. Das schwarze Kleid war eine Wucht. Mir eng auf den Leib geschneidert, mit einem Rückendekolleté bis zum letzten Wirbel. Das alles passierte noch im ersten Jahr. Im Jahre Eins meiner Zeitrechnung.
Mein erster Auftritt fand in der Silvesternacht statt. Und war ein ziemliches Fiasko. Die Band war auf Probe in einem Schwabinger Nachtlokal engagiert, das damals in Mode war, sie bekamen dann das Engagement über die ganze Faschingszeit.
Meine ersten beiden Nummern kamen ganz gut an, aber dann war die Stimmung so toll, keiner mochte mehr zuhören, die Leute wollten nur noch tanzen.
Ich war in zwiespältiger Stimmung. Ich dachte an Berthold, der allein zu Hause saß. Vielleicht war er zu seinen Eltern gefahren. Nein, sicher nicht – was sollte er ihnen sagen? Vielleicht hatten Willy und Evi ihn ein-

geladen? Lustig würde er bestimmt nicht sein in dieser Silvesternacht.

Um zwölf Uhr, als alle auf das neue Jahr anstießen, saß ich in dem engen Raum neben der Küche, der mir als Garderobe diente, und heulte. Die Jungs waren draußen und spielten. Keiner konnte mich trösten.

»Ich bin so gemein, so gemein«, schluchzte ich, als nach einer Weile die Wirtin vom Lokal hereinkam und wissen wollte, ob ich noch einmal singen würde.

»Offenbar nicht«, stellte sie sachlich fest, als sie mich eine Weile betrachtet hatte. »Bist du blau?«

»Ich bin so gemein. So gemein.«

»Dann brauchst was zu trinken«, entschied sie und brachte mir eine Flasche Sekt. Sie schenkte mir sogar ein und strich mir einmal übers Haar.

»Warum bist du so gemein, Tschapperl?«

»Ich hab' so einen netten Mann.«

»Ist das ein Grund zum Weinen? Was willst du mehr?«

»Ich bin ihm davongelaufen.«

»Da gibt's zwei Möglichkeiten. Entweder du gehst zurück, oder er wird sich mit einer anderen trösten. Glaub mir, das arrangiert sich. Ich kann mir deine Geschichte jetzt nicht anhören, ich hab' zu tun. Erzählst mir's ein andermal. Brauchst heut nicht mehr zu singen, hört eh' keiner zu. Kriegst dann was zu essen.«

Sie hieß Franzi und stammte aus Wien. Ich freundete mich gut mit ihr an, solange wir bei ihr auftraten. Sie besorgte mir das Zimmer in der Herzogstraße, sie gab mir reichlich und gut zu essen, sie zahlte gar nicht mal schlecht, jedenfalls für damalige Zeiten, sie war erfahren und gescheit, man konnte so ziemlich alles mit ihr besprechen.

Auch als wir nicht mehr bei ihr auftraten, besuchte ich sie häufig. Und als ich dann einmal Pech hatte und eine Abtreibung brauchte – es war zu Ende des nächsten Sommers –, gab sie mir eine Adresse.
Sie war, wie gesagt, Österreicherin. Lebte aber schon seit dreißig Jahren in Schwabing. Einen Mann hatte sie auch, er war nicht weniger tüchtig als sie. Eine glückliche Ehe, ein gutgehendes Geschäft.
Später verkauften sie das Lokal und übernahmen ein Kino. Und noch später gingen sie ins Gebirge und machten eine Pension auf. Falls Franzi noch lebt und wenn ich wüßte, wo sie ist, könnte ich zu ihr gehen. Vielleicht könnte ich Zimmermädchen in ihrer Pension werden.
Komisch – ich denke heute nacht an Menschen, an die ich viele Jahre nicht gedacht habe. Ich denke an Situationen, an Ereignisse meines Lebens, die versunken und vergessen schienen. Ich wußte gar nicht, daß mir das alles noch so nahe ist, aber man erinnert sich immer besser an das, was lange zurückliegt. – Vorgestern ... das ist besser als gestern.
Das kommt noch dazu. Daß ich nicht nur ein Gestern habe. Auch ein Vorgestern.
Vorgestern, gestern; und heute – der Tod.
Nur ein Morgen gibt es nicht für mich.
Auf einmal merke ich, daß ich viel mehr Freunde hatte, als ich wußte. Vorgestern. Heute habe ich keine Freunde mehr.
Drei Frauen waren es, drei Frauen, die älter waren als ich, die mir damals Hilfe und Freundschaft boten. Neben der Sängerin und der Wirtin unserer Kneipe war es die Herzogin, meine Hausfrau, wie man in München sagt.

Sie war eine einfache Frau, lebte von einer bescheidenen Rente, der Mann war schon lange tot, der einzige Sohn im Krieg gefallen. Es ist ein Klischee, wenn ich sage, sie war wie eine Mutter zu mir. Aber es stimmt. Das Leben, das ich führte, hinderte sie nicht daran, mich in ihr Herz zu schließen.

Eine Sängerin in einem Nachtlokal – na schön.

Dann eine Sängerin ohne Engagement und ohne Geld – na und?

In Schwabing fand man so was normal. Auch daß ich einen Freund hatte, der bei mir schlief, war normal. Sie mochte Andy. Sie kochte für uns beide, Leberknödelsuppe und Schweinsbraten, und wenn ich meine Miete nicht bezahlen konnte, was einige Male vorkam, winkte sie großzügig ab.

»Macht nix. Wird schon werden. Nur net den Mut verlieren, Fräulein. Die Zeiten san schwer. Wann S' erst mal berühmt san, wird's Ihnen Spaß machen, an früher zu denken.«

Als ich berühmt war, dachte ich nicht mehr an früher. Auch nicht an Frau Huber, die Herzogin. Ich hätte sie ja mal besuchen und ihr etwas schenken können. Später, als ich in der feudalen Villa in Grünwald wohnte. Sicher ging sie ins Kino und sah meine Filme an.

»Das ist das Fräulein, die mal bei mir gewohnt hat. Ich hab's immer gewußt, daß sie mal berühmt wird. Schön kanns' singen.«

Ob sie dort noch wohnt in der kleinen Wohnung in der Herzogstraße? Gleich morgen möchte ich sie besuchen.

Morgen bin ich tot, Herzogin. Bedaure.

Sicher ist sie auch schon tot. Tot, begraben und vergessen, so allein, wie sie war.

Sie muß nicht tot sein. Wie alt war sie damals? Vielleicht fünfzig, zweiundfünfzig? Nicht gesagt, daß sie tot ist. Ich könnte noch ein Testament machen. Ihr meine Nerze vererben, den Schmuck.

Warum habe ich sie nicht besucht, als es mir gut ging? Warum habe ich alle vergessen, die einmal gut zu mir waren?

Warum, lieber Gott, vergaß ich sie? Werde ich dafür nun bestraft? Damit, daß ich vergessen bin?

Allein. Verlassen. Vergessen. Und dann tot und begraben, ohne daß einer um mich weint.

Doch – ich, ich weine. Ich weine um mich. Jetzt und hier. Zum wievielten Male schon in dieser Nacht?

Selbstmitleid ist etwas Gräßliches. Der Zeitvertreib der Untüchtigen, der Trägen, der Erfolglosen.

Es ist zu spät, Lorena, sich selbst zu beweinen. Zu spät auch, darüber nachzudenken, was man alles hätte besser, anders machen können.

Die Stunde nach Mitternacht ist vorbei. Die Musik verstummt. Zeit, daß ich die trübe Brühe trinke, die vor mir steht.

Höchste Zeit!

Nimm Abschied! Abschied vom Leben. Abschied von Andy.

Geh endlich!

Geh doch! Warte nicht länger.

Es begann mit Tränen damals in der Silvesternacht – das fällt mir jetzt wieder ein. Später lachte ich. In der ersten Nacht weinte ich.

Die Jungs machten eine Pause, so etwa um diese Zeit – in der Stunde nach Mitternacht. Weißwurstpause.

In München ist das so üblich. Ob Silvester, ob Fasching,

ob ein hochfeudaler Schwarz-Weiß-Ball — zwischen zwölf und eins gibt es Weißwürste. Weißwürste und Bier.
»Was ist denn los mit dir?» fragte Fred.
»Katzenjammer?« erkundigte sich Albert mitfühlend.
»Hab dich nicht so«, das war Fritz, »bist doch ganz gut angekommen. Silvester ist schlecht für eine Sängerin. Da wollen die Leute nur trinken und tanzen.«
»Ich bin so gemein«, schluchzte ich. »So gemein.«
Mehr fiel mir in dieser Nacht nicht ein.
»Sie hat einen sitzen« konstatierte Fred und hob die leere Flasche.
Andy sagte nichts. Er sah mich nur mit kalten Augen an.
»Na, dann fröhliche Ostern«, meinte Fred und küßte mich. »Mach's gut, Greenhorn. Halt die Ohren steif. Heulen ist nur einmal erlaubt und dann nie wieder. Immer nur lächeln, heißt das hier. The show must go on.«
»Sie kann ja morgen wieder nach Hause fahren«, sagte Andy mit kalter, gleichgültiger Stimme.
Ich hörte auf zu weinen und blickte zu ihm auf.
»War ich so schlecht?« fragte ich ebenso kalt.
»Es ging. Du hast schon besser gesungen.«
»Nu mach halblang«, sagte Albert mitleidig. »Es war ihr erster Auftritt. Sie hat sich tapfer gehalten. Bei dem Rummel heute. Ob die Bude immer so gut geht?«
Ein Mädchen kam und brachte ihnen Bier und Weißwürste. Ich schüttelte den Kopf, als sie mir einen Teller hinschoben.
»Iß doch was«, sagte Albert. »Bekrieg dich wieder! Komm!«

Er schob mir eine halbe Weißwurst in den Mund, die ich widerwillig kaute und schluckte. Mir war ein wenig übel von dem schnell getrunkenen Sekt. Und von der ganzen Aufregung.

Ich war unglücklich. Was tat ich eigentlich hier? Das war alles so – so schäbig. Und das waren lauter fremde Männer, die mich nichts angingen. Kollegen? – Freunde? – Die Jungs?

Bisher war es eben doch nur ein Spiel gewesen. Jetzt auf einmal war ich ein Arbeitskollege für sie. Wenn ich gut war, konnten sie mich brauchen. War ich schlecht, schmissen sie mich hinaus. Sie brauchten nicht unbedingt eine Sängerin, die Band hatte bisher ohne mich existiert. Die Sängerin hatte nur Sense, wenn sie Geschäft machte. Die Angebote, die Nachfrage, die Gage erhöhte.

Ich begriff es sofort und vollständig. Und ich akzeptierte es.

Ich würde gut sein. Ich würde so gut sein, daß es sie von den Stühlen riß. Die Leute würden meinetwegen kommen, nicht ihretwegen, nicht wegen ihres Gedudels. Wegen meiner Stimme würden sie kommen. *Ich* würde die Angebote bekommen. Von einer besseren, einer größeren Band. *Ich* die hohen Gagen.

Papa – ich erinnere mich an das, was du immer gesagt hast: Das Beste ist gerade gut genug fürs Publikum. Dafür zahlt es. Und wer nicht das Beste auf die Bühne stellen kann, der soll nicht auf die Bühne gehen.

Oh, mein Papa ... das hast du gesagt. Unter anderem. Es wird mir alles, alles wieder einfallen, Papa!

»Es ist schon wieder gut«, sagte ich obenhin. »Wie oft soll ich noch auftreten?«

»Heute nicht mehr«, bestimmte Andy. »Geh nach Hause und leg dich ins Bett.«
Ich blickte ihn stumm an, und einen Moment haßte ich ihn. Aber nur einen Moment lang. Er war der Boß, er kommandierte. Und ich hatte mich blöd benommen. Es würde nicht wieder vorkommen. Auch ihm würde ich es zeigen.
Nicht mal ein gutes neues Jahr hatte er mir gewünscht.
Ich stand auf. »Also dann geh' ich.«
»Sie kann doch jetzt nicht nach Hause gehen«, wandte Albert ein, er hatte von allen das weichste Herz. »In der Silvesternacht – so ganz allein. Kann sie nicht hierbleiben und noch ein bißchen Silvester feiern?«
»Silvester feiern?« Eiskalt die Stimme. Eiskalt der Blick. Andy haßte es, wenn jemand zuviel trank. Das wußte ich damals noch nicht. Und eine Frau, die trank, war ihm ein Greuel.
»Wo soll sie Silvester feiern? Und mit wem? Soll sie sich drinnen in der Kneipe herumdrücken? Das kommt nicht in Frage. Sie ist als Sängerin engagiert und nicht als Amüsiermädchen.«
»Okay, ich geh' schon. Ein gutes neues Jahr für euch alle. Für dich auch, Andy. Toi, toi, toi!«
»Danke«, sagte er und gab mir nicht einmal die Hand. Geschweige denn einen Kuß. »Gleichfalls.«
So sah der Anfang in München aus. Aber schon einen Monat später kannte man mich in Schwabing. Und es kamen wirklich Leute in das Lokal, nur um mich zu hören.
Ich begann mit einem Repertoire von zehn Nummern. Dann waren es vierzehn. Anfangs trat ich zweimal in einer Nacht auf, dann dreimal. Im Fasching hatten wir

bis früh vier Uhr geöffnet, und so gegen ein, zwei Uhr früh setzte der Betrieb erst richtig ein. Wenn die Leute von den großen Festen kamen, um in Schwabing weiterzufeiern.

Für mich war es eine Genugtuung, daß ich auch in der wildesten Faschingsstimmung Publikum hatte, daß es still wurde und daß man mir zuhörte.

Es dauerte nicht lange, und ich landete meinen ersten richtigen Hit. Andy komponierte den Song. Den Text hatte mir eines Nachts ein junger Mann gebracht. Er kam einfach ans Podium und reichte mir einen Zettel herauf. »Wär' das nicht was für Sie? Ich meine, wenn einer ein paar Noten dazu macht?«

›Die Nacht ist dein Feind,
wenn du einsam bist.
Weil keiner dich findet,
wenn es dunkel ist.
Der Himmel ist leer,
kein Stern ist zu sehn,
wer immer auch kommt,
wird vorübergehn.
Nur ich bin da. Ich bin da –
siehst du mich stehn?‹

Das wurde ein richtiger Knüller. Wir hatten das Ding ganz toll arrangiert, so richtig Zunder draufgegeben. Fritz hieb auf das Schlagzeug ein wie ein Irrer, die Trompete jaulte verzweifelt, und ich gab drauf, was ich hatte. Die Melodie war ziemlich monoton, dieses ›nur ich bin da‹ blieb auf dem gleichen Ton, so richtig hart, ganz unsentimental.

Die Leute waren jedesmal ganz aus dem Häuschen. Manche kamen nur, um den Song zu hören. Ließ ich ihn aus, was ich manchmal tat – absichtlich natürlich –, um sie herauszufordern, fing bestimmt einer an: ›Die Nacht ... die Nacht ...‹

Und dann sang ich es.

Das war es, was ich gebraucht hatte. Beifall. Applaus. Die da unten, die mich wollten. Darüber vergaß ich alles andere.

Als ich den Song hatte und mit dem Song den ersten richtigen Erfolg, vergaß ich Berthold. Er verschwand so rasch aus meinem Leben, meinen Gedanken, als hätte ich nicht zwei Jahre, sondern zwei Wochen mit ihm gelebt.

Ich schrieb ihm zwar anfangs ab und zu, ich schickte ihm zum Beispiel den Text von diesem Song und schilderte begeistert, wie gut ich damit gelandet wäre und daß er unbedingt kommen müsse, um mich zu hören.

Aber er kam natürlich nicht.

Mit diesem Song machte ich dann übrigens auch die erste Plattenaufnahme. Das war ein reichliches Jahr später, als Jack mich aufgegabelt hatte. Ohne ihn hätte ich das nie geschafft.

Die Platte ging gut. Auch für Andy gab es Geld, er war der Komponist. Und der Texter war sehr zufrieden mit dem unerwarteten Verdienst. Leider machte er nie wieder einen Text für mich. Er war nämlich ein richtiger, ernst zu nehmender Dichter und schrieb an einem Buch.

Ich habe nie wieder von ihm gehört, und also ist er wohl kein Bestseller-Autor geworden. Schade, er war ein begabter Junge. Er hätte lieber Schlagertexte machen sollen, er wäre heute ein reicher Mann.

Eigentlich paßt das Lied für heute nacht auch ganz gut.

Sehr sinnig. Dein erster Erfolg, Lorena, wäre auch ein guter Grabgesang.
Leider ist die Platte nicht da. Ich habe sie schon lange nicht mehr. Vergriffen. Versunken, vergessen, vorbei.
Sandor besaß damals noch keine Platten. Vermutlich verkaufte er in Ungarn noch Ziegenfelle. Oder was immer er gemacht hat.
Zwanzig Jahre ist das her. Es kann nicht möglich sein!
Zwanzig Jahre. Ein Menschenalter. Für Menschen.
Zwanzig Jahre ... ein winziges Stäubchen Zeit für die Welt.

ANDY ... es ergab sich ganz von selbst. Das erste, was auf seiner Seite spürbar wurde, war eine Art Verantwortungsbewußtsein. Er nannte es nie bei diesem Namen, aber so etwas Ähnliches muß es gewesen sein. Es kam ihm wohl so vor, als habe er mich von Tisch und Bett einer glücklichen Ehe weggelockt und er müsse nun auf mich aufpassen.

Dabei war es allein meine Schuld. *Ich* hatte angefangen, ich war zu ihm gegangen, ich wollte arbeiten, ich verließ Berthold.

Als unser erstes Engagement in München zu Ende war, schlug er mir vor, ich solle zu Berthold zurückkehren.

»Willst du mich loswerden? Keine Angst, ich werde dir nicht auf die Nerven fallen.«

»Was willst du denn machen? Wovon willst du leben?«

»Das wird sich finden«, antwortete ich leichtsinnig. Bis jetzt hatte ich ganz gut verdient, allerdings das meiste auch ausgegeben. Ich hatte mir gekauft, was mir gefiel.

»Ich will Karriere machen!«

Ein kühner Satz, den ich mit Bestimmtheit aussprach. Mehr noch – ein Programm.

Er meinte, ich solle wenigstens für einige Wochen nach Berchtesgaden zurückgehen, um mich zu erholen. Über

zwei Monate lang waren wir Abend für Abend aufgetreten. Kein freier Tag. Die Nächte waren lang gewesen. Aber ich war jung genug, daß es mir nichts ausmachte. Und ich war voller Zuversicht. Ich hatte Erfolg gehabt, ich hatte viele Komplimente zu hören bekommen – es gefiel mir einfach in München. Ich wollte bleiben.
Natürlich waren auch eine Menge Männer aufgetaucht, die ihr Interesse an mir bekundet hatten. Andy jedoch hatte gut auf mich aufgepaßt. Sehr viele Möglichkeiten, etwas zu unternehmen, blieben mir ja nicht. Bis spät in die Nacht hinein mußte ich arbeiten. Bis Mittag schlief ich. An den Nachmittagen probten wir oft; mein Repertoire umfaßte nun mehr als zwanzig Nummern.
Zweimal hatte ich nachmittags ein Rendezvous. Und genau einmal ging ich nachts, nach meinem letzten Auftritt, mit einem Mann fort.
Da erlebte ich zum erstenmal einen zornigen Andy. Er kam am nächsten Vormittag zu Frau Huber in die Wohnung, ich schlief noch, und er weckte mich ziemlich unsanft.
»Wo warst du?«
»Na, hör mal ...«
»Ich dulde es nicht, daß du dich herumtreibst. Nicht, solange du bei mir arbeitest. Daß das ein für allemal klar ist.«
Er schrie nicht, er sprach leise und böse, er war wieder sehr blaß und seine Augen ganz kalt.
»Also – wo warst du?«
»Geht dich das was an?«
»Allerdings.«
Ich fuhr mit allen zehn Fingern durch mein verwirrtes Haar und versuchte munter zu werden.

»Weiter nirgends. Eine Party.«
»Eine Party zu zweit?«
»Es waren noch mehr Leute da.«
Anfangs. Das stimmte – am Ende waren wir zu zweit. Aber es war weiter nichts geschehen. Ein paar Küsse, ein bißchen Knutscherei. So ohne weiteres ließ ich mich nicht vernaschen, schon gar nicht von einem Wildfremden, der mir nichts bedeutete.
»Deine Wirtin sagt, du bist erst um sechs heimgekommen.«
»Entzückend«, erboste ich mich. »Du erkundigst dich bei Frau Huber, wann ich heimgekommen bin. Was bildest du dir eigentlich ein? Ich lasse mir das nicht gefallen.«
Ich fand es wunderbar. Legte mich zurück und verschränkte die Arme hinter dem Kopf. Er war offenbar eifersüchtig. Das war genau das, was mir zu meinem Glück noch gefehlt hatte.
»Es war nicht nötig, Frau Huber zu fragen. Sie beschwor mich, dich nicht zu wecken, denn du seiest erst um sechs heimgekommen.«
»Das müßte dich doch beruhigen; wenn ich bei jemand geschlafen hätte, wäre ich kaum um sechs hier eingetroffen.«
Das leuchtete ihm ein. Er schwieg. Sah mich nur mit finsteren Blicken an.
Ich kicherte albern. »Ich werde Berthold schreiben, wie gut du auf mich achtgibst.«
»Ich denke, das ist das mindeste, was ich ihm schuldig bin.«
Jetzt lachte ich laut. »Sei bloß nicht albern. Wenn ich Berthold betrügen will, betrüge ich ihn, ob du achtgibst

oder nicht. Ich betrüge ihn mit meiner Arbeit, nicht mit anderen Männern. Wenn ich mal mit irgend jemand ins Bett ginge, wäre das kaum von besonderer Bedeutung.«

»Ich hasse es, wenn du so redest.«

»Ja, ich weiß. Du bist ein Puritaner.«

Das war er wirklich. Er selbst lebte wie ein Heiliger, von den Affären seiner Kollegen nahm er keine Notiz. Keiner der Jungs wagte es, mir näherzukommen. Es blieb bei den unverbindlichen Blödeleien, einem kleinen Kuß hier und da. Ich wußte, daß ich Fred gefiel, daß Albert mich gern hatte, und am liebsten mochte mich Erwin, der Saxophonist. Er war der jüngste von allen, ein wenig schüchtern. Aber er konnte mich ansehen, daß ein Eisberg geschmolzen wäre.

Trotzdem war ich für sie tabu. Andy hätte jeden gefeuert, der ernsthaft mit mir etwas angefangen hätte.

»Ich bin eine ziemlich erwachsene Frau. Meinst du nicht, daß man in meinem Alter tun kann, was man will?«

»Das meine ich ganz und gar nicht. Und wenn noch einmal so etwas vorkommt wie heute nacht, hast du das letzte Mal bei mir gesungen.«

»Du bist ein ekelhafter Tyrann, und ich hasse dich. Aber wenn du mich nun schon geweckt hast, geh zu Frau Huber und sag, sie soll uns Kaffee machen.«

»Ich muß gehen.«

»Du mußt gar nicht. Sicher hast du auch noch nicht gefrühstückt. Du frühstückst jetzt mit mir und hältst mir noch eine Strafpredigt. Ich genieße so etwas ungeheuer. Und sag Frau Huber, sie soll nicht wieder mit den Kaffeebohnen sparen.«

Während er draußen war, blickte ich auf die Uhr.

Gerade zehn Uhr! – Er war gekommen, um mich zu erwischen. War extra früh aufgestanden und wollte sehen, ob ich zu Hause war. Angeregt hopste ich aus dem Bett und schaute in den Spiegel. Ein bißchen unausgeschlafen sah ich ja aus, aber es ging. Ich kämmte rasch mein Haar und legte mich wieder hin.

Frau Huber servierte mir, wie jeden Tag, mein Frühstück ans Bett. Andy saß mit steifer Miene am Tisch und trank seinen Kaffee, ohne viel zu reden.

Als er gegangen war, fragte Frau Huber mit einem teilnehmenden Seufzer: »Sie haben ihn gern, den Herrn Ellwin, Fräulein, net wahr?«

»Ja, sehr.« Ich seufzte auch. »Aber er macht sich nichts aus mir.«

»Des glaub' i net. Grad bös war er, als er vorhin kommen is. Der hat Sie gern. Der is nur einer, der wo's net gern zugibt.«

»Meinen Sie?«

Sie nickte mit Nachdruck. »Des siecht ma. Des können's mir glauben, Fräulein.«

Im März fuhr Andy zu Marie-Ann. Was mich rasend machte vor Eifersucht. Ich erwog ernsthaft, wirklich zu Berthold zurückzukehren und fortan eine tugendhafte Ehefrau zu sein. Oder sofort mit irgendeinem, ganz egal mit wem, ein Verhältnis anzufangen.

Oder wenigstens pausenlos mit meiner Karriere zu beginnen.

Aber so schnell macht man keine Karriere. Ich sprach im Funkhaus vor. Man notierte meine Adresse, man würde mich zum Vorsingen einladen. Irgendwann.

Ich besuchte einen Agenten. Der meinte, er hätte Sängerinnen wie Sand am Meer.

Abends traf ich mich mit den Jungs. Wir saßen in unserer Stammkneipe in der Haimhauserstraße. Dort bekamen wir gut und billig zu essen. Dort trafen wir auch immer Bekannte. Dort erörterten wir unsere Pläne.
Pläne hatte vor allem Fred. Er verhandelte mit einem großen, damals recht bekannten Orchester, das ihm ein Angebot gemacht hatte. Er erzählte es ganz offen.
»Denn«, so sagte er, »ich verbringe auf keinen Fall noch einen Sommer in Berchtesgaden. Das kann man sich nicht mehr leisten, in der Provinz auf bessere Zeiten zu warten. Heute muß man dranbleiben. Da sein und zu hören sein. Sonst weiß keiner, daß man existiert.«
Daß die Möglichkeit bestand, für den Sommer wieder im Hotel in Berchtesgaden zu spielen, wußte ich. Für mich war das auch keine Möglichkeit. In Berchtesgaden konnte *ich* nicht auftreten.
Auch Klein Erwin hatte ein gutes Angebot, was keinen überraschte. Er war ein Künstler. Bis heute habe ich kein besseres Sax gehört als das von ihm geblasene. Er machte später übrigens große Karriere – bis er mit Rauschgift anfing. Dann war es aus.
Eines Abends, als wir wieder da saßen und redeten, kam Andy plötzlich.
Er war sehr einsilbig, fast abweisend. Ja, zu Hause sei alles in Ordnung. Der Baronin gehe es gut. Die Kinder seien gesund. Nein – einen Abschluß für den Sommer habe er nicht gemacht. Man könne sich das noch überlegen. Sonst nichts Neues ...
Früher als sonst brachen wir auf. Sonst saßen wir meist bis zur Polizeistunde, wir waren nun mal an Nachtleben gewöhnt.
Meist brachten sie mich alle gemeinsam nach Hause.

Diesmal verabschiedete Andy sie sehr entschieden und ging mit mir allein.

Es war ein kühler Vorfrühlingsabend, ein blasser Mond stand am Himmel. Die Schwabinger Straßen waren damals noch idyllisch ruhig und verschwiegen. Natürlich gab es noch viele Häuserlücken, viele Ruinen.

»Ich habe mit deinem Mann gesprochen«, sagte Andy auf einmal.

»Nein!«

Ich blieb stehen und starrte ihn erstaunt an. »Warum das denn?«

Ganz formell hatte sich das abgespielt. Andy hatte an Berthold geschrieben und ihn um eine Unterredung gebeten. An einem Abend hatten sie sich in einem Lokal getroffen.

»Was hast du ihm denn gesagt?«

»Was du gemacht hast, wie es gegangen ist. Und daß ich gut auf dich aufgepaßt habe und du ein ordentliches, solides Leben geführt hast.«

»Du spinnst wirklich. Das ist ja wohl die Höhe!«

»Ich bin der Meinung, das waren wir ihm schuldig. Eigentlich wäre es deine Aufgabe gewesen. Er war sehr fair und sehr großzügig, nicht wahr?«

Ich schwieg verwirrt. Ich wußte nicht, was das zu bedeuten hatte.

»Der Weg zurück steht dir offen, Lorena. Aber nicht mehr lange, das hat er auch gesagt. Du mußt dich bald entscheiden.«

Ich war den Tränen nahe. »Aber ich will nicht zurück«, rief ich verzweifelt. »Andy! Ich will nicht.«

»Liebst du denn deinen Mann nicht?«

»Doch. Natürlich.«

»Und warum willst du dann nicht zurück zu ihm?«

»Weil ich nicht will. Weil ich dieses Leben dort nicht ertragen kann. Ich will hierbleiben. Bei euch. Bei dir, Andy!«

Ich schlang meine Arme um seinen Hals und preßte mein Gesicht an seins.

»Warum willst du mich denn loswerden? Kannst du mich denn gar nicht leiden?«

Erst stand er stocksteif und antwortete nicht. – Doch dann legte er die Arme um mich, das erstemal, und sagte leise: »Doch. Das ist es ja. Und darum ...«

»Was?«

»Ich bin für klare Verhältnisse. Ich will dich nicht loswerden. Aber ich muß wissen, wohin du gehörst. Ich bin durchaus der Meinung, daß aus dir etwas werden kann. Daß es ein schwerer Weg ist, weißt du ja. Wenn du es tust, mußt du es ganz tun. Mit allen Konsequenzen. Und dann mußt du es deinem Mann sagen. Du mußt ebenfalls fair sein zu ihm.«

»Das will ich ja auch ...«, flüsterte ich und wartete, was noch kam. Denn ich hatte nur eins gehört: Ich muß wissen, wohin du gehörst.

»Du sollst es dir sehr gründlich und sehr genau überlegen. Er gefällt mir gut, dein Mann. Dein Leben wäre leichter, wenn du bei ihm bleibst.«

»Nein«, sagte ich, den Mund an seiner Wange, »ich kann nicht bei ihm bleiben. Nicht mehr. Ich kann nicht zurück, Andy.«

Er schob mich zurück und sah mir ins Gesicht. Er konnte mein Gesicht ganz gut sehen, es war nicht sehr dunkel, die alten Schwabinger Laternen brannten noch. Und er verstand, daß ich nicht nur von der Arbeit sprach.

Dann küßte er mich. Zum erstenmal küßte er mich.
An seinem Kuß merkte ich, daß er weder kalt noch gleichgültig war. Daß er denselben Weg gegangen war wie ich.
Wir standen lange vor dem Haus in der Herzogstraße, in dem ich wohnte.
Ich war es, die schließlich sagte: »Willst du nicht mitkommen ...?«
Er zögerte. Er sagte: »Deine Wirtin ...«
Und dann kam er mit.
Es war ganz selbstverständlich. Es konnte nur so und gar nicht anders sein.
Ich will nicht sagen, daß ich bewußt auf diese Stunde zugesteuert war, daß ich es provoziert hatte. Aber eine Frau hat ja in dieser Hinsicht ein ziemlich sicheres Gefühl. Man *weiß* einfach, ob es da ist oder nicht da ist. Und man weiß das ziemlich bald. Zwischen Andy und mir hatte sich so viel Unausgesprochenes angesammelt, war eine so große Spannung entstanden, es war wie eine geballte Ladung Elektrizität, trotz seiner betonten Zurückhaltung oder vielleicht gerade deswegen, daß es einfach eines Tages passieren *mußte.*
Die kurze Trennung, die Woche, die er in Berchtesgaden verbracht hatte, hatte auch ihm das klargemacht. Er war meinetwegen so schnell zurückgekommen.
Ich lernte nun den anderen Andy kennen, den zärtlichen, den liebenden, den leidenschaftlichen Andy. Ich habe nie wieder einen Mann erlebt, der eine so hingebende Liebesfähigkeit besaß. Ich erfuhr es gleich in der ersten Nacht. Und noch etwas anderes lernte ich in dieser Nacht: daß ich nicht gewußt hatte, was Liebe ist.

Nur einmal – einmal im Leben ist sie mir begegnet. Nur ein Mann konnte sie mir geben. Nur einem Mann konnte *ich* sie geben – Andy.
Andy – ach, warum, warum ...
Er war alles für mich – Partner, Freund, Geliebter. Er war alles ganz und ohne Vorbehalt. Er half mir, er stand mir zur Seite, er verstand mich. Er ertrug meine Launen, meine Eifersucht, meine Hochs und meine Tiefs, meine Untreue schließlich. Er war mir treu.
Die Jungs waren übrigens gar nicht überrascht. Sie hätten das längst gewußt, behaupteten sie.
Berthold, mit dem ich schließlich darüber sprach, sagte, er hätte es gewußt, nachdem er mit Andy gesprochen hatte.
»Ich merkte, daß er dich liebt.«
»Aber er wollte, daß ich zu dir zurückkomme.«
»Er wollte es nicht. Er wollte dir nur die Entscheidung überlassen. Er ist ein anständiger Mensch, Lore. Keiner, der einem anderen etwas wegnehmen will. Nur – er konnte dich mir nicht wegnehmen, du warst sowieso schon gegangen. Seinetwegen, Lore?«
»Nein. Nein, bestimmt nicht. Es hat mit ihm nichts zu tun.«
»Wirst du bei ihm bleiben?«
»Ja. Ja, ich glaube.«
»Weißt du es nicht?«
»Doch, ich weiß es.«
Da war noch Marie-Ann. Die Bindung zwischen ihr und Andy war von anderer Art und blieb in dieser Art noch lange bestehen. Wofür ich weder die Großzügigkeit noch das Verständnis aufbringen konnte, die man mir entgegengebracht hatte.

Ich machte ihm schreckliche Szenen wegen Marie-Ann. Ich wußte, daß es kein Liebesverhältnis war, daß er nicht mit ihr schlief, mein Gott, ich kannte Andy gut genug, um das zu wissen. Aber ich wollte nicht, daß er sich um sie kümmerte, daß er sie besuchte, daß er mit ihr sprach, daß die Kinder ihn interessierten.

Ich benahm mich manchmal abscheulich. Ich ließ es zu, daß er mir den Rücken drehte und fortging.

Marja, die einmal Zeuge einer solchen Szene wurde, sagte: »Am liebsten würde ich dir kleben eine. Du bist ungezogenes, egoistisches Balg geblieben, wie du früher warst.«

Dann weinte ich, dann lief ich ihm nach, bat ihn um Verzeihung.

Unser erstes gemeinsames Jahr war ein Hungerjahr. Das zweite Jahr war mager. Dann war ich drin.

Eine Zeitlang spielte Andy in der Bar eines Münchner Hotels. Sie waren nur noch zu viert. – Im Winter dann wieder in Schwabing. Er schrieb Songs für mich, arrangierte für andere Orchester.

Durch mich kam er zum Film, schrieb Filmmusiken, leitete sogar eine Zeitlang ein Filmorchester. Zu der Zeit verdienten wir beide gut.

Ich wurde ein Star. Kein Weltstar, so ein Star mittlerer Güte, wie es in den fünfziger Jahren viele gab. Es war kein schlechtes Geschäft.

Ich war zufrieden mit meiner Arbeit.

Andy nicht. Er hatte anderes gewollt.

Der einzige Ausflug in die Welt der ernsten Musik, der ihm einigermaßen glückte, war ein Ballett, das er am Ende der fünfziger Jahre schrieb. Es wurde mit gutem Erfolg aufgeführt und kam sogar international an.

Damals, Andy, warst du glücklich. Du schriebst wieder einmal an einer Symphonie. – Sie wurde nie aufgeführt.
Die Geschäfte besorgte Jack.
So nach und nach schnappte ich ein bißchen über – der Erfolg, das Geld, die Männer, die mich wollten. Ich verlor die Distanz, ich schlang es in mich hinein. Mir gehörte die Welt, heute, morgen, übermorgen.
Gestern gehörte sie mir.
Ich betrog Andy mit einem meiner Partner. Es war ein damals sehr berühmter Filmschauspieler. Übrigens ist er auch heute noch gut im Geschäft.
Natürlich sah er großartig aus, natürlich war er ein Charmeur, natürlich war er ein liebloser Egoist.
Die Versuchung in diesem Beruf ist immer groß. Und ich stieg immer sehr ein. Ich wollte, daß meine Partner in mich verliebt waren. Dann konnte ich besser spielen.
Dann fing ich mit diesem Drehbuchautor etwas an, den ich später heiratete.
Das tat ich eigentlich nur aus Trotz. Um Andy und vor allem *mir* meine Unabhängigkeit zu beweisen.
Dann ging er fort.
Weit fort. Nach Amerika.
Ich hatte ihn verloren.
Es war meine Schuld.
L'amour est mort – gestern gehörte mir die Liebe.
Gestern – gestern – alles war gestern.

MORGEN ... gut, Schluß jetzt, morgen wird es vorüber sein. Die Stunde nach Mitternacht ist vergangen, die Musik verklungen, es ist zu Ende, Lorena.

Kein neuer Tag für mich?

Ich kann aufstehen, das Glas mit der trüben Brühe hinaustragen, das Zeug wegschütten, kann meinen Mantel anziehen, die Lichter löschen und dieses Haus verlassen. Niemand wird wissen, daß ich hier war. Niemand wird je erfahren, was ich in dieser Nacht tat. Was ich wollte.

Es war ein guter Anlaß nachzudenken, Bilanz zu ziehen. Und nun könnte ich beginnen, an morgen zu denken.

Ich bin keineswegs in einer ausweglosen Situation. Ich habe noch Schmuck, den ich verkaufen kann, die Pelze, ich kann mir ein kleines Appartement mieten, ich kann ... ja, und dann?

Es gibt schließlich andere Möglichkeiten, sich seinen Lebensunterhalt zu verdienen. Irgendeinen Job würde ich wohl bekommen.

Was für einen?

Einen Job für einen Showstar von gestern, für eine Frau meiner Art – wie sollte der aussehen?

Umschalten, total umschalten müßte man, ein neues Leben beginnen, ein ganz anderes Leben.
Warum soll das nicht gehen?
Vorausgesetzt – ich will.
Will ich?
Nein, ich will nicht.
Ich will die Bühne, ich will das Publikum, ich kann nicht darauf verzichten.
Unsinn. Das kann jeder.
Ich kann nicht und ich will nicht, allein deswegen, weil ich weiß, daß ich noch viel leisten könnte. In meinem Beruf. Ich will diese Ungerechtigkeit nicht hinnehmen. Ich habe noch genausoviel Talent wie gestern. Und nur weil heutzutage alles vor den Jungen und Jüngsten auf den Knien liegt, soll ich verzichten. Soll ich resignieren.
Da reden sie ewig von der Emanzipation der Frau, von der Befreiung der Frau, ihrer Gleichberechtigung und den zusätzlichen Jahren, die sie in unserer Zeit gewonnen hat.
Wo sind sie denn, wo?
Das Leben dauert angeblich länger, man bleibt länger jung, man bleibt länger schön, man hat unbegrenzte Chancen – es ist eine einzige Lüge.
Auf dem Thron sitzt Ihre Majestät, die Jugend.
Kein einzelner sitzt dort lange, kein Junger, kein Jüngster, denn älter wird jeder. Das Ding an sich sitzt dort.
Ich weiß genau, wie es weitergehen wird mit mir, morgen, übermorgen, nächstes Jahr. Ich kann mir das genau ausmalen.
Wenn ich jetzt dieses Haus verlasse, ohne es getan zu haben, werde ich es morgen bereuen. Zum Beispiel

wenn ich die Kritiken über diesen Abend in der Zeitung lesen werde. Dann habe ich das Glas nicht ausgetrunken, sondern den Inhalt weggegossen.

Dann wird es mir leid tun. Dann sammle ich neue Tabletten. Dann erlebe ich das alles noch einmal, was heute nacht war. Dann denke ich die gleichen Gedanken noch einmal.

Nein.

Du bist feige, Lorena! Du hast Angst!

Warum? Wenn du jetzt trinkst, wird es gleich vorbei sein.

Trink! Los! Trink endlich! Denk nicht länger nach. Du hast genug gedacht. In den vergangenen Jahren, in dieser Nacht. Genug gedacht für dieses Leben. Jetzt trink!

Leb wohl, Andy. Denk manchmal an mich.

...

Ich habe es getrunken. Das Glas ist leer. Ein bitterer, widerlicher Trank. So bitter wie meine Gedanken.

Und nun packt mich Entsetzen.

Panik.

Was kann ich tun?

Starken Kaffee kochen? Einen Arzt anrufen? Hinauslaufen und mich auf die Straße stellen und so laut schreien, bis jemand kommt?

Schreien, solange ich noch schreien kann.

Nein. Schweigen wirst du. Jetzt – und für immer.

Schweigen.

Du wirst dich auf die Couch legen und warten.

Mir ist übel.

Sei still und warte. Sei ganz still und habe keine Angst.

Vater unser im Himmel ...

Vergib mir, mein Gott! Vergib mir und versteh mich.

Ich weiß, du verstehst mich. Ich weiß, du vergibst mir.
Mir ist so schlecht.
Wie sehe ich eigentlich aus?
Das Gesicht, das mir aus dem Spiegel entgegenblickt, ist grau und starr vor Entsetzen. Und vor Angst.
Warum verzerrst du den Mund, Lorena?
Nicht so. – So nicht. Du hast es gewollt. Du hast es überlegt. Lange genug hast du es überdacht. Zuvor und in dieser Nacht. Und nun gib dich zufrieden.
Ich werde meine Nase pudern, meine Lippen nachziehen, mein Haar kämmen. Und dann dort liegen und warten.
Wie allein ich bin!
Ich bin der einzige Mensch auf der Welt in dieser Nacht. Allein im Dunkel, allein im Nebel. Ich gehe hinein in den Nebel, und es führt kein Weg zurück.
Meine Hand, die den Lippenstift hält, zittert. Ich sehe sie an, wie sie zittert. Und meine zitternde Hand ist ein Stück, das mir schon nicht mehr gehört.
O nein! Nein! Nein!! Der Lippenstift fällt mir aus der Hand und rollt unter die Couch. Meine Tasche fällt herunter, alles fällt heraus.
Nein. Ich muß mich zusammennehmen. Ganz ruhig. Knie dich hin, ganz ruhig, heb das auf, steck das weg, und nun versuche einmal zu lächeln. Du sollst kein entsetztes, von Grauen verzerrtes Gesicht haben, wenn du tot bist.
Und du hättest es wenigstens hinschreiben müssen, daß du es selbst getan hast. Auf einen kleinen Zettel mußt du schreiben, daß du es wolltest.
Das habe ich ganz vergessen. Vielleicht kommen sie dann und suchen einen Mörder.

Warum habe ich daran nicht gedacht?
Mir ist so schwindlig.
Nein. Du bist ganz klar. Du gehst jetzt dort hinüber zum Schreibtisch, setzt dich dorthin, nimmst einen Stift und schreibst ...
Ja, ich schreibe schon.
Gleich.
Ich gehe da hinüber.
Ich kann das noch ohne weiteres. Ich bin ganz klar.
Heb deine Tasche auf. – Was sind das für Briefe?
Die Briefe, die der Portier mir gegeben hat. Der Portier im Hotel. Prospekte. Vielleicht noch ein Verehrerbrief, der letzte.
Ein Eilbrief.
Komisch. – Wer schreibt mir denn – wer schreibt mir denn einen Eilbrief?
Jetzt ist nichts mehr eilig.
Nichts.
Das Zimmer verschwimmt mir vor den Augen.
Unsinn, das bilde ich mir ein. So schnell kann das gar nicht gehen.
Das ist Jacks Schrift.
Er hat mir einen Eilbrief geschrieben. Aus England. Das ist lieb von ihm.
Er hat mir also wenigstens geschrieben.
Norringham Castle. Wo ist das denn?
Ich glaube, ich habe noch nie einen Brief von ihm bekommen. Telegramme, Anrufe ...
Nie einen Brief.
Zum Abschied also einen Brief. Guter alter Jack!
Danke dir.
Ich kann ihn nicht mehr lesen – deinen Brief. Ich kann

nicht mehr lesen, weißt du. Vor meinen Augen tanzen graue Schatten.
Gibt er mir brieflich den Abschied? Fällt es ihm leichter, mir zu schreiben, als zu sagen, daß er für mich nicht mehr arbeiten kann?
Dann brauche ich es erst recht nicht mehr zu lesen. Ich mache den Brief gar nicht auf, Jack. Sonst wirst du denken, ich habe es deswegen getan.
Die Polizei wird ihn aufmachen und lesen. Wenn sie mich hier finden, wenn sie kommen und mich wegfahren, werden sie deinen Brief aufmachen und lesen, Jack.
Vielleicht sollte ich ihn vorher zerreißen. Du bist mein Freund gewesen. Keiner soll sagen, du hast mich im Stich gelassen.
Wie starr er ist – der Brief. Wie aus Holz. Wie aus Stein. Daß es so schwer sein kann, einen Brief aufzumachen ...
›... bist mir hoffentlich nicht böse, daß ich zu Deinem Konzert nicht komme. Ich habe angerufen und mich nach dem Vorverkauf erkundigt. Geht ja. Ärgere Dich nicht. Nicht so wichtig. Habe es Dir gleich gesagt. Ich hoffe, der Brief erreicht Dich noch, ehe Du auf die Bühne gehst ...‹
Hat er nicht, Jack. Ändert nichts daran. Aber nett, daß du geschrieben hast. Danke!
›... alles nicht so wichtig ...‹
Stimmt. Stimmt genau, Jack. Nichts ist mehr wichtig.
Gott, ist mir schlecht. Mich würgt es im Hals. Alles verschwimmt mir vor den Augen, ich kann das kaum lesen.
›... wunderst Dich, wo ich bin. Mitten auf dem Land.

Kühl und Regen. Aber schön ruhig. Ganz gemütlich. Kaminfeuer und guter Whisky. Du wirst nicht erraten, wer bei mir ist. Andy. Traf ihn in London. Läßt Dich grüßen ...‹

Danke, Andy. Schön, zum Abschied einen Gruß von dir zu bekommen. Danke, Andy.

›... haben wir uns hierher zurückgezogen, um zu arbeiten. Tolle Sache, Lorena. Andy hat ein Musical geschrieben. Hat einen begabten Jungen gefunden, der ihm ein wirklich originelles Libretto gemacht hat. Und dann die Musik! Du wirst begeistert sein. So was von Musik hast Du seit Jahren nicht gehört. Andy war noch nie so gut. Und Songs für Dich. Songs, daß man sich vor Freude in die Hosen machen könnte. Andy schaut mir über die Schulter und sagt, ich soll das ausstreichen. Du kennst ihn ja ...‹

Songs für mich. Danke, Andy.

Der Brief fällt mir aus der Hand. Ich rutsche auf den Knien herum und suche ihn. Ich taste. Kann nicht mehr richtig sehen. Wo ist denn der Brief? Wo? Ich muß ihn fertig lesen, den Brief. Ich muß ihn einfach fertig lesen. Andy hat Songs für mich geschrieben.

Wo ist denn der Brief. Andy, so hilf mir doch ...

›... eine Wucht von einer Rolle. Andy hat sie Dir auf den Leib geschrieben. Es ist die Rolle Deines Lebens. Er hat sie nur für Dich geschrieben, sagt er. Du wirst damit eine neue Karriere starten, das sage ich Dir. Ich habe mich noch nie getäuscht. Uraufführung machen wir in London, kommt dann bei den Deutschen besser an. Die sind so, das weißt Du ja. So eine Rolle hast Du noch nie gespielt, Lorena ...‹

Ja. Das ist wahr. So eine Rolle habe ich noch nie gespielt.

Jeder stirbt nur einmal.
Und alles ohne Probe. Aus dem Stegreif. Improvisiert. Ohne Regisseur.
Und das kann jeder. – Jeder kann das.
Aber es ist schrecklich, zu sterben. Der Nebel ist jetzt im Zimmer. Mein Kopf dröhnt. Mein Hals tut weh. – Ich kriege keine Luft mehr. Keine Luft …
Du hast ein Stück für mich geschrieben, Andy? Ein Musical? Weil du weißt, daß ich immer so gern Musical machen wollte. Darum, Andy? Eine gute Rolle? Gute Songs?
Alles für mich, Andy?
Ich werde sie nicht spielen, die Rolle. Nicht singen, deine Songs.
Warum hast du das jetzt erst geschrieben, Andy?
Warum nicht gestern? Warum nicht voriges Jahr? Andy!
Wo warst du, Andy, als ich dich brauchte?
Es ist zu spät. Es ist gleich vorbei.
Ist es vorbei?
Nein!!
Ich will nicht sterben. Lieber Gott, hilf mir!
Rette mich! Hilf mir! Andy – bitte, hilf mir! Jack! Wo seid ihr denn alle?
Warum hilft mir denn keiner?
Ich will nicht sterben. Ich will sie haben, die Rolle. Ich will sie singen, deine Songs, Andy.
So helft mir doch.
Hört ihr mich denn nicht?
Ich schreie. Ich schreie ganz laut. Hört es denn keiner? Keiner?
Ich kann gar nicht mehr schreien. Kein Ton, kein einziger, jämmerlicher Ton …

Hört mich doch ... hört mich ...
Hilft mir denn keiner?
Ist niemand da, der mich hört?
Wer könnte denn ...
Wer? Du?
Du bist da, Heide!
Heide, du bist da.
Du wirst mir helfen.
Da muß doch ein ... ja, ja, da muß doch das Telefonbuch liegen. Hier lag's immer – in dem Fach – in dem Fach lag doch ein ...
Da ist es. Ich wußte es.
Ich kann gar nicht mehr lesen.
Doch – Lorena! Du kannst. Du kannst, wenn du willst.
Lieber Gott, hilf mir, daß ich es lesen kann. Wie heißt sie denn?
Ich weiß gar nicht, wie sie heißt.
Ich weiß den Namen nicht ...
Ärztinnen haben ja manchmal Doppelnamen.
Aber sie hat doch ... natürlich, sie hat – ja, ich erinnere mich genau, ich weiß es, sie hat mir ihre Karte gegeben.
Wo ist denn meine Tasche?
Wo ist denn ... Ich kann sie nicht finden – sie ist weg.
Sie ist nicht da.
Das ganze Zimmer ist nicht mehr da.
Wo bin ich eigentlich?
Auf einem Feld. Mitten in der Nacht auf einem Feld?
Es ist kalt. – Alles ist voller Nebel.
Ich bin schon tot.
Andy, hilf mir!
Heide!
Vater unser ... lieber Gott, hilf mir doch ...

Die Tasche ist 'runtergefallen. Sie muß hier irgendwo liegen. Hier ... irgendwo ...

Verflucht noch mal, maldito, nimm dich zusammen.

The show must go on. Los – nimm dich zusammen.

Na – also.

Adelheid Kluge-Barkenow.

Na also!

Du kannst sehr gut, wenn du willst. Und da steht die Telefonnummer dabei.

Ich sollte ja ihren Jungen kennenlernen.

›Ich habe einen Sohn, zehn Jahre alt.‹

Das weiß ich alles noch. Mein Kopf ist noch ganz klar. Ich weiß noch genau, was sie gesagt hat. Jetzt muß ich bloß das Telefon ...

Ich lebe noch. Das ist Sandors Zimmer, ich sehe es ganz deutlich. Dort drüben ist das Telefon. Ich kann es mühelos erreichen.

Ich – kann – es – erreichen ...

Siehst du! Jetzt – paß auf, die Nummer ...

Die Nummer – die Nummer ...

Die stand doch eben hier, maldito, ich habe sie gerade noch gelesen ...

Jetzt nimm dich zusammen.

Wo ist denn jetzt der Telefonhörer? Der kann doch gar nicht 'runterfallen, das gibt's doch gar nicht – der ist doch festgemacht. Der ist doch ...

Da ist er ...

Also noch mal, die Nummer ...

Die Nummer!!

Es läutet.

Es läutet wirklich.

Keiner hört mich. Sie schläft.

Das Telefon läutet ins Leere.
Still.
Leer.
Dunkel.
Heide!
Hörst du mich denn nicht?
Heide! Hör doch! Wach doch auf!
Heide!
»Ja?«
»Heide! Heide!«
»Hallo? Hier Dr. Kluge. Wer ist dort?«
»Heide! Heide! Hilf mir!«
»Wer spricht da?«
»Ich ... ich – Lorena. Heide!«
Ihre Stimme – endlich ...
»Lore? Bist du das? Was ist denn los?«
»Heide – ich habe ... ich habe Tabletten genommen. Ich bin gleich tot. Aber ich will nicht sterben. Andy ist wieder da. Er hat eine Rolle ... Heide – Heide, ich will nicht – ich ...«
»Lore! Hör mir zu! Wo bist du? Sag schnell, wo du bist?«
»Ich ...«
»Was für Tabletten, Lore?«
»Ich ...«
»Wo bist du, Lore?«
»Ja, ja – Heide – ich ...«
»Sag mir, wo du bist? Im Hotel?«
»Hier bin ich – hier – in Sandors Haus – in Sandors ...«
»Wo ist das, Sandors Haus? Lore! Sag schnell, wo das ist?«
...

»Lore! Wo ist Sandors Haus?«

»Ich ...«

»Lore! Hörst du mich! Lore! Ich finde dich. Gib nicht auf. Hörst du! Gib nicht auf. Sag etwas. Sag ein Wort. Lore!! Los, sag etwas!!«

...

»Wo kann das sein – Sandors Haus? Funkstreife. Notdienst. Wo kann das bloß sein ...?«

»Das muß dieser Ungar sein ...«

Stille.

Dunkel.

Nacht.

Heide!

Sie ... wird ... mich ... finden ...

Utta Danella

Große Romane der beliebten deutschen Bestseller-Autorin.

3-453-16080-0

Der schwarze Spiegel
3-453-00687-9

Regina auf den Stufen
3-453-04603-X

Das Hotel im Park
3-453-04895-4

Der blaue Vogel
3-453-07550-1

Niemandsland
3-453-09223-6

Wolkentanz
3-453-12375-1

Die andere Eva
3-453-16080-0

Flutwelle
3-453-01749-8

Die Hochzeit auf dem Lande
3-453-02042-1

HEYNE